中国古代文学创作研究

马 君 李 雪 著

吉林人民出版社

图书在版编目（CIP）数据

中国古代文学创作研究 / 马君，李雪著. — 长春：
吉林人民出版社，2022.10
ISBN 978-7-206-19611-9

Ⅰ. ①中⋯ Ⅱ. ①马⋯ ②李⋯ Ⅲ. ①中国文学－古
典文学－文学创作研究 Ⅳ. ①I206.2

中国版本图书馆 CIP 数据核字(2022)第 257898 号

中国古代文学创作研究

ZHONGGUO GUDAI WENXUE CHUANGZUO YANJIU

著　　者：马　君　李　雪
责任编辑：孙　一　　　　　　　封面设计：牧野春晖
出版发行：吉林人民出版社(长春市人民大街 7548 号　邮政编码：130022)
印　　刷：北京市兴怀印刷厂
开　　本：710mm × 1000mm　　　　　1/16
印　　张：11.25　　　　　　　字　　数：250 千字
标准书号：ISBN 978-7-206-19611-9
版　　次：2023 年 3 月第 1 版　　　印　　次：2023 年 3 月第 1 次印刷
定　　价：79.00 元

前　言

　　中国古代文学的创作过程跨越了 2000 多年，与中国的历史变迁、文化发展紧密相连，形成了独特的文学发展脉络，显示出特有的民族性、传承性、时代性的特征。中国古代文学创作以汉民族文学为主，同时吸收少数民族的优秀文化成果，构成了蔚为大观的中国古代文学。无论是中国古代的诗歌，还是散文、戏曲、小说都有着明显的可以追寻的历史，并且呈现着在创作和理论上的不断发展、丰富和日臻完善。

　　中国文学深受中国历史文化的影响，每一个时代都有一个时代的具有代表性的文学样式，并且与各个时代的政治、经济、文化密切相关。各种文体互相渗透、影响，互相借鉴，有相互交融的特点。在文学的内涵中，又充分体现了中国文字的特殊魅力，显示出以中国古代文字为载体的中国古代文学在内涵上极大的丰富和巨大的张力。这是世界上任何一个民族都无法比拟的。中国古代文学各种文体齐备，诗歌、散文、词、戏曲、小说等无不涵盖，且各具时代特色。就历史分期来看，文学可以分为先秦文学、两汉文学、魏晋南北朝文学、隋唐五代文学、宋代文学、元代文学、明代文学、清代文学及近代文学部分。各部分精彩纷呈，各有千秋。

　　为了能够更加清楚地呈现中国古代文学的创作面貌，我们在前人研究成果的基础上撰写了《中国古代文学创作研究》一书。全书共有九章内容，分别对先秦文学、秦汉文学、魏晋南北朝文学、隋唐五代文学、北宋文学、南宋文学、辽金元文学、明代文学、清代文学的创作情况，在结合具体的作家与作品的基础上进行了分析与阐述，突出了每个时期的创作特点。全书内容翔实，逻辑清晰，结构鲜明，语言通俗易懂，力图为广大读者认识和了解中国古代文学的创作情况提供一条有效的途径。

　　本书在撰写过程中参阅了有关中国古代文学研究方面的著作，引用了许多专家和学者的研究成果，对此深表谢意！由于时间仓促，作者水平有限，错误和不当之处在所难免，恳请广大读者提出宝贵意见，以便本书日后的修改与完善。

目　　录

第一章　先秦神话与诸子散文

先秦文学是我国文学发展的第一个阶段，包括从上古到秦统一中国以前的各个时期的文学，奠定了我国文学优良传统、民族形式和民族风格的基础，具有开创性的典范意义。在这个时期，我国的各种文学样式都有所萌芽，神话和散文不断发展，但却没有形成相对独立的文学观念，没有区别文学与非文学的意识，甚至也没有出现专门从事文学创作的人。概而言之，在先秦时期，文学在许多时候，还是与其他一些非文学的东西混杂在一起，以一种"混合体"的形式出现的，因此文史哲一体、诗乐舞结合是先秦文学的一大特色。

第一节　先秦神话

先秦时期，我国产生了相当数量的神话，这些神话大多是原始先民在社会实践中创造出来的，它以故事的形式表现了远古人民对自然、社会现象的认识和愿望。在先秦时期，神话以其特有的内容启发了后世的文学创作。可以说，先秦神话是中国古代小说的重要源头。

一、先秦神话的产生与发展

远古社会时期，生产力低下限制了人们的认识水平，他们不了解自然发展的规律，就把自然界的各种运动和变化归于神的意志。他们以为变化莫测的世界是由各式各样的神在控制着、支配着，于是他们便以自身为参照，运用想象的方式类化万事万物，认为它们和人一样是有生命、有意识、有灵魂的。他们将各种自然现象、自然物与自己完全等同起来，赋予它们形体、生命和意识，将它们"形象化""人格化"。

原始人类同样以自身为参照去理解自然万物的运作逻辑，以为有一个能够超越自身并操控着自然界一切的更大灵魂——神的存在，这样又将自然万物神化了。这就是被学者们称为"自然崇拜"（natural worship）或"万物有灵论"（animism）的初民世界观，也是先秦神话创作的哲学基础。"是"是语言和思想的逻辑界限，当"自然物'是'有灵的"这一伟大的判断建立以后，原始人便进入了先秦神话思维的阶段。在这个界限内，原始人的语言和思想是有逻辑的，也就是能够清楚明白；在这个界限外，语言和思想是无逻辑的，也就是不能够清楚明白。

正是在"万物有灵论"的指引下，原始人展开了他们可以理解的先秦神话思维，开始了语言和思想的想象，以一种只能让我们去猜想的逻辑形式建构了令我们永远想象的先秦神话。在原始人的心目中，实际事件和想象的建构是混为一体的，想象出来的先秦神话被当作已有的事实。现代人却自以为是地将两者分得一清二楚。英国文化人类学大师泰勒曾明确指出："日常经验的事实变为神话的最初和主要的原因，是对万物有灵的信仰。"这种思维或称"原始思维""野性的思维"。先秦神话就是在这一特殊思维的制约下对自然和社会的反映。

原始初民按照自己能够感知到的具体形象去理解自然界。具体说来就是，以为自然界的一切都和人一样有形象、有意志、有思想，于是原始初民就用人格化的方式去同化自然力。所以，先秦神话中神的形象，就是人类按照自然界和人类自身的模子塑造出来的。例如，中国先秦神话中的神，几乎没有一个真正的人形：人类的始祖女娲和伏羲，是人首蛇身；居住在昆仑山上的西王母，是个豹尾虎齿的半人半兽；禹为了治水，曾变成一头大熊；水神共工这样的大神，是九首蛇身……这类"人神异形"的神，正是原始初民用人格化的方式同化自然力的结果。而且也说明了，这是原始社会最早的神。在原始初民看来，人与动物是可以互相通婚、互相变形、互相演化的。

先秦神话诞生后，不断发展壮大，其内容也由最初的宇宙起源神话、人类起源神话不断扩充，洪水神话、战争神话、人类文明神话等反映了先秦社会发展的神话也不断产生。然而"一者华土之民，先居黄河流域，颇乏天惠，其生也勤，故重实际而黜玄想，不更能集古传以成大文。二者孔子出，以修身齐家治国平天下等实用为教，不欲言鬼神，太古荒唐之说，俱为儒者所不道，故其后不特无所光大，而又有散亡"，所以这些神话也并未形成以一神为主宰的神与神之间具有内在联系的系统的神系，并在日后的流传过程中接连散佚。现存下来的神话篇目主要散见于《尚书》《诗经》《庄子》《列子》《楚辞》《山海经》《淮南子》《左传》《尚书》等典籍中。

二、先秦神话的内容和作品

从具体的内容来看，先秦神话主要包括以下几方面的内容。

（一）宇宙起源神话

宇宙起源神话是指解释人类和动植物赖以生存的宇宙或世界起源的先秦神话。汉文古籍记载的盘古开天辟地的先秦神话是中国古代最早的也是最为著名宇宙起源神话：

天地混沌如鸡子，盘古生其中，万八千岁，天地开辟，阳清为天，阴浊为地。盘古在其中，一日九变，神于天，圣于地。天日高一丈，地日厚一丈，盘古日长一丈，如此万八千岁。天数极高，地数极深，盘古极长。后乃有三皇。（《艺文类聚》卷一引徐整《三五历纪》）

先秦神话里的盘古是开天辟地的大神，他用身体撑开了天地，使混沌的世界清朗起来，最终把世界创造成了现在的样子。

这是一则典型的卵生先秦神话，认为宇宙是从一个卵中诞生出来，这种看法在世界各地的原始初民中普遍存在。卵生是一种极其普遍的生命现象，先民们便由此设想宇宙也是破壳而生的。宇宙卵生先秦神话对中国的阴阳太极观念有极重要的影响。同时，宇宙生成的人格化、意志化过程也反映了先民对人类自身力量的高度肯定。

（二）人类起源神话

先民们不但对宇宙的起源非常感兴趣，而且也极大地关注着人类自身的起源。人类起源神话往往和宇宙起源神话交织在一起，在某种程度上可以说，人类起源神话是宇宙起源神话的延续或补充。

有关人类起源的先秦神话，应首推女娲的故事。女娲补天，显示出她作为宇宙大神的重要地位。女娲经过奋力的拼搏和辛勤的劳动，终于重整宇宙，为人类的生存创造了必要的自然条件。女娲不仅有开辟之功，她也是人类的创造者。《太平御览》卷七十八引《风俗通》云：

俗说天地开辟，未有人民，女娲抟黄土作人，剧务，力不暇供，乃引绳絚于泥中，举以为人。故富贵者，黄土人也；贫贱凡庸者，絚人也。

这一则先秦神话意蕴丰富，不但虚构了人类的产生，同时也试图阐释人类为什么会有社会地位的差别。

（三）英雄神话

英雄神话又称战争先秦神话，这种先秦神话与起源先秦神话不同，主要讲述的是神族之间的战争。

中国中原地区流传着有关黄帝的战争先秦神话。黄帝和炎帝是活跃在中原的两个大部族的首领，分别兴起于相距不远的姬水和姜水，他们在向东发展的过程中发生了严重的冲突。

黄帝和炎帝曾为争夺帝位在阪泉之野发生过一次残酷的战争，《新书·益壤》称当时的战场是"流血漂杵"。而黄帝居然能驱使熊、罴等猛兽为前驱参加战斗，更为这次战争增添了神奇的色彩。黄帝率领的熊、罴、狼等猛兽可能是指以这些动物为图腾的部落，它们分别代表不同的部落跟随黄帝参加战斗。阪泉之战以黄帝的胜利而告终，从而导致了炎黄两大部族的融合，华夏民族也由此正式形成，并最终发展成为中华民族的主要成分。这则先秦神话实际是对一次历史事件的记录和解释。

蚩尤是炎帝的后裔，属于南方的苗蛮部族，他"好兵而喜战，逐帝而居于涿鹿"。黄帝和蚩尤之间的战争便发生在涿鹿之地。据《太平御览》卷七九引《龙鱼河图》载"蚩尤兄弟八十一人，并兽身人语，铜头铁额，食沙石子"，这可能是暗示蚩尤的军队已经装备了金属盔甲，这与当时冶金术的发展程度是相适应的。这场战斗十分激烈，"黄帝与蚩尤九战九不胜"，涉及风伯、雨师等天神，而风、雨、旱、雾等气象也成了相互进攻的利器。

黄帝等远古之神之间征战的先秦神话，在一定程度上反映了氏族社会各大部落间的兼并与反兼并的战胜。先秦神话中的黄帝和蚩尤等虽然是半人半兽的先秦神话形象，但是，经过中国文人的修饰之后，人性的成分逐渐增多，已经开始接近历史人物传说了。

（四）洪水神话

洪水神话通常是以洪水为主题或背景的，在世界各地流传得非常广泛。

国外的洪水神话，主要表现的是天帝对人类堕落的失望，洪水是天帝对人类的惩罚，而洪水过后的人类再造则反映了对人性的反省和批判。而在中国汉民族的古代文献中所保留的洪水神话，则主要把洪水看作一种自然灾害，着重要揭示的是与洪水抗争、拯救生民的积极意义，看重的是人的智慧及斗争精神。在有关洪水的先秦神话中，鲧禹父子毫无疑问地成为最杰出的英雄。

为了止住泛滥于人间的水灾，鲧不惜冒生命危险去盗窃天帝的息壤。鲧因盗息壤而引起了天帝的震怒，最终被天帝所杀。鲧的悲惨遭遇，即使在后世，也一样赢得了后人深切的尊敬和同情。屈原在《离骚》中就曾为其鸣不平："鲧婞直以亡身兮，终然夭乎羽之野。"

鲧由于志向未竟，死不瞑目，终于破腹以生禹，新一代的治水英雄也由此而诞生了。禹继承了鲧未完成的志向，一开始采取和鲧一样的"堵"的方法，但洪水凶猛，禹仍然难以遏止不断泛滥的洪水。经过分析，禹变"堵"为"疏"，开始采用疏导的方法。

为疏通水路，禹不辞辛劳地到各处探察河道和地形，《吕氏春秋》中曾记载，他向北走到犬戎国，向南走到羽人裸民之乡，向东走到海边，向西走到三危之国。弥漫天下、祸害人间的洪水终于被大禹制服了，同时，一个不辞辛劳、为民除害而又充满智慧的英雄形象也开始在中国文化史上树立了起来。

中国的洪水神话集中反映了先民们在同大自然做斗争的过程中所积累的丰富经验和表现出的过人智慧。曾经有过的洪水灾害是如此惨烈，在人类的心灵中留下了不可磨灭的印记，它已成为一种集体表象，伴随着先秦神话一代一代地流传下来，提醒着人们要时时刻刻对自然灾害保持戒惧的态度。

三、先秦神话对文学创作的影响

（一）先秦神话为诗歌创作提供了素材

从世界范围看，先秦神话与诗歌的关系主要表现在先秦神话为诗歌创作提供了素材，世界上很多民族都有自己的史诗，其创作的主题即是先秦神话中的英雄故事，如《诗经·大雅》中就有关于商祖与周祖的诗歌。作为我国第一部诗歌总集，《诗经》是最早受先秦神话影响的文学作品，像禹、契、后稷这些神性英雄，都在《诗经》中有所体现。在《诗经·商颂·玄鸟》中有"天命玄鸟，降而生商"的商祖神话故事。其故事在《列女传》中有详细记载："契母简狄者，有娀氏之长女也。当尧之时，与其妹娣浴于玄丘之水。有玄鸟衔卵，过而坠之，五色甚好。简狄得而含之，误而吞之，遂生契焉。"在《诗经·商颂》里也提到了大禹治水的神话。

（二）先秦神话为散文作家宣传自己的主张和见解提供了解释和说明

先秦神话在走向诗歌言志的同时，也走向了散文。在古代的散文创作中，先秦神话作为散文的题材与素材被征用与改造，成了解释和说明自己宣传政治主张与学说见解的资料。以《庄子》为例，其《应帝王》中的"倏忽与浑沌"寓言当脱胎于《山海经·西山经》中的"帝江"："有神焉，其状如黄囊，赤如丹火，六足四翼，混敦无面目，是识歌舞，实为帝江也。"庄子把根植于原始思维的神话，加工改造为别有寄托的寓言，宣扬道家的

"顺物自然"的思想和"天道无为"的主张。再如《庄子》中关于先秦神话的哲学寓言如鲲化为鹏之说、河伯与北海若的对话、黄帝和广成子的论道、蜗角之争、十日并出等，虽均奇诡有趣，然而严格说来，究竟不是神话材料。庄子只是将这些先秦神话作为他的哲学观念的注脚，这从某些方面为先秦神话的保存起到了积极的作用。

（三）先秦神话为古代小说的诞生奠定了基础

先秦神话是人类祖先留下的宝贵精神财富，它不仅是文学内容的一种，也是原始社会里包含宗教、政治、哲学、科学、史学以及艺术风俗等在内的浑然一体的社会意识形态。而随着人类社会的不断发展，社会分工和社会阶层不断产生，人类也在原有神话的基础上对其进行修正、补充或重新创造，从而使得其中的神的形象更趋近于人，先秦神话故事也更加合理和完美。而这种做法也在很大程度为古代小说的诞生奠定了良好的基础。

第二节 诸子散文

先秦散文是中国古代散文史上的第一个黄金时代。丰富多彩的散文著作和风格各异的散文名家，为中国文学史掀开了光辉的一页，其中诸子散文对我国今后的散文创作产生了深远影响。

一、散文的产生与繁荣

先秦散文拉开了中国古代散文史的序幕，形成了中国散文史上的第一个黄金时代。先秦时期诸子散文发展主要分殷商、西周、春秋和战国四个阶段，经历了从萌芽、发展到繁荣成熟的过程，走过了这一时期散文由简单记事到长篇大论、由官府独占到百家争鸣的基本发展历程，体现出自己独有的特色，在内容和艺术形式上逐渐形成了中国古代散文的雏形，为中国古代散文的发展开拓了较为广阔的视野。

殷商时期是先秦散文的萌芽阶段。文章的产生开始于文字记事。中国的文字大约产生于夏商之际，而文字记事大约是从殷商开始的。殷商时期宗教迷信之风极盛，鬼神权威至高无上。《礼记·表记》中有一句话概括了殷商的特点："殷人尊神，率民以事神。"这说明殷商社会的各个角落都弥漫着浓郁的迷信气息，事无巨细，都要先卜而后行。因此，占卜成了殷商人一切行动的指南,祭祀几乎是殷商人日常生活中必不可少的内容。于是,占卜、祭祀成为这一时期文字记载的主要内容,或刻于甲骨,或铸于铜器,或书于典册,这些就是足以显示散文萌芽状态的甲骨卜辞、铜器铭文、《周易》卦爻辞和《尚书·商书》中的文告等。它们据事直书,几乎没有说教的文字,单纯质朴,内容简单,词语简短,或散或韵,已初步体现出先秦散文的一些特征。尤其是《尚书·商书》7 篇,是殷商史实的记录,为官方文献,与甲骨卜辞、铜器铭文及卦爻辞相比,内容更加丰富,篇制更为完整,其中叙述了较为复杂的历史事件,表达了富有时代特色的思想,甚至有些语言可以看出一定的技巧,使人感受到当时的气氛和口气。这些文字虽然简朴,却有一定的文学色彩,已不再是分散零碎的片段,而是初具规模的文章。

西周时期是先秦散文的发展阶段。这一时期,周人已从殷商的敬天转到畏民,兴礼作乐,建立了一整套严密的典章制度,其中包括史官的设置。《礼记·表记》概括了周人有别于殷人的特点:"周人尊礼尚施,事鬼敬神而远之,近人而忠焉。"由于礼乐制度的建立和完善,散文也相应发生了很大变化,不仅有了历史经验和道德说教的内容,而且更加重视文采。这一时期主要的作品是《尚书·周书》和部分铜器铭文。《周书》原有数十篇,后来散佚,现存 19 篇,主要包括西周到春秋前期的作品,多是周武王至穆王时王朝史官所记的文告和策书,即所谓"诰""命"等。尽管《周书》与《商书》同为官方文告,但《周书》在叙述历史事件、描摹人物语言方面更为突出,篇制更为完整,记事更加复杂,结构大都比较严谨,甚至有些篇章层次清楚、有条不紊,显示出古代文章的日益成熟。但是,它们仍然古奥难懂,与春秋以后的散文差别很大。这一时期的铜器铭文,文体与《周书》相近。从其所记载的大量内容可知,当时散文的应用范围极为广泛。《周书》中的"诰""命"和铜器铭文为春秋以后散文的发展奠定了基础。

春秋时期是先秦散文的兴盛阶段。随着周代礼乐的崩塌、王纲的不振,散文也得到划时代的发展。这一时期,散文的代表作品多为史传著作,有孔子依据鲁国史料编纂而成的《春秋》,有相传为左丘明撰的国别史史书《国语》及敷衍《春秋》大义的史书《左传》。它们的出现标志着史传散文的日臻成熟,并在文辞上呈现出新的特征。它们已从官方文告变为私人著述,虽然仍有说教文字,但已多是往哲先贤的教诲之言。它们的内容更加广阔丰富,记言记事更富有文采,叙事状物、镂刻人物、语言表达和结构布局都达到了很高的水平,不仅形成了完整的篇章,而且讲究遣词用语。

战国时期是先秦散文的繁荣鼎盛阶段。这一时期出现了历史上有名的"百家争鸣"的局面，文化学术由此发生了巨大的变革，散文也发生了空前的变化。这一时期散文的种类很多，艺术成就也很高。春秋末年到战国初年，诸子散文开始崭露头角，出现了《论语》《老子》《孙子兵法》等著作，基本上是语录体、格言体，文字简洁质朴，篇章短小，内容往往具有深刻的哲理性和策略性，是哲理散文的初创阶段。战国中期出现了以论辩体说理文为主要形式的《孟子》《墨子》和《庄子》，它们在体制上已具有一定规模，语言生动活泼，表达自由酣畅。其他各家著作，如《公孙龙子》《申子》和《竹书纪年》等，大体上也产生于这个时期。战国晚期，全国统一的条件趋于成熟，于是出现了为大一统帝国的建立制造舆论的《荀子》《韩非子》《吕氏春秋》等著作。从文章的体式来看，这一时期的散文已经由《论语》《孟子》那样的语录体、对话体发展为长篇大论乃至专门论著，结构严密，讲求逻辑和修辞，反映了先秦说理文的高度成就。

二、诸子散文的伟大成就

从成就上看，先秦散文的两座高峰便是以记载历史事件和人物为主的史传散文和以议论为主的诸子散文。其中史传散文首先用于古代史官记载历史事件的过程中，甲骨卜辞和殷商铜器铭文是最早的记事散文，《尚书》和《春秋》提供了记言记事文的不同体例。之后的《左传》《竹书纪年》和《晏子春秋》为叙事体之典范，《国语》《战国策》则为记言体之典范。这些史传散文的出现，标志着叙事散文的成熟，开启了中国叙事文学的传统。诸子散文是先秦时期"百家争鸣"时局出现后产生的一大景观，它们主要记载了诸子百家的理论思想，其中《论语》《老子》《墨子》《孟子》《庄子》《荀子》《韩非子》等成为中国说理散文创作的典范。它们以成熟的说理文体制、形象化的说理方式、丰富多彩的创作风格和语言艺术影响了后世说理散文的创作。史传散文和诸子散文双峰并峙，在内容、体裁、风格、结构、语言艺术等方面各显风采，各自以其杰出的艺术成就促成了中国散文的第一次繁荣，对后世产生了深远影响。

诸子散文是以议论说理为主的。先秦诸子包括各种不同的学术流派和政治观点。据《汉书·艺文志》载，主要有儒、道、阴阳、法、名、墨、纵横、农、杂、小说10家，其中最重要的是儒、墨、道、法，无论是在思想文化还是在散文创作上，它们的影响是无法估量的。

诸子散文属于理论性著作，它们在散文发展史上的贡献除了主要体现在论说水平的提高上，实际上也体现了人的主体思维水平的提高上，而人的主体思维水平的提高反映到作品中，就形成了诸子散文的独有特色。

这时期最具有代表性的诸子著作有儒家的《论语》《孟子》《荀子》《礼记》，道家的《老子》《庄子》《列子》，墨家的《墨子》，法家的《韩非子》《管子》，杂家的《尸子》，还有兵家的《孙子兵法》以及名家的《尹文子》《公孙龙子》等。下面将通过对《论语》《庄子》《韩非子》的分析来探讨先秦诸子散文的特色。

（一）《论语》

1. 孔子与《论语》

《论语》的知识产权无疑是属于孔子的，但《论语》不是孔子亲手写的，是他人记录、整理、编定的。至于是哪些人，又众说纷纭。

班固在《汉书·艺文志》认为：《论语》者，孔子应答弟子时人及弟子相与言而接闻于夫子之语也。当时弟子各有所记。夫子既卒，门人相与辑而论纂，故谓之《论语》。"班固认为"夫子既卒，门人相与辑而论纂"，即孔子去世后弟子核对记录。孔子死后埋葬在曲阜北面的泗水旁边，许多弟子都为他守丧三年，三年期满才相别离去。这一特定的时段，正是孔子的学生回忆老师当年的教诲，互相核对"听课笔记"的极好机遇和场合，所以，班固所谓的"夫子既卒，门人相与辑而论纂"是大致可信的。

《论语》主要记载了孔子（前551—前479）及其弟子的言行，并通过这些记载集中体现了孔子的思想，他的核心思想是"仁"。在《论语》中"仁"一共出现了109次，有58个章节谈到"仁"，孔子认为"仁"就是"爱人"。"爱人"作为"仁"的重要精神内涵具有广泛的适用性，由"爱人"所推导出的一系列思想都深刻体现出孔子对一般社会民众的关注，以及对整个人类社会发展中实现人与人之间共同和谐发展的关切。这种以博大宽厚的胸怀来爱护民众的精神，是"仁"的一种表现方式，即孔子的民本思想。

此外，在如何实行"仁"的问题上，孔子主张要克制自己，恢复"礼治"，即"克己复礼为仁"。这里的"礼"就是社会秩序中的行为标准和规范。孔子把"礼"作为行"仁"的规范和目的，使"仁"和"礼"相互为用，这样便建构了一种和谐的共存关系。孔子还主张"推己及人"，即"己欲立而立人，己欲达而达人"和"己所不欲，勿施于人"。前者是说：自己想站得住脚，也要设法让别人站得住脚；自己的事想行得通，也要设法让别人的事行得通。孔子实质上是在说：在自己谋求生存与发展的同时，也要帮助他人生存与发展。后者是说：自己不想要的东西，就不要强加给别人。"己所不欲，勿施于人"是儒家思想的精华，也是中华民族根深蒂固的信条。

2.《论语》的创作特点

第一，《论语》采用了语录体，或记录孔子的只言片语，或记录孔子与弟子及时人的对话，呈现出短小简约的特点，还没有构成单独的、形式完整的篇章。

第二，《论语》虽然以说理为主，但同时也常常融入抒情。书中在记录孔子及其弟子的言谈时，总是力求如实地反映出他们丰富而复杂的感情，许多文句和章节带有浓厚的抒情色彩。如"甚矣吾衰也！久矣吾不复梦见周公。"（《述而》）短短几句，抒发出孔子对周公和西周政治梦寐以求的无限思慕之情。

第三，《论语》大量运用了排比、递进、并列、对偶等修辞方法，句式长短相间、错综变化，造成纡徐婉转、抑扬唱叹的效果。如"知者不惑，仁者不忧，勇者不惧。"（《子罕》）"志于道，据于德，依于仁，游于艺。"（《述而》）像这样的并列句在《论语》中很常见，从而显示出辑录者驾驭语言的功力。

第四，多用语气词，也是《论语》语言风格的重要特色。《论语》是语录体，它的基本要求是反映谈话的本体形态，如实地传达谈话者的语气。孔门师生均是宽仁长者、博雅君子，他们讲学论道，甚至争论问题，都不作斩绝之语，而是多以疑问、感喟、反诘的语气表示，因此"之、乎、者、也、焉、欤"等语气词在《论语》中随处可见。如"子曰：'大哉，尧之为君也！巍巍乎，唯天为大，唯尧则之。荡荡乎，民无能名焉。巍巍乎，其有成功也；焕乎，其有文章。'"（《泰伯》）

《论语》除了在语言艺术以及故事记叙等方面对中国文学史产生了重要影响外，它所首创的语录体也常常被后人所效仿。例如《论语》出现之后的《孟子》《墨子》《荀子》以及当时其他一些文章和著述都受到了语录体的影响。

（二）《庄子》

1．庄周与《庄子》

对于《庄子》的作者的看法，历来学者都认为当为庄子。庄子（约前369—约前286），即庄周，继老子之后道家学派的重要学者，先秦杰出的散文家。庄子学问渊博，《史记》说他"著书十余万言"。《汉书·艺文志》说，《庄子》一书52篇。而现存的《庄子》只有内篇7篇、外篇15篇、杂篇11篇，共33篇。但这33篇，通常认为并非全为庄子所作，根据历来学者的看法，大抵认为内篇7篇为庄周自作；至于"外篇"和"杂篇"中，可能也有庄周自作的篇章，但亦杂有门人后学的手笔。所以各家注本，对内篇均无异议，至于"外篇""杂篇"中有无庄周手笔，已难确考。今人也有认为《秋水》《天下》为庄周自作，然无确证，难成定说。

《庄子》包括内篇、外篇、杂篇三部分，其中内篇包括《逍遥游》《齐物论》《养生主》《人间世》《德充符》《大宗师》《应帝王》；外篇包括《骈拇》《马蹄》《胠箧》《在宥》《天地》《天道》《天运》《刻意》《缮性》《秋水》《至乐》《达生》《山木》《田子方》《知北游》；杂篇包括《庚桑楚》《徐无鬼》《则阳》《外物》《寓言》《让王》《盗跖》《说剑》《渔父》《列御寇》《天下》。这些篇章大都展现了庄子的哲学观点。总结起来，《庄子》一书所体现的哲学观点主要有以下几个。

第一，万物为一，即天地是由"道"神秘地产生出来的，认为"道未始有封"，以主观精神将宇宙间各式各样的对立界限一概取消，从而达到"道通为一"，即彼物与此物毫无分别，都是一，都是道的具体显现。

第二，无为而治。庄子发展了老子的"无为"思想，认为人类应该浑浑噩噩地过日子，如果是人为去"治天下"，任何人为的微小成就，都好比"穿牛鼻"那样人为地破坏自然的"道"。

第三，主张"忘己"。庄子认为只有这样才能完全超脱一切。达到"无己"的办法是"坐忘"，即对外界来的任何干扰和引诱都不受影响，变得毫无爱憎，麻木不仁，连自身的存在也忘掉了。如果能够达到"无己"的程度，就能与大自然混为一体了，从而获得人生的最大自由，这就是《庄子》中所强调的不需要等待任何条件就可以自由自在地做"逍遥游"，也是庄子追求的人生境界。

第四，主张避世。庄子处在战国中后期战乱频仍的年代，社会动荡不安，封建统治者任意杀戮，君臣关系紧张，人与人之间尔虞我诈，造成了庄子消极的处世哲学。同时，他对那些阿附权势而取富贵者采取了极度鄙弃的态度，对其进行了极其尖刻的讽刺。

需要指出的是，虽然庄子的这些思想具有强烈的批判现实精神，这种愤世嫉俗的态度也对后世文人产生过积极的影响，但是，这套处世哲学只不过是一种企图逃避现实的自我催眠而已。

2.《庄子》的创作特点

第一，浪漫主义色彩浓烈。庄子天才卓绝，聪明勤奋，其文章别具洞天。李白曾赞叹《庄子》中的散文"吐峥嵘之高论，开浩荡之奇言"（《大鹏赋》）；清人刘熙载在《艺概·文概》中称赞《庄子》中的散文"意出尘外，怪生笔端"，精确地道出了《庄子》文章奇伟超拔的想象力。

我们读《庄子》就会发现，庄子刻画现实、反映现实，不是描写他眼睛所看到的现实情景，而是从对现实的否定立场出发，描写自己的追求，编织自己的幻想。庄子的想象大胆奇特、丰富多彩，文学笔触挥洒自如，意境恢弘壮阔，富于浓厚的浪漫主义色彩，表现出纵横跌宕、浩渺奇境的文章风格，创造了光怪陆离、波诡云谲的艺术世界。这些奇特、丰富的想象是用虚构的手段、夸张的手法，通过各种比喻、寓言体现出来的。

第二，广泛运用寓言故事。一部《庄子》，寓言占十分之九。他之所以选择寓言这一形式，是因为他认为世人都"沉浊"，不可同他们"庄语"，因而"以卮言为曼衍，以重言为真，以寓言为广"（《天下》），即通过"寓言""重言""卮言"三种方式来表达他的思想。这里所说的"寓言"包括一些神话式的幻想故事，也包括通常借事物寓言的故事；"重言"是借用某些历史故事和古人的话来说理；"卮言"是指随机应变的直接辩论。

第三，结构形式奇诡莫测。至庄子时代，论说文意的发展在形式构造上已经达到能够从正面有中心、有层次、有条理地表达自己观点的程度。庄子追求的是主体精神的自由，其思维方式着重于哲理的体验，其个性又轻"形骸"讲超脱，所以以内篇为代表的作品，特点是重内在意志的表达，而不讲章法规矩、形式结构。表面上看，庄子的文章似乎很散，然而由于其文章内在的逻辑联系，加上他行文时喜欢用相反相成、因势利导的方法，因而其文章不但不散，反而表现出腾挪跌宕、摇曳多姿的特点。如《逍遥游》主要讲对精神自由的追求，《齐物论》阐发了万物齐一、是非齐一的哲学观，《养生主》谈处世养生之道，《德充符》论精神超越形骸，《大宗师》述说何谓"道"和"真人"，如此等等，各有内在中心，写法上却不守任何成格，或着手就是寓言，或从人物的对话起笔，或通篇罗列故事，或随意插入议论，"无端而来，无端而去"，"意出尘外，怪生笔端"，总体上形成"看是胡说乱说，骨里却尽有分数"的特点（《艺概·文概》）。后人论散文写作的要点在形散而神不散，《庄子》是最好的范例。

第四，语言高度形象化。《庄子》的语言高度形象化，具有美的特征。其文章的形象和美趣闪耀着艺术的光彩，其中不乏铺张形容。如《逍遥游》

一文，用满纸荒诞之言描写了藐姑射山奇妙的神人之形象，其肌肤、身段、饮食、活动、神态俱妙不可言。《马蹄》篇写马的外形："马，蹄可以践霜雪，毛可以御风寒，龁草饮水，翘足而陆，此马之真性也，虽有义台路寝，无所用之。"这些文字都给人一种美感，增添了文章的魅力。有的则妙趣横生，逸笔妙致，有如天额。《外物》篇写任公子钓大鱼，极力渲染饵之重、竿之长、鱼之大以及鱼的挣扎和海的波涛、声响，形成一组惊心动魄的图画，真是恣意恢张，动人心魄，文采飞扬。

《庄子》在文学上的影响极大，自贾谊、司马迁以来，历代文学大家无不受到它的感染与熏陶。他们在思想上，或旷达不羁、愤世嫉俗，或颓废厌世、悲观消极，从而催生了许多成就斐然的作品。这些作品从寓言到小说，从诗歌到散文，从形式到内容，从文学到哲学或多或少都带有庄子的印记。因此，现代文学家郭沫若甚至提出，秦汉以来的中国文学史大多数都是在《庄子》的影响下发展的（见《鲁迅与庄子》）。

（三）《韩非子》

《韩非子》是法家的经典著作，其文严峻峭刻，干脆犀利，寓言丰富，在先秦诸子散文中独树一帜，是先秦时期辩论艺术的集大成者，在诸子散文乃至整个中国文学史上有着颇为重要的地位。

1. 韩非与《韩非子》

韩非（约前280—前233），出身韩国贵族，是所谓"诸公子"之一。其生平事迹见于《史记·老庄申韩列传》。《韩非子》，《汉书·艺文志》载55篇，与流传本篇数相同，其中大部分应为韩非所著，少数篇当为后学所辑录。

《韩非子》的主要思想包括两个方面：

第一，法治思想。韩非批判地吸收了前期法家，其中包括田齐法家的"法""术""权""势"相结合的思想，形成了他的"法""术""势"相结合的法治思想。他认为，要治国，就必须用严刑峻法。韩非把"法"比作"隐括"，即使弯曲木料变直的工具，也就是要求以"法令"作为统一全国思想的标准。由于法令是要求人人遵守的，所以《韩非子·难三》主张把法"编著之图籍，设之于官府，而布之于百姓"，使国家的各个角落，无论男女老少、尊卑上下都知道。韩非的"法治"思想，继承了《管子》、李悝、商鞅的法治思想而更加系统化。

第二，耕战思想。韩非总结了前期法家李悝、吴起、商鞅的耕战思想，比商鞅更为彻底。他不仅把不事耕战的其他职业都视为社会的害虫，而且要取消不事耕战而取得爵位的旧贵族的特权。

2.《韩非子》的创作特点

第一，就体制而言，在《韩非子》出现之前，寓言故事都是零星分散地存在于诸子散文或历史散文之中的充当说理的一种手段或叙事的一个部分，还没有成为完全独立的文学体裁。到《韩非子》出现后，人们才开始有意识有系统地收集、整理、创作寓言故事，并且将其分门别类编辑成为各种形式的寓言故事集，把写作寓言故事当成著述的重要课题，有着明确而自觉的预定意图。从此以后，中国古代寓言进入了新的发展阶段。

第二，《韩非子》中的寓言多是哲理深邃、讽刺尖刻的社会寓言。《韩非子》寓言最精彩的首推那些嘲笑愚人的滑稽故事和带有箴诫性质的民间传说。其中人物大都无名无姓，只称"有人""某人""宋人""郑人""齐王""燕王"等，故事情节基本出于虚构，或者经过很大夸张，大多具有深邃的哲理性和尖锐的讽刺性以及熟练的艺术技巧，所以一直被视为韩非寓言的代表作。

第三，《韩非子》中的寓言故事也有改铸古人、为我所用的历史故事。韩非继承了诸子散文喜欢在行文和谈话中援引历史故事从中汲取经验教训以资借鉴的传统，《韩非子》中的历史故事数量大大超过前人，运用方法也有许多新的创造。他已不限于简单地引述史实作为佐证，而是按照古为我用的原则，重新塑造古人；根据表达思想的需要，故意改编历史；并用形象化的手法，去补充历史细节。《韩非子》历史故事中的人物，姓名是真实的，但事迹往往属于传说附会。这种手法是从《庄子》那里学来的，不过他不像庄子那样借古人之口大谈玄理，而主要是作为政治斗争的工具。

第四，《韩非子》的句子整齐，节奏鲜明，多用韵文。散文中夹杂韵语，先秦典籍早已有之，但多为散文中的片段，很少有从头至尾都押韵的。韩非则是在前人的基础上，把先秦韵文的写作技巧又向前推进了一步，如《韩非子·主道》《韩非子·扬权》两篇文章，无论文字、句式、韵律、手法都超越他的前辈，俨然是独树一帜的韵文新体。

《韩非子》一书重点宣扬了韩非法、术、势相结合的法治理论，达到了先秦法家理论的最高峰，为秦统一六国提供了理论武器，同时也为以后的封建专制制度提供了理论根据。

第二章　秦汉时期散文、诗歌与辞赋

在秦汉时期，中国的疆土进一步扩大，各民族进一步融合，特别是在武帝时代，达到了全盛时期，经济繁荣，文化发达。进入汉代以后，文学的价值开始受到统治者的重视，两汉文学开创了文学发展的新局面。散文、诗歌、辞赋全方面发展。从整体上来看，汉代的文学形成了许多自身的特点，并在中国文学史上占有重要地位。本章内容主要对秦汉时期的文学创作进行了全面且深入的研究。

第一节　秦汉散文的创作与发展

在秦汉时期，中国古代散文诸体渐趋完备。秦代由于持续时间短暂，统治者实行严厉的文化专制政策，极大地抑制了文学的发展。纵观整个秦朝的散文作品，其中可以称述者主要有在统一六国之前由秦相吕不韦招集门客编成的《吕氏春秋》和李斯的《谏逐客书》。秦统一中国后，出自李斯之手的泰山等地刻石为我国最早的碑文体。汉兴以后，陆贾、贾谊、刘安诸人总结前代历史教训和诸子百家之说，其文铺张扬厉，纵横捭阖，犹有战国遗风。董仲舒的策对和刘向的奏议叙录以如何巩固中央集权制为讨论重点，典重雍容，宏博深奥，形成了汉代议论文的主导风格。

一、秦代的散文

在中国历史上，秦王朝作为一个中央集权的统一封建国家只存在了 15 年。这期间除皇帝的诏令和臣下的奏疏等实用文字外，没有散文名篇传于后世。在中国文学发展中起过一定影响的是吕不韦召集门客编成的《吕氏春秋》、李斯所作的《谏逐客书》以及秦统一后的泰山刻石等。

（一）吕不韦与《吕氏春秋》

吕不韦，生年不详，卒于公元前 235，姜姓，吕氏，名不韦，卫国濮阳（今河南省安阳市滑县）人，战国末年著名的商人、政治家、思想家，官至秦国丞相。《吕氏春秋》是吕不韦招集众多门客辑合百家九流之说编写而成的一部类似百科全书的传世巨著,该书的成书年代在公元前239年左右。

《吕氏春秋》为吕不韦门下众门客集体编成,编者众多,内容自然也不免驳杂,所以《汉书·艺文志》把它列为"杂家"。在《吕氏春秋》中所取的各家学说中,以道家、儒家、阴阳家思想为主。但是,它与纯粹的儒道阴阳各家学说都有不同,在杂取各家为己所用的过程中,同时也对各家学说进行了改造,从而构成自己的理论体系。《吕氏春秋》全书共分为十二纪,每纪5篇;八览,每览8篇;六论,每论6篇;再加一篇序文,共161篇(今存160篇)。全书条分理顺,篇章划分十分整齐,从结构上组合成了一个所谓"法天地"的完整体系。十二纪按照一年十二个月的顺序排列,是时间的纵向流程,古人认为季节的推移源于天的作用。八览是由八方、八极等观念而来,是空间的横向划分,来自地理范畴。至于六论,则是由六亲、六义等人间事象脱胎而来。

由于《吕氏春秋》出于众人之手,风格并不完全统一。在该书中,有些文章精练短小,文风平实畅达,用事说理颇为生动,仍然可以称得上是优秀的文学散文。例如,《重己》篇讲自己的生命如何重要,先从人不爱倕之指而爱己之指、人不爱昆山之玉而爱己之玉说起,层层深入,语言朴素恳切;《贵公》篇讲"圣人之治天下也,必先公"的道理,先提出论点,再以荆人遗弓、桓公问管仲等具体事例说明,叙述生动明快;其他如《贵生》《用众》《顺民》《正名》《察传》《似顺》等篇也各有特色。

《吕氏春秋》在寓言的创作和运用上采用了独特的手法,往往先提出论点,然后引述一个或数个寓言对其进行论证。例如,《当务》篇先提出"辨""信""勇""法"四者不当的危害,然后就连用"盗亦有道""楚有直躬者""齐人之勇"和"太史据法"四个寓言来说明道理;《察今》篇为了说明"因时变法"的主张,后面也连用"荆人涉雍""刻舟求剑"和"引婴儿投江"三个寓言故事。总的来说,《吕氏春秋》中的寓言生动简练,中心突出,结尾处往往点明寓意,一语破的。

《吕氏春秋》在文学方面的另一个主要成就是创作了丰富多彩的寓言。全书共有200多则寓言故事,这些寓言大都是化用中国古代的神话、传说、故事而来,还有些是作者自己的创造,在中国寓言史上具有相当重要的地位。

(二)李斯的散文

李斯,生年不详,卒于公元前208,楚国上蔡(今属河南)人。曾经跟从荀子学习帝王之术,公元前247年入秦,为秦相吕不韦的舍人。

公元前 237 年，李斯刚好入秦十年。这时的韩国苦于秦国对其进行征伐，乃使水工郑国说服秦国开凿水渠，企图耗费秦国人力而不能攻韩。郑国的间谍活动被发觉后，秦国的宗室大臣认为，那些外来人大抵都是各诸侯国派来游说和充当间谍的，建议秦王把所有来自外国的客人都驱逐出境，李斯也在被逐之列。于是李斯写了《谏逐客书》给秦始皇，指陈逐客的错误。《谏逐客书》以逐客不利于秦的统一为中心，首先，铺叙历史上客卿辅助秦国并使之国富兵强的事实，以说明客卿不曾有负于秦；其次，胪陈秦始皇看重外国的玩好之物，而轻视客卿的事实，论定其重物轻人的错误；最后，分析纳客和逐客的利害关系，指出逐客非但不利于秦的统一大业，还会使秦国趋于危亡。

二、汉代的散文

两汉时期的散文主要是涉及政论和哲理方面的，与先秦诸子散文相比取得了较大的发展。相对来说，两汉散文的内容更加丰富，形式更加完备，风格更加多样化。从主基调上来看，汉代政论哲理散文以务实求用为主，抒情成分较少。汉代书信体散文中的抒情成分比较重，甚至成为文章的主要内容。虽然书信本身是一种实用文体，但大多数具有文学价值的书信内容更加注重在感情上的交流，因而成为个人心声的披露。除此以外，历史散文如《史记》《汉书》等也具有相当高的文学价值。

（一）政论哲理散文

西汉初期，一些散文作家由于受到百家争鸣遗风的熏染，畅所欲言、干预政治的意识仍然高涨。与此同时，战国时的那种救世弭乱的主题，不得不转化为维持太平统一的局面，为新王朝提供长治久安之策。因此，这一时期的散文作家在散文创作的形式上大多继承了先秦诸子的文风，表现出一种气势磅礴、感情激切、纵横驰骋、铺陈张扬的风格；内容上都能写出新的时代主题，即总结秦之所以亡、汉之所以兴，作为巩固现政权的借鉴。影响较大的西汉前期散文家主要有贾谊和晁错。到了西汉中期，西汉前期那种纵横驰骋的文风仍在延续，但已接近尾声，而以董仲舒为代表的平易朴实、雍容典雅的文风正在形成，而与董仲舒同时的淮南王刘安依然倾向于道家。西汉后期，政论哲理散文在内容上大多充斥着阴阳灾异之说，写作上引经据典，尤其是引用《诗经》的诗句作为理论依据。代表这种文风的主要有刘向和受刘向影响的谷永、鲍宣等。

　　东汉前期，优秀的政论哲理散文在内容上提倡古文经学，批判谶纬之说，文风也有复古的倾向。其中，要属王充的政论哲理散文影响最大。到了东汉后期，由于朝廷政治日趋腐败，神学化的今文经学逐渐遭人唾弃，"举大义"的古文经学得以大兴，各种异端思想相继出现，由通儒而趋通脱，成为时尚。这时的散文作家目击时艰，尖锐地指摘时弊，评论政治得失，提出救弊扶危的主张，文多愤激不平之气。语言日趋骈偶也是这一时期散文的发展趋势。这个时期影响较大的政论哲理散文作家有王符、崔寔、荀悦、仲长统等。

　　在这里，本书主要就贾谊、晁错、刘安、董仲舒、刘向、王充、王符的政论哲理散文进行简单介绍。

　　贾谊（前200—前168），洛阳人，文帝时召为博士，一年中迁为大中大夫，并拟任以公卿之位，因被周勃等大臣所阻，出为长沙王太傅，转为梁怀王太傅。怀王堕马死，贾谊自伤为傅无状，忧郁而死。贾谊著名的政论文有《过秦论》《陈政事疏》（一题作《治安策》）、《论积贮疏》等，《汉志》著录"贾谊五十八篇"，隋唐志皆作《新书》十卷。贾谊的政论哲理散文具有战国纵横家的文风，善于在历史事实的强烈对比中分析利害冲突，在描写的铺张渲染中造成充沛气势，议论说理毫无顾忌，行文畅达，语言犀利，富于文采。如《过秦论》为了渲染秦国的声威，就极力夸张六国合纵抗秦的盛况："常以十倍之地，百万之众，叩关而攻秦"，而其结果则是秦人"追亡逐北，伏尸百万，流血漂卤"，"秦无亡矢遗镞之费，而天下诸侯已困矣"。但这个"威震四海"的王朝，却被"率罢散之众数百"的陈涉"奋臂大呼"，即土崩瓦解。在这种渲染对比之中总结出亡秦的教训："仁义不施而攻守之势异也"，就极为有力。又如，《陈政事疏》开篇就逐一分析现实政治存在的问题，提出解决的办法。文章出言大胆，直率热忱，既反映了这时国家强盛，统治者尚能容许切直之言，也表现了作者积极热情、直率敢言的精神。

　　晁错（前200?—前154），颍川（今河南禹县）人。汉文帝时，以文学为太常掌故，奉命从济南伏生受《尚书》，迁博士，拜太子家令，举贤良文学，对策高第。后来，景帝即位，迁御史大夫，晁错上疏请求削藩，于是吴楚七国以诛晁错为名发动叛乱，遂被景帝以朝衣朝冠腰斩于东市。他的著名政论哲理散文有《贤良文学对策》《言兵事疏》《论贵粟疏》《守边备塞疏》等。

　　刘安（前179—前122），淮南厉王刘长之子，汉武帝之叔父，以汉文帝十六年（公元前 164 年）袭封淮南王，汉武帝元狩元年以谋反被发觉自杀。西汉前期，适应社会经济、政治的需要和变化，黄老思想盛极一时，后来，儒家学说日益受到重视，而其他各家思想余绪未绝。《淮南子》是汉初社会思想情况的反映，书中的文艺思想也是当时思想文化在文艺方面的表现。总的来说，它记载了古代许多宝贵的艺术经验，继承和发挥了先秦诸子特别是道家以及儒家的文学思想，提出了不少关于文艺的精辟见解，对后世的文学思想也产少了不小影响。

董仲舒（前 179—前 104），广川（今河北景县）人。历任江都王和胶西王相，后托病辞官，"以修学著书为事"。其著作甚多，今存有《贤良对策》凡 3 篇（又称为《天人三策》)、《春秋繁露》82 篇。最能代表董仲舒的思想和文风的作品要数《天人三策》。其中，一策倡教化而轻刑罚，二策主张黜奸选贤、教化爱民，三策主要阐述其天人相应、"大一统"等核心思想。从行文的角度来看，该文章逻辑严密，环环相扣，联类引证，雍容稳妥，已经没有了西汉初期散文的纵横排宕之气。从发展的角度来看，董仲舒的阴阳灾异思想和文风的变化，都对西汉中后期的散文创作产生了很大的影响。

刘向（前 77—前 6），字子政，本名更生，彭城（今江苏徐州）人，汉宗室。刘向的散文，继承董仲舒而在引经据典方面有所发展。例如，刘向在《条灾异封事》中广引《持经》《周易》《论语》等经典，推衍《春秋》灾异之旨，谏议黜奸进贤，论证以人和致天和的思想。刘向的一些名篇，如《极谏用外戚封事》谏议罢黜外戚王氏，《谏营昌陵疏》主张薄葬，都具有广征经典的特征。刘向奏疏文的行文有一个共同的特点：结构严整，逻辑清晰，往往先以正论开篇，继之以反证，然后总结观点，最后落脚在所针对的时事之上。《新序》十卷和《说苑》二十卷是刘向散文的代表作，两书都是采集群书中的逸闻琐事编撰而成，寓含劝诫训教之意。其中，很多篇章类似于后来的志人小说，在刘向的散文中最具文学价值。例如，《新序·节士》《说怨·君道》两篇以简短描写人物言行，传达其形貌和精神，主要是继承了《左传》的写人笔法；但是由于它不再穿插于历史叙述之中，而成为独立的故事，就具有了更多的文学意味。这类故事，对后来的文言小说（尤其是志人小说）有不小影响。

王充（公元 27—约 97），字仲任，会稽上虞（今属浙江）人。王充所著《论衡》八十五篇，是我国思想史上一部唯物主义的重要著作，充满批判精神。王充在《论衡》的《自纪篇》《对作篇》《案书篇》《须颂篇》《艺增篇》《佚文篇》《超奇篇》等篇中，针对当时"华而不实，伪而不真"的文风，做了尖锐的批判，并提出了不少进步的文学主张。这些主张主要包括以下几个方面。

第一，重视文章的内容与形式统一，《论衡》一书认为文章的内容和形式应当是"外内表里，自相副称"。

第二，重视文章的通俗性，主张书面语言应当与口语相一致。西汉以来，辞赋盛行，且喜用艰涩生僻的词句，文章佶屈聱牙，文坛上蔓延着一股"深复典雅，指意难睹"的坏风气。针对这种风气，王充主张文章要写得朴实、浅显。

第三，重视文章的实用价值，认为文学应当起到"劝善惩恶""匡济薄俗"的教育作用。

第四，重视文章的独创性，反对模仿因袭。汉代文坛，模拟因袭的风气很盛，王充大抵以模拟为能事，即使像扬雄那样著名的辞赋家，也模拟司马相如的作品，"卷舌而同声，拟足而投迹"（扬雄《解嘲》），对所谓古人先贤则"信之入骨"。王充对这种弊习进行了辛辣的讽刺和批判。

王符（生卒年不详），字信节，安定临泾（今甘肃镇原）人。在王符的政论哲理散文中，对当时社会上各种丑恶现象及不合理的制度多有指斥，切中时弊。在议论政治得失时，常采用正反对照和排比的写作手法，具有较强的说服力和感染力。他历数当时经济、政治及社会风气等方面本末倒置、名实相违的种种情况，指出此"皆衰世之务"，并引用许多历史教训来警告统治者。他把社会祸乱的根源归咎于统治者的昏暗不明，向往贤能治国，明君尊贤任能，信忠纳谏，要求统治者"论士必定于志行，毁誉必参于效验"，建议采取考功、明选等措施来改革吏治；他反复强调"国以民为基，贵以贱为本"（《救边》），即使谈天命，也说"天以民为心，民之所欲，天必从之"。统治者要重视民心的向背；要崇本抑末，重视发展农桑，爱惜民力；批判迷信卜筮、交际势利等不良社会风气。王符批判靡丽浮华的文风，《潜夫论》一书的文字皆朴实无华，准确简练。

王符的文章是非明确，内容切实，说理透辟，指斥尖锐；且引经据典，纵横而论，犀利尖刻；语多排偶，表现了东汉后期政论哲理散文骈偶化的趋势。

（二）书信体散文

两汉的书信体散文也是先秦书信体散文的进一步发展。相对来说，先秦的书信体散文主要是陈述政治方面的意见，与春秋时列国使者往来的辞令和战国游士的说辞相似，抒情的成分很少，可以说是政论文的旁支。今存两汉的书信仍多与政治相关，但抒情的因素扩展了，有些已基本上或完全是个人的抒情之作，具备了陆机所云"函绵邈于尺素，吐滂沛乎寸心"(《文赋》)的特点，成为魏晋以后抒情性书信的先导，对我国抒情散文的形成起着重要作用。

两汉书信的抒情，往往着眼于两个角度：一是自陈积悃（久积的诚挚之心），一是规劝对方。前者著名的有邹阳的《狱中上梁王书》、司马迁的《报任安书》、杨恽的《报孙会宗书》等，后者则有枚乘的两封《上书谏吴王》、朱浮的《与彭宠书》、李固的《与黄琼书》等。这些书信的内容虽大都牵涉到某种政治上的问题，有所评议、抗争或讽喻，但都能以强烈的感情加以贯串；故在写法上，往往熔叙事、议论、抒情为一炉，抒情与议论尤不可分；议论多带有抒情色彩，抒情则寄寓着对事物的赞叹或否定。

（三）历史散文

中国古代的统治者普遍重视历史经验的总结，故历史散文一直得以持续发展。而且记载历史，从一开始就有一个突出特点，即重视历史人物的"言"和"事"。先秦的历史散文记的"言"和"事"只是列举提纲，缺少对历史人物具体活动的描写，或者只是把人物作为某一历史事件的附庸而已，或者只是某个历史人物的生活片段，无法展现出历史人物一生的完整的精神面貌和性格特点。直到司马迁的《史记》，才出现了生动鲜明的历史人物形象曲折紧张的历史故事，是后世散文的典范。班固的《汉书》则开始倾向于对翔实的历史资料的收集、考核和记载，但也属于这一时期较有代表性的历史散文。

1. 司马迁的历史散文

司马迁（前145—前90），字子长，冯翊夏阳（今陕西韩城）人，著有《史记》。《史记》是一部伟大的历史著作，是记载我国整个封建时代历史的正史——二十四史之首，对我国史学产生了重要影响。《史记》创造了纪传体的形式，成为后来封建正史的典范。《史记》是我国第一部纪传体通史，它记载了从传说中的黄帝到汉武帝太初年间大约3000年的历史。全书采用以历史人物为中心，通过为历史人物写传记来写出整个时代的历史。共分130篇，由十二本纪、十表、八书、三十世家、七十列传这五个部分组成。本纪记载历代帝王的政绩，是全书叙事的提纲；表是各个历史时期的简要大事记，是全书叙事的联络和补充；书是关于天文、历法、水利、经济、文化等方面的专门史;世家主要记述贵族侯王的历史;列传则是各种不同类型、不同阶层人物的传记(少数列传记外国史和少数民族史)。这五种体例,以本纪为纲,互相配合,体制严密,既反映出几千年错综复杂的历史面貌,又刻画出一批栩栩如生的历史人物形象,开我国纪传体正史的先河。第二,它改变了分封割据的历史概念,建立了大一统的历史观。

《史记》不仅建立了我国纪传体的史学,也开创了我国的传记文学,是我国第一部传记文学总集。《史记》问世之后,中国才算有了真正意义上的传记文学。《史记》的本纪、世家、列传中所描写的一系列历史人物,如同一轴历史人物画卷,生动地展现了广阔的社会生活,不仅表现了司马迁对历史的高度概括力和卓越的见识,也表现了司马迁卓越的审美能力和杰出的艺术才能。

《史记》的文学成就突出地表现在塑造了许多栩栩如生的历史人物的艺术形象上。司马迁为了写好历史人物,在历史题材的提炼和组织、人物性格的描写等方面都积累了丰富的经验,表现了他独特的审美观念和审美趣味。

在《史记》中,司马迁对人物的描写既不平铺直叙地介绍梗概,也不静止地介绍人物言行,而是通过许多紧张斗争的场面,将人物置于复杂的矛盾冲突的尖端,让人物在紧张的斗争中,表现他们各自的长处和弱点,表现他们各自的性格特征。例如,《鸿门宴》整个故事,斗争尖锐,矛盾复杂,而在司马迁笔下却写得井井有条,一波未平,一波又起,前后相因,腾挪跌宕,把当时的斗争形势,用艺术的画面再现出来,各个人物的形象,如项羽的骄傲自大,坦率轻信;刘邦的善于听取意见和会笼络人;张良的沉着机智,从容不迫;范增的老谋深算,居尊自用;樊哙的粗豪勇猛,临危不惧,无不在这场斗争中得到充分表现。故事化的手法和生动的场面描写,使《史记》的人物传记饶有波澜,人物形象各具特色,因而成为文学与史学相结合的典范著作。

2. 班固的历史散文

班固(公元32—公元92),字孟坚,扶风安陵(今陕西咸阳东北)人。班固出身儒学世家,其父班彪、伯父班嗣,皆为当时的著名学者。班固一生著述颇丰,作为史学家,《汉书》是继《史记》之后中国古代又一部重要史书,"前四史"之一;作为辞赋家,班固是"汉赋四大家"之一,《两都赋》开创了京都赋的范例。

《汉书》在体例上基本沿袭了《史记》，只是改"书"为"志"，废"世家"并入"列传"，全书由十二纪、八表、十志、七十列传四部分100篇组成，记载了西汉一代从汉高祖元年（前206）到王莽地皇四年（公元23）共229年的历史。《汉书》是我国第一部纪传体断代史，为后来各朝正史开创了新的体例。

东汉初期，儒家思想在思想界已居统治地位，班固接受正统儒学的影响较深；他又出身于世代仕宦家庭，其姑祖是西汉成帝的婕妤，与汉王朝关系密切；加上《汉书》是奉旨修撰，必须遵循最高封建统治者的旨意，因此《汉书》的唯心主义天命论和封建正统思想比较浓厚。

第二节　汉代的诗歌

诗的兴起，从一定意义上说，是把诗从音乐中解放出来，使之成为一种具有独特审美个性的艺术形式。汉代正处于诗兴起的阶段，他们在民歌中汲取营养，在巨大的社会变革中获得新的认识，用五言诗取代传统四言诗成为新的诗歌样式，完整的七言诗篇开始产生，极大地影响了后世的诗歌表现方式、艺术风格和创作手法。

一、四言诗

在两汉时期，四言诗有着正统雅诗的地位，在五言诗确立统治地位以前，有很多文人创作四言诗。《诗经》在汉代被尊为儒家经典，所以四言诗式为文人所推崇。由于《诗经》本身存在"风""雅""颂"三种不同类型和风格的作品，因而汉代文人的四言诗作品也就呈现出不同情况。其具体表现为以下几种形式。

（一）体近《大雅》《颂》的庙堂诗歌

这种类型诗歌的代表作有司马相如的《封禅颂》和班固的《明堂》《辟雍》和《灵台》。司马相如的《封禅颂》和班固的《灵台》堪称两汉时期文人四言诗中庙堂文学的代表作。它们不仅完整地继承了《诗经》颂诗的庙堂文学传统，而且打上了汉代经学影响的明显烙印。这主要表现在以下两个方面。

一方面，这两首诗中均有祥瑞符应之类的内容，这种内容显然是汉代今文经学"天人感应"的思想在诗歌领域的直接反映。以上两点足以说明，汉代文人创作的体近《大雅》《颂》的四言诗，与经学存在一种天然的内在联系。

另一方面，这两首诗都是文人取悦君主的献媚之作。司马相如的《封禅颂》，据说是作者死后才传到汉武帝手中的遗作。正是凭着这篇遗作，司马相如的"忠心"才得到帝王的认可。汉明帝就明白无误地说过："司马相如污行无节但有浮华之词，不周于用。至于疾病而遗忠主上，求取其书，竟得称述功德，言封禅事，忠臣效也。"（见班固的《典引序》）至于班固的《灵台》，与《明堂》《辟雍》一道附在《两都赋》之后，更是作者"宣上德而尽忠孝"（《两都赋序》）的文学主张的亲身实践。

（二）体近《小雅》的讽谏劝诫诗歌

创作这类诗歌的代表诗人是韦孟。韦孟，景帝时人，生卒年不详，山东邹县人。初为楚元王傅，后又为其子夷王、孙王戊傅。王茂荒淫无道，韦孟为此作《讽谏诗》以规劝；不听，于是主动去位，徙居于邹，作《在邹诗》。韦孟虽然只留下了两首诗作，但他在汉初文人四言诗坛上却占有比较重要的地位。刘勰就说过："汉初四言，韦孟首唱；匡谏之义，继轨周人。"（《文心雕龙·明诗》）。就艺术成就而言，韦孟的四言诗实在是微乎其微。尽管艺术上毫无创举，但由于韦孟本人就是经学的积极倡导和身体力行者，所以他留下的两篇四言诗作完全可以视为汉代经学"美刺"教化的"诗教"原则的具体实践。

继韦孟之后，体近《小雅》的四言诗人还有韦孟的六世孙韦玄成和傅毅，代表作分别是《自劾诗》和《迪志诗》。这些诗的内容和风格与韦孟的作品大体相似。

（三）体近《风》的抒情言志诗歌

创作这类诗歌的代表诗人是焦延寿。焦延寿，字赣，生卒年不详，撰有《焦氏易林》。从形式上看，《焦氏易林》中的四言诗既受到《易经》的影响，同时更与《诗经》密切相关。由于《焦氏易林》中的四言诗本身就是以《易经》卦辞的形式出现，所以它们之间存在形式上的联系自然是不言而喻的。从内容上看，《焦氏易林》中的四言诗同样与汉代经学关系密切。由于焦延寿生活在西汉中后期，当时正是三家诗的兴盛时期，因此他的四言诗创作明显受到三家诗的一些影响。如《焦氏易林》的《萃》之《渐》

云："乔木无息，汉女难得。橘柚请佩，反手难悔。"反映的即是《韩诗》的观点。又如《讼》之《大有》云："尹氏伯奇，父子生离。无罪被辜，长舌所为。"此诗反映的则是《鲁诗》观点。

随着历史发展，到了东汉后期，儒学衰微，儒家思想文化的统治有所松动，传统雅正的诗歌艺术观念有所改变，并且传统的四言诗体也在音节上发生了一些变化，形成了以双音节词为主的韵语句法。于是四言诗也开始摆脱桎梏，逐渐复苏，出现了许多内容真实、形式活泼、语言优美的四言诗，如朱穆《与刘伯宗绝交诗》、仲长统的《见志诗》等。这些诗开拓了四言诗的新境界，给予四言诗新的意义。在这里重点介绍朱穆的《与刘伯宗绝交诗》和仲长统的《述志诗》。朱穆（公元100—公元165），字公叔，桓帝时官至冀州刺史，为人刚正不阿。在《与刘伯宗绝交诗》这首诗中，朱穆将富贵骄奢的刘伯宗比作北山的鸱，而自比为凤鸟，表现了他对权贵的蔑视。仲长统（公元179—公元220），字公理。仲长统因有志不达，怀才不遇，愤世嫉俗，乃作《述志诗》二首以明志。诗表现了他对现实的愤慨，对儒家传统思想的不满，是汉末社会震荡、儒学衰微时期士人苦闷彷徨的写照。

二、五言诗

五言诗是汉代以后中国古代诗歌史上最主要的体裁之一。在汉代，文人诗歌的一个重要成就就是确立了五言诗这一新的诗歌样式。汉代五言诗的出现有深厚的社会物质基础。一方面，汉代社会生产力得到巨大发展，社会生活日趋丰富复杂，扩大了文学反映生活的范围，为文学提供了更多、更充实的写作素材，丰富了文学写作的内容，也就要求文学要有新的、更富有表现能力的文学形式与之适应。另一方面，负载而充满矛盾的社会景象扩大了文人们的眼界，提高了他们的认识能力以及表现能力，这也使得诗歌出现了新的样式。

（一）西汉时期的五言诗

五言诗的发展有一个长期的过程。早在汉代以前，《诗经》与楚辞中就已经出现了零散的五言诗句，但是直到汉代，才出现了非常接近五言诗的作品，如汉武帝时期李延年所作的歌："北方有佳人，绝世而独立。一顾倾人城，再顾倾人国。宁不知倾城与倾国，佳人难再得。"西汉时，民间的五言歌谣已经比较流行了，例如，《汉书·贡禹传》中记载汉武帝时的民谣：

"何以孝悌为？财多而光荣。何以礼义为？史书而仕宦。何以谨慎为？勇猛而临官。"由于民间歌谣的广泛传播，在西汉乐府民歌中也收集了一些五言体诗歌。但是，至今为止也没有发掘到确切的资料来证明西汉有真正意义上的五言诗，五言诗在西汉也始终没能成为通行的文学样式。

到了西汉后期，当五言诗歌在民间快速发展的时候，文人写诗却仍然用四言体和楚歌体，他们把五言体视为"俗调"，认为五言只用于"俳谐倡乐"，"雅音之韵，四言为正，其余虽备曲折之体，而非音之正也"（挚虞的《文章流别论》）。然而，随着人类社会的不断发展，五言诗越来越显示出其向表达新的思想感情、适应新的语言状况、满足新的审美要求的优势。相比之下，五言诗虽然每句只比四言诗多了一个字，但却具备了更大的弹性，可以更方便地容纳双音词和单音词，解决了双音词和单音词配合的问题。它的"二三"节奏，有奇有偶，变化多端，圆转流走，更富于韵律美。与楚歌和四言体诗歌相比，五言体具有更多优点，更适宜时代的发展。

（二）东汉时期的五言诗

东汉时期，五言诗歌继续发展，东汉乐府中的五言体已经占据主要地位。随着民歌的流传，新鲜活泼、富于表现力的五言体逐渐引起文人们的注意。东汉初年，终于开始出现文人创作的五言诗。

1. 应亨、班固等人的五言诗创作

根据现存资料，有作者可考且信实的五言诗，最早是东汉前期应亨和班固的作品。应亨是东汉明帝时人，生平不详，他的《赠四王冠诗》主要是祝贺四个妻弟加冠。班固的《咏史》主要是歌咏文帝时孝女缇萦自请为婢以赎父罪的故事。从体例上来看，这两首诗已经是完整的五言了。但它们的艺术表现平实呆板、质木无文，远远没有成熟。

班固之后，文人五言诗逐渐增多，如张衡的《同声歌》、秦嘉的《赠妇诗》三首、郦炎的《见志诗》二首、辛延年的《羽林郎》、宋子侯的《董娇娆》、赵壹的《刺世疾邪赋》篇末附诗二首等。其中，张衡和秦嘉的作品表明文人五言诗渐趋成熟。

2. 《古诗十九首》

除了上述有作者姓名的诗之外，还有一批无名氏的古诗，包括《古诗十九首》和其他一些古诗。这些作品艺术表现更加成熟，代表了汉代五言诗的最高成就。《古诗十九首》最早见于《文选》，编者把这些亡失主名的

五言诗汇集起来，冠以此名。关于《古诗十九首》的作者和时代，前人有所推测，如说其中有枚乘、傅毅、曹植、王粲等人的作品，都不可信。据当代学者综合考察《古诗十九首》所表现的情感倾向、所折射的社会生活情状以及纯熟的艺术技巧，一般认为，《古诗十九首》并非一时一人之作，而是多人，身份皆为社会中下层文人，它产生的年代，应当在东汉顺帝末到献帝前（约公元140—公元190）。由于其题材内容与体格韵味大略相同，南北朝时期的萧统在编《文选》时将它们作为一个整体收录在卷二十九，并命名为《古诗十九首》，从此，《古诗十九首》便成为一个专门的名称。

从艺术角度来看，《古诗十九首》表现出非常高的艺术成就。钟嵘在《诗品》中评其"文温以丽，意悲而远，惊心动魄，可谓几乎一字千金"。言有尽而意无穷，是《古诗十九首》最鲜明的特点。《古诗十九首》遣词用语非常浅近明白，"平平道出，且无用工字面，若秀才对朋友说家常话"（明人谢榛的《四溟诗话》卷三），却涵咏不尽，意味无穷。

《古诗十九首》是我国诗歌史上文人五言诗的第一批丰硕成果，有其独特的艺术成就和重要地位。刘勰称其为"五言之冠冕"，钟嵘称其"惊心动魄"，"一字千金"，历来受到人推崇。它的出现标志着文人五言诗的成熟，揭开了我国诗歌发展新的一页，是建安诗歌的先导。

总的来说，《古诗十九首》的产生，标志着中国文人诗创作道路的一个重要转折，开创了一个突破"风骚美刺"传统，以抒写文人士子自身命运、世俗情怀为主的新的诗歌创作领域；扭转了汉乐府民歌向叙事诗发展的方向，而转向抒写个人情怀的抒情化的方向发展。同时，也开创了一种新体诗，即具有真挚质朴而又文雅自然的艺术风格、雅俗兼具的文人五言诗新体。这在客观上也标志着中国诗歌发展进入了一个新时代，即以文人五言诗创作为主的时代，为魏晋六朝诗歌的发展创造了条件，为唐诗的繁荣做出了一定的贡献。

三、七言诗

七言诗同样经历了一个长时间的形成过程。在先秦时期，已经出现了七言的语句和类似七言的诗句。到了西汉时期，开始出现集中连用大量七言句的诗。乐府民歌中也有七言的诗句出现，《汉书》中也记载了不少七言的民间歌谣。另外，《汉书·东方朔传》说东方朔有"八言七言上下"；《文选·北山移文》注引《董仲舒》有"七言琴歌二首"，这也说明西汉时期已经存在"七言诗"的概念了。西汉并没有留下完整的七言诗。东汉前期，据《后汉书》记载，杜笃有《七言》，东平王刘苍有《七言别字诗集》，但是都没有流传下来。现存班固的《竹扇赋》残篇，由两句一转韵的 12 句七言句构成，是一首可以视为完整的七言诗，原来系于赋尾。

张衡的《四愁诗》，是汉代最早的一首较为完整的七言诗。《四愁诗》是骚体整齐化之后而形成的七言诗。全诗除每章首句中间有"兮"字外，其余都是标准的七言诗句。这首诗有政治上的寄托，得《离骚》之神韵，是后代七言歌行的先声。

第三节　汉代的辞赋

辞赋起源于战国后期，最初文学家们在创作辞赋时常以问答体的方式来铺陈描写，因而最初辞赋的篇章大都十分短小，均在二百字左右。进入汉代以后，辞赋对各种文体兼收并蓄，成为处于时代中心位置的文体形式，盛极一时。汉代的辞赋类作品，依其内容和表现形式，大体可以分为两种类型。一种以抒情为主，体制基本与先秦的楚辞相同，这类作品一般称之为"辞"或"骚"，又叫骚体赋；一种以状物为主，铺排摹绘，夸饰文采，这类作品即典型的"大赋"或"汉赋"。到了东汉中后期，汉赋中出现了一种句法类于大赋但篇幅比较短小、铺叙摹绘的成分减少而抒情成分极大增加的赋作，这类作品被称为"抒情小赋"，这是汉赋发展的新趋向。本节内容主要对汉代辞赋的发展进行概要的论述与分析。

一、西汉的辞赋

西汉辞赋是汉代文学最具有代表性的样式，它介于诗歌和散文之间，韵散兼行，可以说是诗的散文化、散文的诗化。西汉辞赋对诸种文体兼收并蓄，形成新的体制。它借鉴楚辞、战国纵横之文主客问答的形式、铺张恣肆的文风，又吸取先秦史传文学的叙事手法，并且往往将诗歌融入其中。西汉辞赋的文体来源是多方面的，是一种综合型的文学样式，它巨大的容量和颇强的表现能力在很大程度上得益于此。这里主要对西汉的骚体赋与散体大赋进行概要的介绍。

（一）骚体赋

骚体赋的流行始于汉初，在形式上深受楚辞的影响，篇幅都不甚长，内容多为抒发身世感慨，情调一般都比较抑郁。在汉初，骚体赋创作中成就最大的当属贾谊和枚乘。

贾谊在辞赋的创作中继承了楚辞中骚体的创作特色，创作出了一系列骚体赋，其中最著名的篇章为《吊屈原赋》《鹏鸟赋》《旱云赋》。抒情述志、情感浓郁，是贾谊辞赋的重要特色，这一点与楚辞有明显的承继关系，而与后来的汉赋有别。

（二）散体大赋

进入汉武帝时期以后，随着汉室政权的巩固，以表现外界事物，如繁华的京师市邑、浩大的宫殿苑囿、丰饶的水陆物产、壮观的田猎歌舞场面等的散体大赋取代了骚体赋逐渐兴起，成为当时辞赋非常流行的一种体式。这一时期的散体大赋多是为封建统治阶级"润色鸿业"服务的，其表现手法倾向于以宏丽夸饰的文辞进行铺写。汉武帝好大喜功，且本人又喜爱文学，曾招纳了许多文学之士在身旁，提倡鼓励辞赋的写作，以"润色鸿业"。其后的几位皇帝亦复如此。因此，赋的题材以"京殿苑猎"为主，多是为统治者歌功颂德的作品，很少有主观抒情成分。另外，这一时期人们的普遍心理状况是自豪和充满自信的，视野是开阔的，文人们在文学创作方面喜好用绚丽夸饰的语言和铺陈描述的手法，来描写壮观气象。

在汉初的散体大赋作者中，成就最突出的当属枚乘和司马相如。

枚乘生年不详，卒于公元前140年，字叔，淮阴（今江苏淮阴）人。作为西汉初年一位辞赋大家，枚乘的赋作流传至今的有五篇，其中《七发》的艺术水平最高。《七发》写楚太子有病，吴客前去探视，"说七事以启发太子"（《文选》卷三十四李善注），因以名篇。赋中，吴客认为楚太子患病的根由在于"久耽安乐，日夜无极""纵耳目之欲，恣支体之安"，要想治愈，必须改变不健康的生活方式，遂讲述音乐、饮食、车马、宫苑、田猎、观涛、要言妙道七件事，一步步启发太子。

司马相如（前179—前117），字长卿，蜀郡成都人。在辞赋的创作道路上，司马相如可谓大家，他的散体大赋中最著名的当属《子虚赋》和《上林赋》。从这两赋内容的宏阔、用事的广博、结构的雄伟、文采的绚烂来看，《子虚赋》和《上林赋》都很好地体现了司马相如"合纂组以成文，列锦绣而为质"和"苞括宇宙，总览人物"的作赋主张。

除了散体大赋以外，司马相如也有写得很有抒情色彩的赋，那就是他的小赋。如《长门赋》，据说是司马相如为失宠的陈皇后而作。这篇作品借陈皇后废贬长门之事，抒发司马相如自己的悲凉感受，艺术水平很高，尤其在情景交融的情感抒发方面，表现形式已相当成熟。

二、东汉的辞赋

在东汉时期，尤其是汉安帝之后，辞赋作品主要是描写客观外界事物，以铺陈夸饰为主要艺术手段的散体大赋衰落，而以抒发主观情志为主要内容、艺术手法相对更为灵活的抒情小赋则蓬勃兴起。

在抒情小赋作家中，成就最高的当属张衡。张衡（公元78—公元139），字平子，南阳西鄂人。张衡留下的辞赋有十几篇，其中既有散体大赋，也有抒情小赋。散体大赋以《二京赋》为代表，此赋乃是模拟班固的《两都赋》所作，但其规模更为宏大，是以京都为题材的赋作中篇幅最长者。但张衡影响最大的还是抒情小赋《归田赋》。《归田赋》是中国文学史上第一篇描写田园隐居乐趣的作品，同时也是第一篇比较成熟的骈体赋，在内容、形式和写作艺术上都深刻影响着后来辞赋的发展。

第三章 魏晋南北朝的文、辞、小说

在中国历史上，魏晋南北朝是一个大混乱、大动荡的时期，但是文化思想、文学艺术在这一时期却是非常活跃的，散文、骈文、诗歌、辞赋、民歌、小说等的创作都取得了极高的成就。因此，在整个中国古代文学史上，魏晋南北朝占有非常重要的地位。

第一节 魏晋南北朝的散文与骈文

一、魏晋南北朝的散文创作

在魏晋南北朝时期，散文的创作取得了非常重要的成就，出现了一批影响较为深远的散文家，如曹操、曹丕、曹植、"建安七子"、诸葛亮、陶渊明、郦道元、李密、杨衒之、颜之推、范晔等。下面具体分析曹操、曹丕、曹植、诸葛亮、陶渊明的散文创作。

曹操的散文创作。曹操（公元155—公元220），字孟德，小字阿瞒，沛国谯（今安徽亳县）人。曹操的散文，豪爽、坦率、质朴、自然而通脱。而在曹操的散文中，最具异彩的是他的教令。例如，在《让县自明本志令》一文中，他自述了身世和夙愿，坦率而恳切，而且毫不讳言地表明了自己的功高盖世。曹操的文章称心而言，敢言无忌，字里行间都流露出率真之气。而且，曹操的文章形式自由随便，语言朴质自然，不尚华词，开创了清峻、通脱的建安文风。

曹丕的散文创作。曹丕（公元187—公元226），即魏文帝，字子桓，曹操次子。曹丕的散文有着华美的语言，骈偶的气息也比较重，还有着非常浓郁的抒情气氛。即使是写作议论文，也能写得情致缠绵、一唱三叹。曹丕的散文，就所抒发的情感来说，多为当下的悲欢契阔之情。

曹植的散文创作。曹植（公元192—公元232），字子建，曹丕弟。他自小十分聪慧，对诸子百家均有涉猎，再加上性情自然而坦率，因而深得曹操的喜爱。曹植的散文文辞靡丽恣肆，情感细腻委婉。在曹植的传世散文中，章表是非常重要的一类，如《求自试表》《求通亲亲表》《陈审举表》

《谏取诸国士息表》等。这些文章写得意气奔放，情真意切，哀婉动人。

诸葛亮的散文创作。诸葛亮（公元 181—公元 234），字孔明，琅邪阳都（今山东沂水）人，三国时期杰出的政治家和军事家。诸葛亮的散文，以作于建兴五年（公元 227）正值他第一次出师北伐之时的《出师表》一文最为著名。文中，他积极劝导刘禅要广开言路、励精图治、明于赏罚、亲贤臣、远小人，以便完成统一大业。除了《出师表》外，诸葛亮还有一篇散文值得注意，那就是《诫子书》。《诫子书》中，诸葛亮劝导儿子要勤学立志，加强修德，树立志向，勤奋学习，增长才干，这样才能行所作为。

陶渊明的散文创作。陶渊明（公元 365—公元 427），字元亮，又名潜，号五柳先生，江州浔阳柴桑（今江西九江附近）人。陶渊明的散文不尚气势，写得自然而真淳，并在淡泊中对自己的感怀与志节进行了抒发，如《五柳先生传》。陶渊明的散文也有着高远的意趣，在平和中表现了对美好生活与理想社会的憧憬，如《桃花源记》。

二、魏晋南北朝的骈文创作

骈文发端于先秦、两汉时期，形成于魏晋，成熟大盛于南北朝时期。总体来说，魏晋南北朝时期的骈文讲究对偶、声律和辞藻之美。下面具体分析嵇康、王羲之、孔稚珪和庾信的骈文创作。

嵇康的骈文创作。嵇康（公元 223—公元 263），字叔夜，谯国铚（今安徽宿县西）人。嵇康的骈文以论文为多，特别以析理持论见长，而且笔锋犀利，见解精辟。例如，他在《管蔡论》一文中，将一向被公认为坏人的管叔、蔡叔说成忠贤之人，还说他们仅仅是因为不了解情况才会怀疑周公"将不利于成王"。嵇康的这种观点在当时来说是非常新颖的，因而在引起了不小的轰动。嵇康的骈文中，最为著名的是《与山巨源绝交书》。

王羲之的骈文创作。王羲之（公元 321—公元 379），字逸少，会稽（今浙江绍兴）人，因官至右军将军又被为"王右军"。王羲之的骈文清新流畅，且以情韵取胜，最有代表性的作品就是《兰亭集序》。文中，他描绘了晋穆帝永和九年（353）三月三日那天，自己与谢安、孙绰等人在会稽兰亭聚会的盛况，并即事抒怀，发出了人生聚散无常、年寿不永的深沉感慨以及对生活的无限热爱之情。

孔稚珪的骈文创作。孔稚珪（公元 447—公元 501），字德璋，南齐会稽山阴（今浙江绍兴）人。孔稚珪的骈文以讽刺见长，最有代表性的作品是《北山移文》。在这篇文章中，他假借北山山灵的口吻，对"身在江湖，心悬魏阙”的假隐士的虚伪面目进行了揭露。

庾信的骈文创作。庾信（公元 513—公元 581），字子山，南阳新野（今河南）人，梁朝著名宫廷诗人庾肩吾之子。庾信的骈文“集六朝之大成，而导四杰之先路，自古迄今，屹然为四六宗匠”（《四库提要》）；多为表启碑铭类的文章，有着十分精美的形式，但并不具有较大的价值。

三、正始诗派的诗歌创作

正始诗派指的是魏齐王曹芳正始时期以阮籍、嵇康为首的“竹林七贤”为代表的诗派。正始时期，政治混乱，司马氏集团把持朝政，阴谋篡权，大肆诛杀异己，迫害滋多。这一时期的诗人政治理想落潮，普遍出现危机感和幻灭感，因而其诗歌很少会反映民生疾苦和抒发豪情壮志，而是注重抒写个人的忧愤。另外，由于正始玄风的影响，诗歌逐渐与玄理结合，诗风由建安时期的慷慨悲壮变为词旨渊永、寄托遥深。阮籍和嵇康是正始派影响最大的诗人，下面具体分析他们的诗歌创作。

阮籍（公元 210—公元 263），字嗣宗，陈留尉氏（今河南开封）人。阮籍的诗歌被王夫之誉为“旷代绝作”，以《咏怀诗》82 首为代表作。《咏怀诗》并非作于一时一地，而是阮籍对政治感慨的记录，是他对当时的社会愤懑而凄厉的呐喊，是他对自己充满矛盾与痛苦心灵的袒露，因而思想与内容都较为复杂，令读者难以琢磨。正如钟嵘的《诗品》中所说：“言在耳目之内，情寄八荒之表，……颇多感慨之词，厥旨渊放，归趣难求。”同时，这些诗写理想，抒感慨，发议论，极大地影响了后世政治抒情组诗的创作。

四、玄言诗派的诗歌创作

玄言诗派指的是盛行于东晋时期的以孙绰、许询为代表的诗人创作的以谈玄说理为主要内容的诗歌流派。玄言诗是老庄玄理和山水之美相混合的产物，以老庄玄学为中心内容，以诗歌形式谈玄说理，但作品缺少诗意，“理过其辞，淡乎寡味”（钟嵘的《诗品序》），因而文学成就并不高。孙绰和许询是玄言诗派最有代表性的诗人，下面具体分析他们的诗歌创作。

孙绰（公元 320—公元 377），字兴公，太原中都（今山西平遥南）人。孙绰是玄言诗派的重要代表，诗歌流传至今的有 13 首，多为四言诗，而且充满玄理道义，形式呆板，枯淡乏味。总的来说，孙绰是以玄理为题材创作玄言诗的一代文宗，在中国诗歌发展史上有着不可忽视的地位。

许询，生卒年不详，字玄度，高阳（今河北蠡县南）人。他终身不仕，好游山水，常与谢安等人游宴、吟咏，曾参与兰亭雅会。他善析玄理，是当时清谈家的领袖之一，与孙绰并为东晋玄言诗的代表人物。

五、太康体诗派的诗歌创作

太康体诗派指的是晋武帝太康年间（公元 280—公元 289）以"三张"（张华、张载、张协，一说是张载、张协、张亢兄弟）、"二陆"（陆机、陆云兄弟）、"两潘"（潘岳、潘尼）、"一左"（左思）为代表的诗歌流派。太康体诗以繁缛为特点，诗风绮丽，既没有了建安文学的慷慨悲凉之音，也没有了正始文学的沉郁遥深之调。另外，太康体诗追求形式的华美，但内容却相对较贫弱。在太康体诗派中，成就较高的是陆机和左思，下面具体分析他们的诗歌创作。

陆机（公元 261—公元 303），字士衡，祖父逊和父亲抗都是吴国的重臣。陆机今存诗一百多首，包括《拟古诗十九首》、乐府、酬唱、赠答、自抒胸臆、赐宴、纪游等。他的《拟古诗十九首》和乐府诗都是拟古之作，约占一半以上。这些作品尽管大都模拟得惟妙惟肖，但诗人自己的性情不出，题材内容以及表现的手法也缺少创新，终觉乏味。

左思（约公元 250—公元 305），字太冲，临淄（今属山东）人。左思的诗歌流传至今的有 14 首，大都精美可观，尤以《咏史诗》八首最为人称道。在这一组诗中，我们可以充分感到诗人卓越的情操。不过，这组诗虽是"咏史"实为"咏怀"，是诗人借古代之人和古代之事抒发自己的人生感慨，特别是自己对门阀制度压抑人才的愤懑。总的来说，《咏史诗》八首无论所咏何事，都服从于抒发情感的需要，开创了咏史诗借咏史来咏怀的新路，对后世咏史诗的发展产生了重大影响。

六、田园隐逸诗派的诗歌创作

田园隐逸诗派指的是以东晋末年的诗人陶渊明为代表，抒写田园隐逸生活为主要题材的诗歌流派。东晋一朝玄风尤甚，整个诗坛也笼罩着玄风。直至晋末的陶渊明出现，才用自己不谐流俗、风格独特的田园隐逸诗篇照亮了诗坛，才使诗歌艺术的脉络重新接上。因此，他被后人称为"田园诗之祖""隐逸诗人之宗"。在这里，我们将主要分析陶渊明田园隐逸风格的诗歌创作。

陶渊明流传至今的诗歌有 120 多首，题材主要包括田园隐逸诗、咏史诗、咏怀诗、行役诗、赠答诗等，其中田园隐逸诗成就最高。他的田园隐逸诗有的描写了躬耕的生活体验，这是最有特点的部分，也是最为可贵的部分；有的描写了农村的凋敝以及自己生活的穷困；有的描写了劳动的艰辛；还有的通过描写田园景物的恬美、田园生活的简朴，表现了悠然自得的心境。陶渊明的田园隐逸诗冲破了玄言诗谈玄说理、淡乎寡味的阴霾，给诗坛吹进了一股清新自然的田野之风。

七、山水诗派的诗歌创作

山水诗派指的是以谢灵运为主要代表，以摹写山水风光为主要题材的诗歌流派。山水诗的出现不仅使山水成为独立的审美对象，为中国诗歌增加了一种题材，而且开启了南朝一代新的诗歌风貌。山水诗派最有代表性的诗人是谢灵运和颜延之，下面具体分析他们的诗歌创作。

谢灵运（公元 385—公元 433），陈郡阳夏（今河南太康）人，晋室南渡后世居会稽（今浙江绍兴）。谢灵运的山水诗"尚巧似"（钟嵘的《诗品》上）和"极貌以写物"（刘勰的《文心雕龙·明诗》），善于捕捉自然山水的变化及其特征，不肯放过寓目的每一个细节，然后用精工绮丽的文辞进行细腻入微的刻画，力图将它们一一真实地再现出来。谢灵运的山水诗将诗歌从"淡乎寡味"的玄理中解放了出来，加强了诗歌的表现力和艺术技巧，也开辟了诗歌表现的新领域，是开创山水诗派的第一位诗人。

颜延之（公元 384—公元 456），字延年，琅邪临沂（今属山东）人。颜延之的山水诗与谢灵运的山水诗的共同特点是"尚巧似"（钟嵘的《诗品》），但比谢灵运的诗歌更加凝练规整，锤炼雕饰，且喜堆砌辞藻，搬弄典故，而缺乏情致。

八、永明体诗派的诗歌创作

永明体诗派指的是在南齐武帝永明年间以聚集于竟陵王萧子良左右的"竟陵八友"（沈约、谢朓、王融、萧衍、萧琛、范云、任昉、陆倕）为代表的格律诗派。永明体诗的主要特点是强调诗歌的声律，语言有自然声调的抑扬。而且，永明体诗的出现使得中国古典诗歌在艺术形式美的完善进程中向前迈进了一大步，奠定了后来律诗形成的基础，诗歌由此由古体向近体转变。但是，永明体诗过分注重形式，也给诗歌的创作产生了一些消极的影响。在永明体诗派中，诗歌创作影响最大的是沈约和谢朓，下面具体分析他们的诗歌创作。

　　沈约（公元 441—公元 513），字休文，吴兴武康（今属浙江）人，南朝文学家、史学家。沈约的诗"颇注意内容，强调继承风骚和建安时期的'以情纬文，以文被质'（沈约的《宋书·谢灵运传论》）的传统，但他同魏晋以来的许多文人一样，都不注意文学讽喻和教化的功能，加之他长期为地方大僚掌书记，后又长期在宫廷任职，与民众少接触，故其诗多为抒发个人的情愫和朋友之情，此外则为写景、咏物与应诏、应制之作，缺乏深刻的社会内容，然其抒情之作亦颇有佳篇"。关于沈约诗歌的风格，钟嵘在《诗品》中概括为"长于清怨"。除此之外，沈约的乐府诗如《有所思》《临高台》《夜夜曲》及抒怀之作《古意》《秋夜》《登高望春》《伤春》等也都有着"清怨"的风格特征。

　　谢朓（公元 464—公元 499），字玄晖，陈郡阳夏（今河南太康）人，因与谢灵运同族，故有"小谢"之称。谢朓积极参与了永明体的创作，讲究平仄四声的永明声律的运用，因而其诗歌"圆美流转"，音调和谐流畅，读来朗朗上口，悦耳铿锵。谢朓是对后世诗歌的发展产生重要影响的诗人，特别是深刻影响了唐诗的发展与繁荣。

九、宫体诗派的诗歌创作

　　宫体诗派指的是以梁简文帝萧纲为首倡导的，包括庾肩吾、陈后主（陈叔宝）、庾信、徐陵、徐摛以及刘孝威等宫廷文人以及梁元帝萧绎为代表的诗歌流派。宫体诗主要是南朝君主和贵族声色娱乐生活的反映，题材以咏物、艳情居多，在情调上伤于轻艳，在风格上则比较柔靡缓弱，但内容则十分贫乏空虚。宫体诗在形式上多采用新体，宫体诗人"转拘声韵，弥尚丽靡"（《梁书·庾肩吾传》）、"好为新变，不拘旧体"（《梁书·徐摛传》），也在一定程度上促进了新体诗的发展。在宫体诗派中，诗歌创作影响较大的是陈后主和庾信，下面具体分析他们的诗歌创作。

　　陈后主（公元 553—公元 604），名叔宝，字元秀，吴兴长城（今浙江长兴）人。陈后主是南朝陈最后一代皇帝。陈后主并不是称职的皇帝，但在文学方面却很有造诣。他创作了大量以宫廷生活为主要内容的、风格浮靡轻艳的宫体诗，但流传下来的不多。

　　庾信的诗歌主要抒发了羁旅之愁和亡国之哀，因而多悲愤、幽怨之情，且风格遒劲而深沉。庾信的诗歌是南北文学合流的成果，既有着极高的思想价值，也有着较高的艺术价值。

第二节　魏晋南北朝的辞赋

魏晋南北朝时期，辞赋创作出现了繁盛局面，并出现了一些新的特点，如出现了抒情化的复归，并体现出明显的诗赋合流趋势；在题材范围方面得到了大大扩展，不论是登临、凭吊、悼亡、伤别、游仙、招隐，还是咏物、说理、抒情、叙事等，都有所涉及；在语言方面逐渐骈偶化，并出现了骈赋这种新的辞赋形式；在艺术风格方面，由汉代散体大赋的堆垛板滞转变为清深绮丽等。

一、曹魏的辞赋创作

在曹魏时期，辞赋的创作发生了重大转变。刘师培在《论文杂记》中指出："建安之世，七子继兴，偶有撰述，悉以排偶易单行，即非有韵之文，亦用偶文之体，而华靡之作，遂开四六之先，而文体复殊于东汉。"曹魏时期的辞赋作家约有 50 人，流传至今的辞赋作品（包括残篇）约有 249 篇。其中，以曹植、王粲和阮籍的辞赋创作最为著名。

曹植的辞赋（包括残文逸句）今存 51 篇，加上"七"体如《七启》《七咨》和赋体文如《髑髅说》之类的有 58 篇。他的辞赋大都是"触类而作"，内容包括自己的生平遭际、升沉哀乐、与亲友的欢会离别以及自己对军国大事的看法等。这些作品，或低徊咏叹，或慷慨悲歌，或抑郁愁苦，或奋发激昂，或浅近如话，或文采缤纷，体现出鲜明而多样的风格。而在曹植的众多辞赋中，《洛神赋》最为著名，也最能代表他的艺术成就。

《洛神赋》的构思和手法都受到了宋玉《神女赋》的启发，"感宋玉对楚王神女之事，遂作斯赋"，同时以浪漫的手法，通过幻想的境界，描述了一个神人相恋但又无法结合最终不得不分离的悲剧爱情故事，并生动传神地刻画了一个端庄秀丽的神女形象。

王粲的辞赋流传至今的有 25 篇，但大都残缺不全，有的仅仅是存残句，唯一完好无缺者只有《登楼赋》一篇。《登楼赋》作于王粲在荆州依附刘表之时，而所登之楼，或以为在江陵，或以为在襄阳。当时，王粲虽依附于刘表，但并没有得到刘表的重用，郁郁寡欢，产生了怀才不遇的感慨，又眼见兵燹日炽，国家离乱，有家难归，内心的忧惧和悲愤难以排解，故而借助登楼骋望之机寓情于景，写下了这篇辞赋。在辞赋中，王粲先是描绘了荆州的险要与富庶，并抒发了自己因战乱而与故乡阻隔的情怀；接着进一步抒发了对故乡的思念之情，并通过将眼前之景和欲归不得的忧思联系在一起，揭露了当时南北"壅隔"的政治背景；最后抒发了时难未平、壮怀莫展的感慨。

阮籍的辞赋流传至今的有 7 篇，且颇有特色。这些辞赋大多并不直接涉及时事，但其愤世嫉俗之情却随时借题喷涌而出，表现出尖锐的讽刺性，代表作品是《大人先生传》和《猕猴赋》。

二、两晋的辞赋

在整个魏晋南北朝时期，两晋时期的辞赋创作是最为繁盛的。这一时期有作品存留的辞赋作家达 119 人，流传至今的辞赋作品（包括残篇）有521 篇，约占魏晋南北朝辞赋总数的一半。潘岳、陆机、左思、陶渊明、郭璞、孙绰等都是这一时期辞赋创作的大家，下面具体分析潘岳、陆机、左思和陶渊明的辞赋创作。

潘岳（公元 247—公元 300），字安仁，荥阳中牟（今属河南）人。晋惠帝时谄事权臣贾谧，后为孙秀所害。潘岳的辞赋流传至今的有 24 篇，且多为抒情小赋，其中最负盛名的是《秋兴赋》和《闲居赋》。

陆机的辞赋流传至今的有 29 篇，其中以《文赋》为佼佼者。《文赋》是一篇非常重要的文学理论批评著作。在赋中，陆机首先对自己创作这篇赋的缘由进行了说明。另外，这篇赋充分发挥了赋"体物"的特点，有着鲜明的艺术特色。

左思的辞赋流传至今的不多，保存较完整的只有《三都赋》和《白发赋》，其中又以《三都赋》最为著名。《三都赋》是左思精心构制的一篇作品，"门庭藩溷皆著纸笔，遇得一句，即便疏之"（《晋书·文苑传·左思传》），终于积十年之功而成此文。《三都赋》仍然延续了汉大赋的套路，堆砌名物、铺张扬厉、层层铺叙、文辞富赡，因而创意不足。同时，赋中只有描写蜀地富饶及风俗的两段较有警策性，其他的大都缺乏精彩生动之笔。

陶渊明的辞赋流传至今的只有三篇，即《感士不遇赋》《闲情赋》和《归去来兮辞》，其中又以《归去来兮辞》最为著名。宋代的欧阳修在评价这篇赋时曾说："晋无文章，惟陶渊明《归去来兮辞》一篇而已。"《归去来兮辞》作于陶渊明自彭泽令上辞官归隐之际，是他脱离仕途回归田园的宣言。总的来说，这篇赋在结构上自然流转，在语言上真诚质朴，并多用骈偶句，在平易流畅中流露出整饬之美。

三、南北朝的辞赋创作

在南北朝时期，辞赋创作获得了进一步发展，鲍照、谢灵运、颜延之、谢惠连、谢庄、江淹、沈约、谢朓、萧纲、萧绎、徐陵、顾野王、张正见、江总、陈叔宝、庾信等都是这一时期著名的辞赋作家，下面具体分析鲍照、江淹和庾信的辞赋创作。

鲍照（公元 414—公元 466），字明远，东海（治所在今山东郯城）人。鲍照的辞赋流传至今的有 10 篇，或咏物，或抒情，但都包含着志士失意的悲愤以及深沉而悲凉的人生感慨，风格沉挚而雄浑，激荡着一股慷慨之气。其中，以《芜城赋》最为著名。

江淹（公元 444—公元 505），字文通，济阳考城（今江苏境内）人。江淹的辞赋流传至今的有 28 篇，他的辞赋往往将普遍而抽象的人生感受作为描写对象，并将其具象化，从而生动形象地表现出人生感受。这在其最著名的辞赋《恨赋》和《别赋》中有着鲜明的体现。

庾信是赋史上最杰出、最重要的辞赋作家之一，流传至今的辞赋有 15 篇，包括《春赋》《七夕赋》《灯赋》《对烛赋》《镜赋》《鸳鸯赋》《荡子赋》《三月三日华林园马射赋》《小园赋》《枯树赋》《伤心赋》《象戏赋》《竹杖赋》《筇竹杖赋》和《哀江南赋》。其中，以《小园赋》和《哀江南赋》最为著名。《小园赋》和《哀江南赋》在六朝辞赋中艺术成就非常高，就是在历代辞赋中也是极其罕见的，因而是当之无愧的南北朝辞赋的高峰和集大成之作。

第三节　魏晋南北朝的小说

中国古代小说在魏晋南北朝时期形成并逐渐繁荣，这一时期的小说不仅数量较多，而且内容丰富。从内容上看，这一时期的小说大体可以分为三类：第一类是谈鬼神怪异的志怪小说；第二类是记录人物轶闻琐事的志人小说；第三类是内容驳杂的杂史传、杂俎小说。

一、志怪小说的创作

魏晋南北朝时期是中国历史上大动荡与大分裂的时代，也是一个宗教极为虔诚的时代。而人们对宗教的虔诚既包括对外来佛教文化的信仰，也包括对传统的神仙鬼怪的信仰，这为志怪小说的兴起提供了丰厚的养料。据统计，现存和可考的魏晋南北朝时期的志怪小说达八九十种，数量已大大超过了之前志怪小说的总和。

（一）曹魏的志怪小说创作

在曹魏时期，志怪小说主要有两种类型：一类是灵异志怪小说；另一类是仙道志怪小说。

1.灵异志怪小说的创作

曹魏时期的灵异志怪小说，代表作是托名曹丕的《列异传》和无名氏的《神异传》，其中又以《列异传》最为重要。

《列异传》是一部专门记载怪异故事的小说集，也是我国历史上第一部完全意义上的志怪小说，还预示着志怪小说繁荣时代即将到来。它继承了汉代《汲冢琐语》《异闻记》等杂记鬼神怪异故事的传统，并加以推陈出新，从而扩展了志怪小说的题材和表现范围。有关该书的真实作者，现在已难考证，《隋志》著录为魏文帝曹丕撰，两《唐志》著录为晋张华撰，鲁迅则认为"文中有甘露年间事，在文帝后，或后人有增益，或撰人是假托，皆不可知。两《唐志》皆云张华撰，亦别无佐证，殆后有悟其抵牾者，因改易之"。在这部小说集中，上自黄帝、下迄曹魏，时间较为漫长，内容也非常丰富，大凡鬼怪、神仙、奇人异术、精怪、传说等，皆有涉猎。

2.仙道志怪小说的创作

曹魏时期的仙道志怪小说，代表作是《十洲记》和《神仙传》，其中又以《十洲记》最为重要。《十洲记》又名《海内十洲记》《海内十洲三岛记》，是由魏方士或道徒所撰写的。这部小说从汉武帝向东方朔询问海上十洲（祖洲、瀛洲、炎洲、玄洲、长洲、元洲、流洲、生洲、凤麟洲和聚窟洲）的情况开始写起，然后假托东方朔的口气讲述了海上十洲三岛的奇闻异事，刻画细腻，叙述生动，神奇逼真。

（二）两晋的志怪小说创作

在两晋时期，志怪小说主要有四类：第一类是灵异志怪小说；第二类是仙道志怪小说；第三类是佛教志怪小说；第四类是博物志怪小说。

1.灵异志怪小说的创作

灵异志怪小说在两晋时期发展极快，不仅数量多，而且成就高，代表作品是干宝的《搜神记》、戴祚的《甄异传》、葛洪的《集异传》和祖台之的《志怪》等。其中，以干宝的《搜神记》成就最高。

干宝生年不详，卒于公元336年，字令升，东晋著名史学家、小说家。干宝写作《搜神记》主要有两个资料来源：前人的记载以及自己的刻意求访。由于这两方面的资料来源，书中的内容广博，大凡神话传说、神仙方术、鬼怪精怪、梦祥灾异、地理博物等无不囊括，而且思想涉及儒、道、释、民间宗教等各个方面。因此，《搜神记》是一部内容驳杂、思想丰富的集大成之作。

《搜神记》的内容广博，思想驳杂，具体来说可以划分为六类。第一类是神话传说，这些神话传说都有着优美的故事、感人的情节，因而流传广泛，也是全书的精华部分。《搜神记》在艺术上也取得了不俗的成就，以"发明神道之不诬"相标榜，以记录"怪异非常之事"为目标，而在具体叙事操作上，既秉史家实录之笔——真实记录各类民间异闻，又不乏天矫绮丽之文——故事的讲述完整逼真，大多数作品在原本片段式的记录上有所扩展，从而有了具体场景描写，这种史笔文趣的交融，奠定了志怪笔记小说的叙事体制，并最终促成了唐人之传奇体和清代《聊斋志异》"用传奇法，而以志怪"的志怪叙事风范；丰富了故事的情节，增加了故事的内容，有利于人物形象的塑造，也使故事显得头尾完整，在一定程度上改变了此前小说粗陈梗概的状况；故事情节曲折动人，波澜起伏；人物语言生动传神，很符合人物的性格特征，艺术感染力很强；很多篇章插入了一些诗歌，表现了诗歌与小说的进一步融合，为开创我国小说韵散结合的传统做了有益的尝试。总之，《搜神记》是一部艺术成就很高的志怪小说，对后世小说产生了巨大影响。

2．仙道志怪小说的创作

两晋时期的仙道志怪小说，代表作是王浮的《神异记》、葛洪的《神仙传》《汉武内传》、魏华存的《清虚真人王君内传》、范邈的《南岳魏夫人传》和曹毗的《杜兰香别传》等。其中，以葛洪的《神仙传》成就最高。

葛洪（公元283—公元343），字稚川，句容（今江苏句容）人，《晋书》卷七十二有传。葛洪年少好学，博览群书，尤好神仙导养之法。晚年隐居广州罗浮山，自号抱朴子，著述不辍。

《神仙传》是葛洪在广泛收集当时各种神仙故事的基础上编撰而成的，文字较长，诸仙事迹记载完备，描写细腻。这部小说在艺术上也取得了不俗的成就，所涉及的人物大多是现实中的真实人物，如墨子、华子期、魏伯阳、张道陵、葛玄、左慈、刘根等，传说中的虚构人物如"广成子""若士""彭祖"等只有少数几个，大大增加了故事的可信度，拉近了仙凡之间的距离，有利于宣扬神仙可学长生可求的思想，进一步扩大了道教的影响；篇幅加长，内容更趋复杂，描写更为细腻；故事情节曲折变化，想象奇特夸张。总之，《神仙传》在很大程度上促进了仙道志怪小说的发展。

3．佛教志怪小说的创作

两晋时期的佛教志怪小说，其产生与佛教在我国的传播有着密切关系，是宣扬佛教神奇灵验的志怪小说，"大抵记经像之显效，明应验之实有，以震耸世俗，使生敬信之心"。

佛教志怪小说想象奇特丰富，变化神奇万端，故事头尾完整，叙述细致严密，矛盾冲突激烈，具有较强的故事性。但其是为了宣扬一种佛教信仰，强调佛神的神通广大和法力无边，劝导人们信佛从善，以达到佛徒所追求的超度众生脱离苦海的目的，故而宗教色彩浓重、人物形象模糊、故事情节疏略。东晋谢敷的《观世音应验记》是这一时期佛教志怪小说的代表作，也是我国第一部专门记载佛教故事的小说。

《观世音应验记》原名《光世音应验记》，共有故事十余条，是宣扬观世音神奇灵验之作，现存佚文七条，全记因讽诵观世音而获救的故事。而且，所有的故事都是同一种模式，缺少变化，人物形象也很模糊，结构也单调，立意也不高，都不是意在娱乐，而是为了说教，为了宣扬佛教信仰，这是佛教志怪小说初始时期的现状。

4．博物志怪小说的创作

两晋时期的博物志怪小说，深受先秦两汉地理博物小说的影响，代表作是张华的《博物志》和郭璞的《玄中记》。其中，以《博物志》的成就最高。

张华（公元 232—公元 300），字茂先，范阳方城（今河北固安）人，著有《博物志》。《博物志》内容十分庞杂，大凡地理山水、异域遐方、异产异物、珍禽异兽、医药物理、人民方术、异闻杂说等皆包含在内，对后世影响较大。同时，这部小说在艺术上有着较高的成就，不再拘泥于山川动植物等单一题材，而是增加了史补、杂说等内容，从而使得内容更为丰富，小说性更强；在结构安排上采用了"以类相从"的方式，即先将所有的内容分为若干类别，然后对每一个类别再做细分；增加了此前同类小说很少会涉及的人名考、文籍考、典礼考等内容，从而增强了学术性和科学性，提高了可信性。

（三）南北朝的志怪小说创作

在南北朝时期，志怪小说的创作进入了全面繁荣时期。这一时期的志怪小说，总体来说主要有三类：第一类是灵异志怪小说；第二类是仙道志怪小说；第三类是佛教志怪小说。

1. 灵异志怪小说的创作

南北朝时期的灵异志怪小说，数量达 21 部，其中影响较大、成就较高的是陶渊明的《搜神后记》。《搜神后记》又称《搜神录》《续搜神记》《搜神续记》，是《搜神记》的续作，题材也与《搜神记》大致相同，主要记载神仙传说、鬼怪物怪、佛道法术、占卜妖异等故事。《搜神后记》与《搜神记》相比，内容较少，但故事的篇幅比较整齐且头尾完整、叙述清楚，没有粗糙之病，因而艺术成就高于《搜神记》。

2. 仙道志怪小说的创作

南北朝时期的仙道志怪小说存留多达 10 部，其中以《周氏冥通记》影响最大。《周氏冥通记》是梁代的一部仙道小说，作者周子良（生卒年不详），字元和，豫州汝南（今河南汝县）人，陶弘景弟子。《周氏冥通记》是周子良根据其梦中经历写成的通仙记录，所记大多是自己与仙人的对话，内容不外服食养生、治病疗疾、求仙方法、神仙境界、生死宿命、因果报应、不杀生灵等，意在宣扬神仙实有思想。但故事都是断续篇章，缺少内在的联系，而且内容十分琐碎，没有突出的主题，无甚意趣。

3. 佛教志怪小说的创作

南北朝时期的佛教志怪小说不仅数量多，内容广博，而且篇幅长，艺术性高。而在众多佛教志怪小说中，以《宣验记》成就最高。《宣验记》又名《灵验记》，原书已佚。这部小说主要宣扬了信佛治病、劝善惩恶、不杀生、泛爱、因果报应、佛力广大等思想，并宣扬了道不如佛。同时，这部小说的情节曲折离奇，想象奇特丰富，对一些境界的描绘也很神奇，因果关系十分清楚，因而有着较强的故事的生动性。

二、志人小说的创作

志人小说的滥觞可追溯到先秦两汉时期，但志人小说并不是历史传记，而是撷取人物特定情势下的神情举止、只言片语，多以日常生活为素材，通过写意的手法加以描绘，突出人物声音和容貌，表现人物的个性特点和精神品质。魏晋南北朝时期，志人小说逐渐形成，这既与魏晋时期玄学的发展有着非常直接的关系，也与小说文体的自身发展有一定的关系。还需要特别指出的是，志人小说形成于魏晋南北朝时期是一种非常笼统的说法，其真正的形成时期是东晋时期。也就是说，在曹魏和西晋时期并不存在真正意义上的志人小说。因此，这里主要分析东晋时期和南北朝时期的志人小说创作。

（一）东晋的志人小说创作

东晋时期，志人小说逐渐形成，因而总体来说作品数量不多，成就也不高。孔衍的《说林》、无名氏的《殷羡言行》、裴启的《语林》、戴逵的《竹林七贤论》和郭澄之的《郭子》都是这一时期较为著名的志人小说。其中，又以《语林》《竹林七贤论》和《郭子》成就最高。

裴启的《语林》的出现，正式确立了志人小说的地位。裴启（生卒年不详），字荣期，东晋河东（今山西运城东）闻喜人，因《语林》蜚声文坛。《语林》出现于东晋中期的哀帝隆和年间，所记上起汉魏，下迄两晋，以东晋为多；内容大凡朝政、吏治、世风、人情等无所不包，涉及的人物有帝王将相、贵族豪富、文士庶民等，"甚有才情"，影响很大，具有划时代的意义。不过，这部小说在隋唐时已亡佚，现存佚文有一半为《世说新语》所收，今人周楞伽有《裴启语林》辑注，周本除补出几条前人遗漏的外，又将佚文按时代编排，分为五卷，是目前收辑得最为完备的本子。

总之，《语林》的内容广博，对当时上层社会的各个方面皆有反映，并用很短的语言文字勾勒出人物的形象品貌，被后世志人小说所继承。

（二）南北朝的志人小说创作

在南北朝时期，志人小说大量产生，现存和可考的志人小说有 11 部，其中以刘义庆的《世说新语》成就最大。

刘义庆（公元 403—公元 444），彭城（今江苏徐州）人，是当时著名的文人领袖，《宋书》卷五十一、《南史》卷十三对其生平事迹有所记载。

《世说新语》的出现，标志着志人小说的创作在南朝宋初达到高峰。刘义庆大量采集了前人的志人小说、史著和文集，并按照自己的思想道德观念加以分门别类，从而构成了一部展现魏晋"名士"风度的巨著，是一部广泛吸收前人成果的集大成之作。正如鲁迅在《中国小说史略》中说："《世说》文字，间或与裴郭二家书所记相同，殆亦犹《幽明录》

《宣验记》然，乃纂辑旧文，非由自造。"但是，《世说新语》的这种集大成并非一味地照抄，而是按照他自己的道德观、文学观做了筛选、分类工作，并对选中的一部分内容做了精心加工，从而使这些故事更富于文学观赏性。

《世说新语》的记事，上自秦末，下至南朝宋初，主要记述了魏晋间士大夫们的琐闻轶事，进而生动展现了魏晋上层社会特有的社会风貌。具体来说，《世说新语》的思想内容可以分为六类：第一类是谈玄说道，如《规箴篇》载高僧慧远在庐山讲佛，孜孜不倦地教诲弟子；第二类是对社会现实进行批判，对统治阶级的残暴进行揭露，如《汰侈篇》中描述了石崇与王恺斗富，其奢侈和虚伪程度令人咋舌；第三类是对"魏晋风流"进行描写，如《雅量篇》中记载了一代名士嵇康，他在临刑以前"神气不变，索琴弹之，奏《广陵散》"，而这种视死如归、镇定自若的行为可谓是超凡脱俗的最好表现；第四类是对妇女才华进行赞美，如《文学篇》中记载谢安一日与儿女讲论文义，俄而雪骤，便问道："白雪纷纷何所似？"此时哥哥谢据的儿子谢朗说"撒盐空中差可拟"，而哥哥谢无奕的女儿谢道韫则说："未若柳絮因风起"，谢安听到谢道韫的回答后大乐，由此可见谢道蕴文才之高；第五类是对当时的学术活动和文学创作情况进行记载，如《巧艺篇》记载了顾恺之画人常几年不点睛，因为在他看来："四体妍蚩，本无关于妙处；传神写照，正在阿堵中"，从而强调了眼神对画好人物的决定性作用；第六类是对社会风俗和社会风尚进行展现，如《方正篇》中记载了王胡之非常贫乏，乌程令陶范送他一船米，而他却不肯接受，原因是自己是士族，要求援也只向士族求援，而不会向寒门求救，可见当时门第观念之深。总之，《世说新语》全面而深刻地反映了魏晋时代社会生活的各个方面，从而为我们留下了一份极其宝贵的思想文化遗产，提供了一份极好的解读魏晋士人思想生活的参考资料。

《世说新语》在艺术方面也取得了不俗成就，善于剪裁材料，突出重点，笔墨所及，往往并非重大事件，亦非人的一生，而是从生活中撷取的一个小片断、小镜头，借三言两语，抓住人物、情节的微妙传神之处，略加点染，点到即止，从而避免了因事情过多而产生不必要的干扰；善于抓住最能表现人物性格特征的典型细节，并巧妙运用对比、想象、比喻等手法来刻画人物，从而使人物情态毕现，栩栩如生；语言简洁含蓄，大多数人物语言都能符合人物的个性和身份特征，生动而传神。这些都深刻地影响了后世同类小说的创作。

三、杂史传、杂俎小说的创作

在魏晋南北朝时期，杂史传、杂俎小说也获得了一定的发展，并取得了一些可喜的成就。

（一）魏晋南北朝的杂史传小说创作

杂史传小说是杂史、杂传小说的合称，杂史即那些记载"帝王之事"，但又有别于正史，且"体制不经。又有委巷之说……真虚莫测"的史书；杂传即记载各类小人物以及怪异故事的书籍。而魏晋南北朝时期的杂史传小说，内容比史家传记虚幻得多，而且往往杂有众多琐碎之事，以《汉武故事》最为著名。

《汉武故事》的作者不详，主要是以武帝为中心人物，以其一生为主要线索，以其不凡的经历为中心事件，记载了其一生的奇闻异事，内容包括武帝幼年及即位后内宫后妃们的生活、武帝微服出巡和寻仙求道故事、武帝死后轶事等，但未涉及武帝的军国大事和丰功伟绩。而且，由于本书是根据流传的武帝轶事编纂而成，因而所记多不合史实，小说意味浓郁。

值得注意的是，《汉武故事》不仅多方位地展示了汉武帝的个性特征，还对其他人物有传神描绘，如富于心机的王皇后、骄妒失宠的陈皇后、骄横跋扈的长公主、岁星下凡的东方朔、英年早逝的霍去病、亦人亦神的淮南王刘安、以死力谏的汲黯、仗势欺人的田蚡等，从而给人留下了深刻的印象，也充分显示了细致的刻画能力和高超的写作技巧。

总的来说，《汉武故事》将历史传说和神奇幻想结合，写景细致，语言简雅，对话生动，小说意味浓郁，对后世的仙道小说和唐代的传奇小说有一定的影响。

（二）魏晋南北朝的杂俎小说创作

杂俎小说是既非志怪，又非志人，又非史传小说的小说，内容驳杂、题材多样，往往天文、地理、珍奇、异物、历史、典制、人物、传说等内容均备，而且具有一定的趣味性、娱乐性和观赏性。

曹魏时期的杂俎小说有邯郸淳的《艺经》；两晋时期的杂俎小说有史道硕的《画八骏图》和鲁褒的《钱神论》；南北朝时期的杂俎小说数量较多，有江淹的《铜剑赞》、沈约的《迩言》、陶弘景的《古今刀剑录》、顾烜的《钱谱》、刘霁的《释俗语》、庾元威的《坐右方》、萧贲的《西京杂记》《辩林》信都芳的《器准图》、阴颢的《琼林》等。不过，这些杂俎小说大都已佚，且佚文不全，世人不得见其全貌。

第四章　隋唐诗歌与五代的词

隋唐五代时期是中国古代文学发展的新阶段，隋代存在时间较短，其文学具有过渡性。唐代是隋唐五代时期文学发展的重点时期，散文、诗歌、传奇、词等各方面高度发展，晚唐五代时期词的发展为宋词的繁荣打好了基础。

第一节　隋代的文学创作

隋代（公元 581—公元 618）是南北朝向唐朝过渡时一个仅在历史上存在了 37 年的短暂朝代，它的政治建设和文化发展都带有明显的过渡性。隋代的散文没有突破南北朝以骈文为主的局面，诗歌有所突破和发展，但总体上隋代文学成就不高。下文我们将分析隋代的几个重要诗人的诗歌创作。

一、卢思道的诗歌创作

卢思道（约公元 531—公元 582），字子行，范阳（今属河北涿县）人。北齐时任黄门侍郎，北周时官至仪同三司，迁武阳太守，隋初授予散骑侍郎，终年 52 岁。卢思道是"北朝三才"之一邢劭的学生。北齐天保年间，即以文章著名。北齐文宣帝死后，当朝文士各作挽歌十首，择善用之。魏收、祖孝徵等人不过得一二首，唯卢思道得八首，故时人称为"八米卢郎"。今存《卢武阳集》一卷，收诗二十七首。卢思道擅长七言，代表作有《从军行》。

儒学对卢思道影响巨大，儒学致仕观念强烈，有浓烈的进取精神，因而在其 15 岁的时候便开始游学，结交了不少贤者，深受众人赞许。但是他的性格太过孤傲，自视过高，表现出狂放的品格，经常在言语上对他人不逊，因而官场不顺，一直无法得到晋升。虽然从小受到儒家思想的影响，但其思想并非单一，儒、道、佛三合一，在不同时段的诗文中，体现出不同的思想情怀，而非单一的儒家学说思想。

从思想角度来看，卢思道颇像李白，诗文表面上感觉放荡不羁，但诗文背后隐藏着诗人的远大抱负和志向，同时具有现实主义精神。当然，由于时代的大环境影响，他也受到南朝浮华诗风的影响。但是，从其咏物诗及现实主义情感角度来看，卢思道的诗是极具超前意识的，在我国诗坛发展上，他是诗歌转型的过渡诗人。

二、薛道衡的诗歌创作

薛道衡（公元540—公元609），字玄卿，河东汾阴（今山西万荣）人，曾仕后魏、北齐、北周。隋时，曾从军征突厥，任内史侍郎，加开府仪同三司。炀帝时，出为番州刺史，改任司隶大夫。后为炀帝所杀。他和卢思道齐名，在隋代诗人中艺术成就最高。有集三十卷，已佚。今存有《薛司隶集》一卷，存诗二十余首。

薛道衡能够融合南北朝文学技巧，细致表达人物的内心情感活动，代表作有《昔昔盐》。这首诗在格律上已大体接近初唐五言排律，语言工巧、感情真切。

薛道衡用典贴切，炼字精当。诗是语言的艺术，讲究精炼、简洁。它要求以最少的文字表现丰富的内容。薛道衡的诗善于用典，极大提升了诗歌的内涵和深度。

三、杨素的诗歌创作

杨素（公元544—公元606），字处道，弘农华阴（今属陕西）人。出身北朝士族，北周时任车骑将军，曾参加平定北齐之役。他与杨坚（隋文帝）深相结纳，官御史大夫，后以行军元帅率水军东下攻破陈，晋爵为越国公，任内史令。晚年参与炀帝宫廷政变，杨广即位，改封楚国公，卒谥景武。他在文学上确有成就，今存诗二十余首。

杨素，身在朝廷，心系山林。他一方面入世，一方面出世。一方面，他身为大隋宰相，在为国事日夜操劳；另一方面，他在清雅广大的庄园中，享受林泉之趣，写出了清幽绝尘的诗篇，一如世外高人。他一方面不拒绝朝廷官职，不拒绝世俗享乐；另一方面追求超越的精神生活。儒家与道家、事功与自然、朝廷和江湖、廊庙和林薮这些彼此对立的元素同时并存他身上。这使他的文学创作既长于台阁之体，亦具有山林之味；既谐于时世之嗜者，亦具有古雅之风。在同一个作者的创作中，同时擅长廊庙文学与山林文学，且都达到了相当的高度，在杨素之前并无先例。

杨素作为大隋的丞相和将军，他的主体人格集中在社会政治层面，为国家操劳奉献，至少在表面上忠心效力于朝廷。另一方面，他具有很高的文学素养和审美能力，能够体悟到大自然的美，让自己沉浸在自然美当中。所以，他不仅具有廊庙与山林合一的人格结构，而且也完成了廊庙山林兼善的文学模式。

第二节　唐代的诗歌创作

唐诗被王国维誉为"一代之文学"，与先秦散文、汉赋、南北朝骈文、宋词、元曲、明清小说并称，其内容广博，形式多样，名家辈出。

一、初唐的诗歌创作

初唐是盛唐文学的历史性准备和基础，加速并大体完成了由宫廷诗人集团到社会中下层诗人集团主导诗坛的历史性转化过程。初唐时期涌现了不少杰出的诗人，如上官仪、王勃、杨炯、卢照邻、骆宾王、宋之问、沈佺期、陈子昂等。在这里我们将重点介绍上官仪、"初唐四杰"和陈子昂的诗歌创作。

（一）"上官体"的诗歌创作

"上官体"指的是初唐时期以上官仪为代表的承袭南朝宫体诗的宫廷诗诗派，因上官仪而得名。"上官体"诗歌的风格"绮错婉媚"，重视诗的声辞之美和形式技巧，诗风柔靡华美。

上官仪（公元608—公元664），字游韶，陕州（今属河南）人。上官仪善于创作宫廷文学，多应制、奉和之作，工于五言诗歌。为了写应制诗，他提出了"六对""八对"之说，对律诗对仗的规律做出了重要贡献。上官仪在体物图貌的细腻、精巧方面对诗歌体制有所创新。

（二）"初唐四杰"的诗歌创作

"初唐四杰"王勃、杨炯、卢照邻和骆宾王，都属于一般士人中确有文才而自负很高的诗人，他们的作品是盛唐之音的前奏，能真正反映社会中、下层一般士人的精神风貌和创作追求。他们的诗歌创作内容广泛充实，扩大了诗歌的写作题材，形式有所创新和完善。此外，他们追求刚健的骨气，提倡诗文革新，转变了初唐宫廷体的诗风。

王勃擅长写山水行役和赠别之作，境界开朗又朦胧。他对前途充满憧憬。王勃生活在唐王朝处于上升阶段的历史环境中，他的诗歌中呈现出一种为时代所激发的追求功业的热情王勃还创作了很多的乐府诗，意境新颖，形式活泼。总之，王勃的诗歌在内容和格律上都有其独特之处，为盛唐诗歌的繁荣埋下了伏笔。

杨炯（公元 650—约公元 693），华州华阴（今陕西华阴）人。初唐上官体所代表的宫廷诗风在唐高宗显庆年间（656—661）、龙朔年间（661—663）达到鼎盛。上官体之风气过分关注声律和对偶，将就所谓的"六对""八对"，忽视了诗歌本质。杨炯虽出身寒门，但才华横溢，性气豪纵，怀才不遇而轻视权贵。因此，他与上官仪为首的宫体诗派有着分明的界线，歌咏的是自我遭际与心声，抒发的是自己真情的流露，与之歌咏大唐气象大异其趣，形成鲜明对照，他冲破了上官体流风，开拓了新的诗风，如《从军行》。

卢照邻（约公元 636—公元 695），字升之，自号幽忧子，幽州范阳（今河北涿州）人。卢照邻诗文兼擅，以歌行、骚体尤为擅长，对推动七古的发展有特别贡献。他的诗歌多以抒发仕宦不遇、贫病交加之忧愤为主，同时也有揭露上层统治者之骄奢淫逸，嘲讽其权势荣华不可久恃之作，如《长安古意》。卢照邻的送别诗也颇有特色，如《西使兼送孟学士南游》写出了远别的惆怅和建立功业的共同抱负。总之，卢照邻的诗歌已经有其内在的风骨。

骆宾王（约公元 619—约公元 687），字观光，婺州义乌（今浙江义乌）人，7 岁即因作《咏鹅》而才名远播。骆宾王有很多描写边塞题材的诗作，一定程度上影响了后来边塞诗的发展，如《在军登城楼》。在边塞题材的诗作中，骆宾王不仅描写了边塞生活，同时还写出了征人的边愁之情、建功立业之心，从而为唐诗的视野向塞外扩展做出了贡献。骆宾王的送别诗也不同于前人的离愁别绪，例如《于易水送人》借咏史以喻今，体现出慷慨悲壮之气。此外，骆宾王的咏物诗也取得了一定的成就，如《在狱咏蝉》以蝉比兴，用典自然，语意双关，表明了不肯媚世附俗的高洁襟怀。

总之，"初唐四杰"有着共同的审美要求和追求，扩大了诗歌的题材，骨气刚健，转变了初唐宫廷诗的诗风，为盛唐之音的到来吹响了号角。

（三）陈子昂的诗歌创作

陈子昂（约公元 659—公元 700），字伯玉，梓州射洪（今四川射洪）人。青少年时轻财好施，慷慨任侠，有《陈伯玉集》等传世。陈子昂在诗歌创作方面主张恢复古诗比兴言志的风雅传统，如他的《与东方左史虬修竹篇序》。陈子昂善于采用朴质无华的古体诗形式，借古喻今，或者采用魏晋咏怀诗、咏史诗的比兴寄托手法，怀古伤今。同时他善于抒写对历史人物的歌颂和自己在政治生活中的思想感受，反映现实政治的弊端和人民的苦难，表达自己的抱负和怀才不遇，具有沉郁悲凉而又高雅冲淡的独特风格。

总之，陈子昂的诗歌创作，以淡和简古为主，创造出不同于汉魏古诗的古体诗，并以其反映现实，抒发深沉感慨的基本风格和质朴刚劲、雄浑遒劲的艺术特质，完全从宫体诗中摆脱出来，基本廓清了六朝余风。陈子昂的诗歌标志着唐代诗风革新和转变的正式开始。

二、盛唐的诗歌创作

盛唐涌现了一大批风格各异的杰出诗人，他们以乐观积极的思想和宏大壮阔的胸怀，确立了"盛唐气象"这一诗歌美学风格。盛唐是唐诗发展史上成就最高的一段时期，在中国诗歌发展史上留下了一笔辉煌灿烂的文学财富。

（一）山水田园诗派的诗歌创作

盛唐山水田园诗以王维和孟浩然为代表。

王维（约公元 701—约 761），字摩诘，号摩诘居士，世称"王右丞"，与孟浩然合称"王孟"，唐朝河东蒲州（今山西运城）人。王维曾出使边塞，写了不少追求建功立业的边塞诗。这些边塞诗风格雄浑劲健，透露出诗人豪迈的气概，形成雄浑壮阔的诗境，如《使至塞上》。在几遭挫折后，王维思想消沉，于是半官半隐，寄情山林，写了大量描绘山水田园之美的诗歌，这些诗歌真正奠定了他在唐诗史上的大师地位。

孟浩然（公元 689—公元 740），襄阳（今湖北襄阳）人。孟浩然前半生主要居家侍亲读书，以诗自适。孟浩然是一个典型的盛世隐士，他的山水诗较多地带着隐士的恬淡与孤清，自然平淡，如他的代表作《宿建德江》。另外，孟浩然在漫游秦中、吴越等地时，也创作了不少山水田园诗。他的心情随着山水的变化而变化，有时也能写出相当豪放的诗句，如《临洞庭》中的"气蒸云梦泽，波撼岳阳城"一联，极具磅礴浩瀚的气势，是非同凡响的盛唐之音。孟浩然的诗歌代表着盛唐南方山水诗的最高成就。

（二）边塞诗派的诗歌创作

盛唐国力强大，疆土日益扩大，民族经济更趋繁荣，文化交流日益频繁。以边塞为题材的诗在唐代极为流行和壮观，下面我们来分析高适和岑参的边塞诗。

高适（约公元 702—公元 765），字达夫，渤海蓚（今河北景县）人。

高适渴望建军立业，他曾两次亲自北上蓟门，对戍边士卒的生活有较深入的了解，因而他的边塞诗人常常交织着报国的豪情壮志和忧时的愤慨不平，如《燕歌行》。高适作为盛唐边塞诗的杰出代表，他的诗有一种慷慨悲壮的美，将个人的边塞见闻、观察思考和功名志向糅为一体，苍凉悲慨中带有理智的冷静。

岑参（公元715—公元770），荆州江陵（今湖北江陵）人。早年隐居，写过不少山水诗。岑参的边塞诗富有浪漫的奇情异彩，他以英雄主义的精神描绘了塞外行军、征战、送别等各种生活情景，如《白雪歌送武判官归京》。参以边塞生活为题的七言绝句也很出色，如《逢入京使》。岑参的诗是盛唐之音的突出代表，风格多雄奇瑰丽，在唐代边塞诗中独标一格。

（三）"诗仙"李白的诗歌创作

李白（公元701—公元762），字太白，号青莲居士，祖籍陇西成纪（今甘肃秦安）。少年时代学习范围很广泛，好剑术。相信道教，有超脱尘俗的思想；同时又有建功立业的政治抱负。25岁时出蜀东游。天宝元年（公元742）李白奉诏二入长安，供奉翰林，一度颇为玄宗赏识，不满两年，因其狂放性格触怒权贵，被迫辞官离京。后来，李白在洛阳与杜甫认识，结成好友，两人在唐诗的成就上不分伯仲，分别被称为"诗仙""诗圣"。李白是盛唐诗人中个性最鲜明的一位，他的作品的艺术个性也是独一无二的。安史之乱爆发后，李白应邀入永王李璘幕府，永王被杀后，李白被流放夜郎。途中遇赦得归，晚年流寓南方。62岁时病逝。

李白的诗多半已佚，但从现存的诗中可以看出，他的诗囊括了盛唐诗歌的所有领域，内容题材涉及大唐帝国的方方面面，同时传递出诗人丰富多样的思想情感。李白的五言绝句明快简洁，言简意赅，自然真实又蕴含丰富，表达出无尽的情思，如《独坐敬亭山》。李白的七言绝句，自然活泼，意象雄浑，感情真率，气度豪迈，境界开阔，在唐诗中独抒机杼，不拘一格，极富独创性，如《黄鹤楼送孟浩然之广陵》。李白最擅长的是七言歌行，把中国古代浪漫主义诗歌推向高峰。他的七言歌行句式长短错落，形式自由灵活，篇幅较长，容量也大，如《梦游天姥吟留别》。李白的诗歌擅长借助丰富的想象、奇特的比喻和大胆的夸张等表现手法来宣泄情感，运用奇特大胆的方式来塑造形象，以产生一种惊世骇俗的美感效果，例如《蜀道难》。李白的诗最能代表盛唐诗歌的伟大成就，充分体现了时代精神，凝聚着盛唐诗歌的主体风貌。

（四）"诗圣"杜甫的诗歌创作

杜甫（公元 712—公元 770），字子美，自号少陵野老，号称"诗圣"，京兆杜陵（今陕西西安西南）人。他被后人称为"诗圣"，他的诗被后人称为"诗史"。他的祖父是初唐著名诗人杜审言，他的父亲杜闲，曾为兖州司马、奉天县令，但当杜甫出生时家道已经开始衰落。杜甫十四五岁就才华展露，青年时代曾漫游吴越齐鲁。唐肃宗时，官左拾遗，后入蜀任剑南节度府参谋，加检校工部员外郎，故后世又称他杜拾遗、杜工部。天宝初他遇到从宫廷放还的李白，两人建立了深厚友谊，杜甫和李白齐名，世称"李杜"。天宝六年杜甫（公元 747）再次落第，后来又来到长安，但不称意。乾元二年（公元 759），杜甫对政治感到失望，加上关辅大饥，毅然弃官。迫于一家的生存问题，杜甫只得往成都投靠高适等故交旧友。大历五年（公元 770），杜甫病死在湘水上，享年 58 岁。

杜甫生活在战乱时期，生活坎坷，长期沦落下层，因此他了解人间的疾苦，他的诗歌能够反映大唐由盛而衰的社会现实，写实性强。他的思想核心是儒家的仁政思想，有"致君尧舜上，再使风俗淳"的宏伟抱负。杜甫早期的诗歌初步显现了他沉郁顿挫的诗风，年轻的杜甫怀着对祖国大好河山的热爱和对人民的热爱，"放荡齐赵间，裘马颇清狂"，写出了很多歌颂祖国山川和托物言志的诗歌，如《望岳》。

杜甫诗歌提供了史的事实和生动的生活画面，杜甫创作的著名诗歌"三吏""三别"，充分反映了当时人民置身水深火热的动荡社会之中，如《石壕吏》。杜甫还有些诗只写一己的感慨，我们可以从他的感怆里感受到当时社会的某些状态，如《登高》。杜甫也有一些活泼、轻松的诗歌，如《春夜喜雨》。杜甫的诗歌有很高的艺术价值、文学价值和历史价值，他在诗史上是一位承先启后的人物。

三、中唐的诗歌创作

安史之乱是唐朝由盛转衰的标志，安史之乱爆发后，唐代社会和唐文学进入一个新的时期，文学史上习惯称之为中唐。中唐时期有不少杰出的诗人，例如白居易、韩愈、柳宗元、刘禹锡、李贺等。限于篇幅，在这里将重点介绍白居易、韩愈、李贺三人的诗歌创作。

（一）白居易的诗歌创作

白居易（公元 772—公元 846），字乐天，祖籍太原，迁居下邽（今陕西渭南东北），出生于新郑（今属河南）。白居易现存诗歌两千八百余首，大致可以分为四类：讽喻诗、感伤诗、闲适诗和杂律诗。白居易诗歌中最富有社会意义的部分是讽喻诗中那些社会写实的诗作，正如《新乐府序》所言"其辞质而径，欲见之者易喻也；其言直而切，欲闻之者深诫也；其事核而实，使采之者传信也；其体顺而肆，可以播于乐章歌曲也"。白居易大多数讽喻诗"一吟悲一事""首句标其目，卒章显其志"，这是其突出的艺术特色，也是其基本思想特征。他的这些讽喻诗的前面都有小序，表明作诗的缘起和诗的主旨，多为揭露和抨击黑暗现实，反映民生疾苦，同情劳动人民，如《观刈麦》。白居易的感伤诗以《长恨歌》和《琵琶行》为代表，这两首长诗具有极高的艺术价值，为后人赞赏。白居易继承和发展了《诗经》、汉乐府民歌以来的诗歌艺术写实和社会批判的优秀传统，对后代诗歌产生了深远影响。

（二）韩愈的诗歌创作

韩愈重视诗歌的娱乐功能和逞才炫博的自我表现功能，突出地表现了诗人的创作特色。具体来说，韩愈诗歌的特征表现在以下几个方面。第一，韩愈以超群绝伦的想象力和雄伟豪壮的精神气魄创造诗境，追求奇崛险鸷的意境，如《调张籍》。第二，韩愈的诗歌具有劲拔险拗的语言韵律，如《谒衡岳庙遂宿岳寺题门楼》。第三，韩愈的诗歌具有以文为诗的结构笔法。这种以文为诗的结构笔法，从积极角度讲，丰富了诗歌的创作手段和表现形式，如《八月十五夜赠张功曹》。

韩愈的诗歌取得了很大的成就，对唐诗和宋诗的发展都有深远的影响。

（三）李贺的诗歌创作

李贺（公元790—公元816），字长吉，福昌昌谷（今河南宜阳）人，是唐宗室郑王的后裔。李贺把作诗视为生命之所系，他的诗歌具有较强的浪漫主义色彩，诗风凄艳诡激、怨郁诞幻。他偏于用感性的角度来认识社会，表现重点多为对主体心灵的全力开掘和虚幻意象的巧妙营造，常用非现实的幻想描写天上神灵与地下鬼怪世界，被称为"鬼才"。李贺的诗歌在构思、意象、遣词、设色等方面表现出新奇独创的特色，被称为"长吉体"。李贺渴望建功立业，收复沦陷的故土，他通过诗歌抒发自己的人生追求和怀才不遇的悲愤，如《南园》。李贺的诗歌具有强烈的浪漫主义色彩、情感色彩和主观随意性，构思奇特，瑰怪奇诡，组接自由。李贺的诗歌以情感和感受的表达为中心，巧妙组合各种幻想意象，创造出虚幻的艺术境界，如《李凭箜篌引》。李贺的长吉体和瑰奇的语言，注重内心世界的挖掘和主观化的幻想，对后世影响深远，但也要注意其诗歌内容的神秘晦涩。

四、晚唐的诗歌创作

晚唐的诗歌不同于初唐、盛唐和中唐，呈现出哀婉深沉的斜晖余韵，追求朦胧的情思和细腻幽约的美，在唐诗的发展史上开拓了一个全新的境界。杜牧和李商隐是这一时期最具代表性的诗人，下面将重点介绍。

杜牧（公元 803—公元 852），字牧之，京兆万年（今陕西西安）人，有《樊川文集》二十卷传世。杜牧的政治诗、咏史诗、写景抒情诗、咏怀诗、酬送寄赠诗等，具有一定的认识意义和颇高的美学价值，思想内容丰富，情调积极健康，且在艺术上很有特色。杜牧的政治诗通常通过精心选取的意象来表达自己内心的感情，兼具豪迈、深情、清丽等特点，如《早雁》。杜牧紧密结合现实，"雄姿英发"，不拘历史陈见，创作了大量咏史诗，如《赤壁》。杜牧的写景抒情诗清丽明朗、深情细腻甚至多愁善感，善于用凝练的语言勾勒鲜明的景物意象，把悠远的情思寄托在具体画面之中，如清代评论家沈德潜推崇的《泊秦淮》为"绝唱"。另外，杜牧的一些送别、酬答的诗也写得十分出色，表现了诗人内心世界的另一面，如《清明》。杜牧推崇韩愈、杜甫和李白，积极实践自己的诗歌创作主张，形成了高华俊爽的独特风格。

李商隐（公元 813—公元 858），字义山，号玉溪生、樊南生（樊南子），怀州河内（今河南沁阳）人。李商隐比较著名的政治时事诗是《行次西郊作一百韵》，真实地描写了"依依过村落，十室无一存"的社会经济破败景象，高度概括了唐王朝从贞观之治到甘露之变的历史，并依据治乱"系人不系天"的观点，揭露了当时存在的严重社会危机。李商隐的抒情诗常借助一些意象当作情感载体，作品呈现出曲折隐晦、朦胧、含义深远的特点，如《嫦娥》。李商隐的诗歌呈现出朦胧的特色，感情细腻复杂，善于使用意象曲折抒情。

第三节　五代的词创作

五代时期是我国词的最初发展阶段，在这一阶段，确立了词的最初形式以及词的题材范围和表现手法，为宋词的发展高峰奠定了良好的基础。花间词和南唐词都是五代时期出现的，下面对其进行简要阐述。

一、花间词的创作

在五代中原战乱频仍之际，偏安剑南的西蜀相对安定，吸引了大量文人，统治者心怀苟安，君臣相与逸乐，弦歌宴饮，寄情声色，由此产生了大量剪红刻翠的词，并出现了一部《花间集》。这部词集是五代后蜀卫尉少卿赵崇祚（字弘集）于后蜀广政三年（公元 940）辑录晚唐五代时温庭筠、韦庄、皇甫松、孙光宪、薛昭蕴、牛峤、张泌、毛文锡、牛希济、欧阳炯、和凝、顾夐、魏承班、鹿虔扆、阎选、尹鹗、毛熙震、李珣十八家词五百首编辑而成，是我国最早、规模最大的文人词选集。由于词集中的词在内容、形式与风格上大体相近，都是以华丽的文字、婉约的表现手法，集中描写女性的美貌与服饰的鲜艳等，表达离愁别恨以及男女相思之情，因此形成了一个派别，即花间词派。在这里主要对花间词派的代表词人温庭筠和韦庄的词进行一些分析。

温庭筠（812—866），字飞卿，太原祁（今山西祁县）人，唐初宰相温彦博之裔孙。温庭筠的词大多数是以女子为描写对象，其所着重描写的，不外是仪容、服饰之美和悲欢离合之情，以浓艳的色彩、华丽的辞藻，构成一种金碧辉煌的富贵气和香泽浓烈的脂粉气。温庭筠在描写妇女形象时，往往从容貌、服饰、情态上细细描画，笔触柔媚，设色绮丽，散发着浓烈的脂粉气，如《菩萨蛮》其一。温庭筠也有一些淡远清丽、明快自然的词，如《梦江南》其二。总体来说，温庭筠上承齐梁，下开花间词的道路，并成为婉约派的奠基人，不但曾经在词史上放射出异彩，而且一直影响到后来清代的常州词派。

韦庄（公元 836—公元 910），字端己，京兆杜陵（今陕西西安附近）人，他的词《全唐诗》收 54 首。韦庄的词主要也是写女子、相思、离别之类，但风格与温庭筠迥异，与"花间"的基调并不一致。他善于以清新自然的语言、婉娈细腻的笔调写离愁别绪，而又能灌注自己的真情实感，清简劲直而不流于浅露，笔直而情曲，辞达而感郁，所以格外感人。韦庄词的最大特点在于他注重抒发自己的真实感情，而抒情的方式又以明白吐露为主，如《思帝乡》。

温庭筠和韦庄词的风格虽不同，但同为词史上第一批大量写词，甚至以词名世的作家，在促进词体的成熟、使词逐渐摆脱完全依附于音乐和附庸于诗的地位而成为有独立生命的抒情体方面，对后代词人影响深远。

二、南唐词的创作

五代时，偏安江南的南唐是另一个词的中心，与西蜀并峙。由于南唐统治的江南地区经济发展的程度较西蜀高，文化基础也较厚，故南唐词人除了追求花月歌酒的感官刺激外，还追求更高雅的精神生活，涉足于其他一些学术、艺术领域，给词提供了良好的发展条件。南唐词以冯延巳和李煜为代表。

冯延巳（公元 903—公元 960），字正中，广陵（今江苏扬州）人，南唐元老，是唐五代一位重要词人。冯延巳的词在题材上虽与花间派相似，多写歌舞宴饮、相思离别，但他既不像温庭筠那样醉心于描绘女人的容貌举止和服饰，也不像韦庄那样多写具体情事，而是着力抒写人物内心无法排遣的哀愁，塑造一种感情境界，如《鹊踏枝》。冯延巳也有风格清新、情调与民歌相接近之作，如《长命女》。冯延巳的词不管从内容到艺术手法，都比以温庭筠为代表的花间词派有更进一步的发展。

李煜（公元 937—公元 978），初名重嘉，字重光，即位时改名煜，号钟山隐士、莲峰居士，为李璟第六子，是南塘最后的君主，史称"李后主"。李煜的词流传下来较可靠的有三十多首，以亡国为界限，呈现出两种不同的面貌。前期词主要写宫廷中的豪华生活和男女间的柔情蜜意，如《玉楼春》。后期词主要写国亡家破的深悲巨痛和抚今追昔的无穷悔恨。李煜被俘之后，此前词中的绮罗香泽、醉生梦死为深悲巨痛所代替，因此，这个时期的词作呈现出厚重纯朴、沉郁凄怆的风格，如《虞美人》。李煜拓宽了词的题材，他把词从狭窄、浮艳的花间派的格调中突破出来，提高了词表现生活、抒发感情的能力，展示了词这种文学形式的潜在生命力，正如王国维所说："词至李后主而眼界始大，感慨遂深，遂变伶工之词为士大夫之词。"（《人间词话》）

第五章 北宋的文、诗、词

公元960年，北宋建立，结束了长达百年的分裂割据、战乱频仍的局面。北宋之初，统治者为了消弭连年政权更迭与战火频仍的影响，也为了维护宋室江山，赵匡胤以"杯酒释兵权"，建立了崇文与抑武的基本国策。在努力发展经济的同时，也对文化建设给予了重视。虽然北宋文学未取得足以与前代相媲美的成就，但它在延续五代文风的同时也呈现出一些新气象，有些方面昭示出宋代文学的发展方向。在散文方面，这一时期出现了众多散文作家和作品，仅《全宋文》就收录了上万作家的作品，难怪明代文学家宋濂说"自秦以下，文莫盛于宋"，可见散文在宋代进入了鼎盛时期。在诗歌方面，北宋诗人多效仿唐人诗歌，后来又有意识地在唐诗美学境界之外另辟新境，追求平淡之美，最终形成了自己的独特风格。在词方面，宋词在北宋进入立业期，特别是11世纪上半叶柳永等词人先后登上词坛，使宋词进入迅速发展的轨道，他们的词作代表着当时词坛的最高成就和发展趋势。

第一节 北宋散文

宋初散文仍多为骈体，风格浮艳，与五代时如出一辙。稍后虽有柳开等人提倡古文、反对骈俪，但未能取得相应的创作实绩。经过宋初作家多方面的探索，针对晚唐五代文风进行革新的思潮逐渐形成，此时散文创造成就较高的是王禹偁。而伴随着范仲淹、欧阳修等人领导的政治革新运动的开展，文学革新的思想变得更为自觉，散文创作得以迅速发展。比欧阳修稍晚，一批优秀的散文作家活跃于文坛，其中最著名的是王安石、曾巩、苏洵、苏轼和苏辙。从晚唐到五代，古文衰落，骈文复兴。北宋初期仍然流行着艳冶浮华的"五代体"。虽有一些文人留意于文风的变革，但一时难以奏效。直到范仲淹、欧阳修这里，文坛风气才有所改变。

一、范仲淹与欧阳修的散文创作

范仲淹（公元989—1052），字希文，先祖为邠州人，后来迁至今江苏吴县定居。范仲淹的文章以政论、奏疏为主，而且颇多滔滔不绝的长篇大论，以"典雅纯实"的风格见称于时。但范仲淹还有一些抒写性情的散文，因胸襟不凡，格调极高。著名的《岳阳楼记》否定了古人"达则兼济天下，穷则独善其身"的立身准则，继杜甫所说"穷年忧黎元"之后，从大政治家的角度进一步提出"先天下之忧而忧，后天下之乐而乐"的光辉思想。同时，它在构思上也很见艺术功力。岳阳楼大观已为前人写尽，不易出新。尽管如此，作者仍然以宏伟的气势概括了洞庭湖浩瀚无际的壮观景象。范仲淹还为一些名不见史传、迹不至显宦的小人物写墓表，颇能传达出神情面目，如《鄂郊友人王君墓表》。文中有一段写作者与王镐出游的情景，可谓画意、乐境与诗情俱发。

　　欧阳修（1007—1072），字永叔，号醉翁，晚年又号六一居士，庐陵（今江西吉安）人。欧阳修倡导的诗文革新在本质上是针对五代文风和宋初西昆体的，可是他的文学理论和创作实践都与柳开以来的复古派文论家有很大的不同。在欧阳修主持文坛以前，以西昆体为代表的文风已经受到严厉的批评。"太学体"虽然提倡古文反对骈俪，但其自身怪僻生涩，也不是健康的文风。所以欧阳修在反对西昆体的同时，还必须反对"太学体"，对文与道的关系持有新的观点。首先，他认为儒家之道是与现实生活密切相关的，在《答李诩第二书》中说："六经之所载，皆人事之切于世者。"其次，他文道并重，在《答祖择之书》中云："道纯则充于中者实，中充实则发为文者辉光。"此外，他还认为文具有独立的性质，在《与乐秀才书》中称："古人之学者非一家，其为道虽同，言语文章，未尝相似。"这种文道并重的思想无疑大大地提高了文学的地位，继承了韩愈的文学传统。

　　欧阳修的散文内容充实，形式多样。无论是议论，还是叙事，都是有为而作，有感而发。他治学的基本思想是务求简要通达，"究切当世之务"，反对高谈"三皇太古之道"的"广诞无用之说"（《与张秀才第二书》），这就把韩愈所确立的道统说由学术进一步推及政治。由于他论事必究根本，许多政论的立足点常常高出一着，见解也就格外新警透辟。例如，早年所作的《与高司谏书》，揭露、批评高若讷在政治上见风使舵的卑劣行为，是非分明，义正词严，充满政治激情。欧阳修在庆历年间所作的《朋党论》，针对保守势力诬蔑范仲淹等人结为朋党的言论，旗帜鲜明地提出"小人无朋，唯君子则有之"的论点，有力地驳斥了政敌的谬论，点透了问题的实质，显示了革新者的凛然正气和过人胆识。这一类文章具有积极的实质性内容，是古文的实际功用和艺术价值有机结合的典范。

欧阳修真正成功地创造了散文赋这种文体，虽然唐末皮日休、陆龟蒙已把赋变成了散文，但艺术成就不高。欧阳修对前代的骈赋、律赋进行了改造，去除了排偶、限韵的两重规定，改以单笔散体作赋，创造了文赋。其名作如《秋声赋》，既部分保留了骈赋、律赋的铺陈排比、骈词俪句及设为问答的形式特征，又呈现出活泼流动的散体倾向，且增强了赋体的抒情意味。散文赋的体制也由此形成。

另外，欧阳修还对四六体进行了革新。宋初的四六皆沿袭唐人旧制，西昆诸子更是严格遵守李商隐等人的"三十六体"。欧阳修虽也遵守旧制用四六体来写公牍文书，但他常参用散体单行之古文笔法，且少用故事成语，不求对偶工切，从而给这种骈四俪六的文体注入了新的活力，他的《上随州钱相公启》《蔡州乞致仕第二表》等都是宋代四六中的佳作。

总的来说，欧阳修以全面的创作成就改变了中晚唐至宋初以来因循韩柳之文的旧习，启发后人去努力创造独家之文，从而开创了北宋散文六大家并峙的繁荣局面。其散文创作的高度成就与其正确的古文理论相辅相成，从而开创了一代文风。

二、"三苏"的散文创作

"三苏"指的是苏洵、苏轼、苏辙（苏洵是苏轼、苏辙的父亲，苏轼是苏辙的哥哥）。宋仁宗嘉定初年，苏洵和苏轼、苏辙父子三人都到了东京（今河南开封）。由于欧阳修的赏识和推誉，他们的文章被士大夫争相传诵，一时学者竞相仿效。

苏洵（1009—1066），字明允，号老泉，眉州眉山（今四川眉山）人。苏洵善于从哲学的角度来观察问题，注意从历史中总结出带有指导意义的观点。他对历史事例的分析主要是为通过古今比较，更明晰地看清当今形势。例如，《几策》中《审势》篇认为治天下必须了解天下强弱之势，懂得权变，并以阴阳相生之理和东周、秦代的例子，说明强者应济以惠，弱者应济以威，然后用这一道理来分析北宋的政治形势，指出当今之急在用威，使政治复强，天下之势也可复强。《审敌》篇则从内外、本末的关系来看中国和外族的关系，寻找固本息末的办法。苏洵不但有"宏远深切之谋"，能指出时势症结所在，而且能提出具体的策略，尤其喜欢论兵。除了策论以外，苏洵的书信、杂说、记叙也不乏佳作，如《仲兄字文甫说》《上欧阳内翰第一书》《张益州画像记》《木假山记》。苏洵以高瞻远瞩的见识和纵放豪健的文风自成一家，对苏轼和苏辙都有启示。

苏轼（1037—1101），号东坡居士，与父苏洵、弟苏辙合称三苏。在后代文人的眼中，苏轼是一位无与伦比的文学巨匠。除了对宋一代诗歌的影响，他的词体解放精神直接为南宋辛派词人所继承，形成了与婉约词平起平坐、各有千秋的豪放词派，其影响一直推及清代陈维崧等人。苏轼晚年游踪各地，不经意中他和蔼可亲、幽默机智的形象和生活中的各种发明都留存在后代普通人民的心目中，深受喜爱。

苏轼的文学思想是文、道并重。他推崇韩愈和欧阳修对古文的贡献，认为韩愈"文起八代之衰，而道济天下之溺"（《潮州韩文公庙碑》），又认为欧阳修"论大道似韩愈""记事似司马迁"（《六一居士集叙》），都是兼从文、道两方面着眼的。但是苏轼的文道观在北宋具有很大的独特性，他重视文章的艺术价值，对文道关系的看法更通达。

首先，苏轼认为文章并不仅仅是载道的工具，其自身的表现功能便是人类精神活动的一种高级形态："物固有是理，患不知之，知之患不能达之于口与手。"（《答虔倅俞括奉议书》）

其次，苏轼心目中的"道"不限于儒家之道，而是泛指事物的规律，如"日与水居"的人"有得于水之道"（《日喻》）。所以苏轼主张文章应像客观世界一样，文理自然，姿态横生。

最后，苏轼认为作文除了个人的道德修养以外，还要有丰富的生活阅历，才能"充满勃郁而现于外"。他崇尚自然奔放的风格，提倡个性化和独创性，认为文章应当能使"物了然于心"，并"了然于口与手"，做到意会言传，"辞达而已"。

正是在这种独特的文学思想的指导下，苏轼的散文呈现出多姿多彩的艺术风貌。与韩文的深厚雄博、柳文的峻洁精密、欧文的优游有余不同，苏文是以奇纵恣肆、波澜叠出见长的。他称自己的文章"如万斛泉源，不择地而出，在平地滔滔汩汩，虽一日千里无难"（《文说》），可以说是准确地道出了他的散文特色。他的散文大致可分为三类：第一类是奏议、进策、史论和制科文字；第二类是记、赋、传、碑等写景抒情、记人记事的散文；第三类散文是书简、杂著和序跋等。

苏轼善于将书本知识和生活中广博的见闻融会贯通，所以他的题跋中常有许多发人深思或令人会心的警语，说出人们在生活中经常体验到却不一定能总结出来的感受，如《书渊明乞食诗后》《书陈怀立传神》《跋荆溪外集》《书蒲永升画后》《书吴道子画后》《书黄子思诗集后》等。苏轼以扎实的功力和奔放的才情，发展了欧阳修平易晓畅的文风，并全面吸取前人散文的精华，大大开拓了散文的题材内容，丰富了散文的艺术技巧。

苏辙（1039—1112），字子由，自号颍滨遗老，四川眉山人。与父兄一样，苏辙的政论和史论也重在古今治乱之理，其论文均以翔实切当见长。《历代论》45 篇，从尧舜论到唐代诸帝，是他所创造的一种系列性历史人物论。每篇只论一二人或一二事，短小精悍，说理集中。对古书的记载能审势揆情度理，从人之常情和实际可能性去考察其真伪得失。苏轼称苏辙"其文如其为人，故汪洋淡泊，有一唱三叹之声。而其秀杰之气，终不可没"（《答张文潜书》）。此评论颇为中肯，苏辙较内秀，因此更多的记还是以稳取胜，其亦自言："子瞻之文奇，吾文但稳耳。"例如，从《武昌九曲亭记》可看出他平稳深秀、不求奇巧的特色。文章按游览的顺序展开，后自然引出此处亭废地狭的美中不足之感。恰在东坡有意扩建此亭的时候，大雷雨拔去一株古木，使亭基得以开扩，如同大自然设计的天巧之作。于是，只一句"子瞻于是最乐"，便活现了此亭来得现成的乐趣。

第二节 北宋的诗歌

北宋时期，由于道统文学观的兴起和理学的逐渐形成，诗歌也被视为传道的工具，而较少表现纯粹的个人生活情感，而宋代文人真正最重视的、也最能反映他们思想性格的文学体裁，仍然是诗歌。唐代诗人对宋代诗人影响很大，最突出的是杜甫、白居易、韩愈、李商隐等人。北宋著名诗人王安石、苏轼都对杜甫推崇备至，各自从不同方面继承了杜甫的特点。苏舜钦、梅尧臣、欧阳修、王安石、苏轼的诗歌都不同程度受到韩愈诗风的影响。北宋诗人在诗歌的语言技巧方面尤有显著的创新与发展，他们比唐人更多地运用日常口语及散文句法，使得诗歌的意象自然亲切、意脉流动顺畅，意境平常冲淡；又将生僻语词、典故及特异句式引入诗中，使得作诗成为诗人比赛学问和机智的工具，诗歌变得更精致、更含蓄。

一、北宋初期的诗歌创作

北宋初期的诗坛，出现了题材狭窄、内容贫乏、注重形式、诗风浮艳的西昆体诗歌，其中最具代表性的诗人便是杨亿。同时还有些人对于晚唐五代的浮艳诗风不满，他们自觉不自觉地走上另一跳路。这方面的代表诗人便是王禹偁和林逋。王禹偁诗学白居易和杜甫，因此在他的诗歌创作中，体现了杜诗风格因素向白体诗风的渗透。林逋诗学晚唐的贾岛、姚合，诗风平淡高远。

杨亿（公元 974—1020），字大年，建州浦城（今属福建浦城）人，死后谥为文，世称杨文公。在诗歌创作中，杨亿擅长用优美的言辞、充分的想象状写自然景物或个人心绪，且在描述中能恰如其分地运用典故和故事，如《南朝》。杨亿的诗歌中也有反映现实之作，但在《西昆酬唱集》中，多为咏史、咏物之作，如《汉武》。

王禹偁早年写的是闲适诗，成就并不突出，到了晚年则转向了讽喻诗的创作，特别是在谪居商州时期，对白居易的新乐府诗进行了非常自觉的学习，从而创作了很多反映社会现实、充满忧国忧民情怀的诗篇。例如《畲田词》（其一）。王禹偁还以杜甫为典范，创作了《感流亡》《乌啄疮驴歌》等，其中《感流亡》一诗用白描的手法展示了一幅荒年流亡图，把对他人的同情与自己的身世之感结合在一起，从而使诗的思想境界超越了当时诗坛上常见的无病呻吟之作。

林逋（公元 967—1028），字君复，又称和靖先生，自谓"以梅为妻，以鹤为子"，故人称其"梅妻鹤子"。林逋的诗歌在一种高逸淡远的境界中求得自我满足，表现出独特的审美风韵。他的诗歌主要是吟咏湖山胜景和抒写隐居不仕、孤芳自赏的心情，诗风澄淡高逸，幽远邃美，如《秋日西湖闲泛》。林逋写诗擅长"用一种细碎小巧的笔法来写清苦而又幽静的隐居生涯"（钱钟书的《宋诗选注》），如《湖楼写望》中的"夕寒山翠重，秋静鸟行高"；《湖山小隐》中的"片月通萝径，幽云在石床"等。这些诗句都有一种天然雅洁的气韵，给人以赏心悦目的画意美。

二、北宋中期的诗歌创作

北宋中期，社会上掀起了一系列的改良浪潮，也对诗歌创作产生了很大的冲击。在诗坛上，诗人们对西昆体的弊病愈加不满，许多人决心在诗歌创作上走自己的新路。梅尧臣、苏舜钦等人，沿着宋初诗人王禹偁所开创的道路前进。他们猛烈地批评西昆体的流弊，并以其诗歌理论和丰富的创作实践，揭开了北宋中期诗歌革新的序幕。将这个运动引向胜利的是文坛盟主欧阳修，他以其在政治上的地位和在文坛的巨大影响，领导宋代诗文革新运动取得了辉煌胜利。宋代的诗歌革新运动正是诗文革新运动的一部分。欧阳修在诗文革新运动中，以他的诗歌创作主张相号召，以他的诗歌创作实践相影响，终于把诗歌革新运动引向成功。王安石继欧阳修之后，发展了诗歌革新的成果，使宋诗不仅在内容与现实紧密结合方面有新了的发展，在艺术技巧方面也有了新的成就，是宋诗发展中的重要诗人。此外，这个时期的苏轼诗歌创作无论是题材内容，还是形式技巧等方面都有所开拓。

梅尧臣（1002—1060），字圣俞，宣州宣城（今安徽宣城）人。宣城古名宛陵，故世称梅尧臣为梅宛陵或宛陵先生。梅尧臣是北宋前期诗歌革新运动的得力干将。针对西昆体浮靡的诗风，他提出了诗歌应继承《诗经》现实主义精神的观点，关注社会，反映现实。在这种思想的指引下，他创作了不少现实主义诗作，如《小村》。其他的诗作如《汝坟贫女》《陶者》《织妇》《田家》等，皆生动地描绘出农村的荒凉景象和农民的拼客生活，表现了对贫苦百姓的同情和对残暴官吏的不满。

苏舜钦（1008—1048），字子美，原籍梓州铜山（今四川中江）人。苏舜钦与梅尧臣一样，提倡诗歌应具有现实主义色彩，应有补于时、关注国计民生。因此，苏舜钦也有很多反映现实的诗。但与梅尧臣不同的是，苏舜钦的诗歌多针对国家大事，慷慨多气，具有鲜明的政论性和强烈的现实针对性，并且往往就当时的政治事件和社会问题直抒己见，毫不避讳，例如，《感兴》第三首即以林姓书生上书而获罪的事件，来揭露和抨击统治者堵塞言路的可耻行径。

欧阳修的诗歌创作受李白、韩愈的影响较大，诗歌注重内容，讲究气格，语言平易爽畅，风格流动潇洒，在"以文为诗"上为王安石、苏轼开了先路。他的有些诗歌近于李白，雄奇变幻，气势豪放，如《春日西湖寄谢法曹歌》。

王安石继承了欧阳修等诗人在诗歌改革运动中提出的主张，在诗歌创作与理论方面，他重视诗歌的实际功用，把诗歌看成是抒情怀志的工具，偏重抒写个人的情怀，反映丰富的社会生活。从内容上看，王安石的诗歌主要有政事诗、使北诗、咏史诗、闲居诗等几类，以退居江宁为界，他的诗歌创作可以分为前后两个时期。王安石在前期所创作的诗歌主要有政治诗、咏史诗两类。他的政治诗带有明显的"学杜"色彩，创作的大量诗歌都直接反映时事政治、社会问题，表现出明显的关心政治时事和同情人民疾苦的写实精神。在写作诗歌的同时，他还通过自己的观察，写出了自己的感受，并将济世匡俗的理想抱负融入诗歌之中，如《兼并》。他的咏史诗表达了对历史事件的独特看法，如《商鞅》。

苏轼的诗歌始终把批判现实作为主题，博采李、杜、韩等众家之长，融合了儒、道、禅多方面的思想内涵，因而他的诗气宇宏阔、豪健雄放、清旷简远、无所不包。在诗歌创作中，苏轼善于由写景寄情升华到对人生、社会和物理的深沉反思，常"以议论作诗"（章戎的《岁寒堂诗话》），且诗中的议论常常融合着更为深刻的历史思考和更为丰厚的人生体验。苏轼对社会现实中的种种不合理现象常常抱着"一肚皮不入时宜"的态度，诗文创作力求"精悍确苦，言必中当世之过，凿凿乎如五谷必可以疗饥，断断乎如药石必可以伐病"（《苏轼文集·凫绎先生诗集叙》）。但他对现实的针砭却并未局限于一时的政治措施，而是深揭历代社会中由来已久的弊政、陋习，体现出更为深沉的历史意识，如《荔枝叹》。苏轼的诗大多表现了傲视苦难、超越痛苦的人生态度，如他将山环水绕的荒城黄州描绘成"长江绕郭知鱼美，好竹连山觉笋香"（《初到黄州》），把多石崎岖的坡路描绘成"莫嫌荦确坡头路，自爱铿然曳杖声"（《东坡》）。

三、北宋后期的诗歌创作

北宋后期的诗坛再也不像中期诗坛那样活跃，创作与现实生活相结合也不是那么紧密，而诗人的注意力则更多地放在技巧与形式上，代表这种风气的是著名诗人黄庭坚。他不仅较为系统地提出了一整套诗歌创作理论，在诗歌的创作技巧上另开新路，成为北宋后期诗坛上独具特色的大诗人。

黄庭坚（1045—1105），字鲁直，号山谷道人，又号涪翁，洪州分宁（今江西修水）人。从整体上看，黄庭坚的诗追求去陈反俗，多用拗律、险韵，好用奇字僻典，尚硬求奇，深折透辟，显现了劲僻奇崛的风格，从而成为独具特色的山谷体，如《寄黄几复》。黄庭坚胸襟旷达，功力深厚，学识渊博，创作态度谨严，他的诗歌立意曲深，富有思致，耐人寻味，给人以初读觉枯涩平淡，细味之则倍感齿颊回甘，余味无穷之感，如《题竹石牧牛》。黄庭坚也有一些以口语入诗，插科打诨之作，从而形成了近似游戏的风格，如《子瞻诗句妙一世，乃云效庭坚体，次韵道之》。

第三节　北宋的词

北宋初期，柳永对宋词进行了大胆的创新，以市井俗语演绎了宋词的第一段历史性辉煌。晏殊与柳永是同时代的人，但与柳永不同，晏殊在世时就有一大批唱和者和追随者。在词的发展史上，晏殊是将词从晚唐五代过渡到北宋的领袖人物。冯煦说："晏同叔去五代未远，馨烈所扇，得之最先。故左宫右徵，和婉而明丽，为北宋倚声家初祖。"北宋中后期是宋词词体大裂变的重要时期。此时，苏轼对词境进行了开拓，并使词从音乐的附属品变为了一种独立的抒情诗体，提高了词的文学地位。另外，晏殊、秦观、贺铸、周邦彦等词作大家辈出，使词坛呈现出空前繁荣的景象。他们的词风格多样，并各有独特的成就，具有丰富的文化内涵。

一、北宋初期的词创作

北宋初期，在君主的刻意提倡下，文人学士群起响应，再加上北宋初期词人对晚唐五代清切婉丽的词风的继承，从而导致以艳靡柔美为主要特征，但在题材内容、风格意境、体制形式诸方面都有所开拓和创造。这时期重要的代表词人是柳永、晏殊。其中，柳永唱出了小市民的心声，而以晏殊等为代表的词人则深受南唐花间词的影响，创作了一批温润秀洁、风流蕴藉而多带富贵气的词作。

（一）柳永的词创作

柳永（约公元 987—约 1053），初名三变，字景庄，后改名永，字耆卿，崇安（今福建武夷山）人。受当时都市文化大潮的推动，柳永作词沾染了市民意识，跳出传统文人词的窠臼，在传统士大夫文化圈里走了一条从俗随流的民间文艺之路，在词坛别树一帜，衍成了不同于花间体、南唐体以及宋初晏欧体的"柳耆卿体"。所谓"柳耆卿体"是指带有柳永强烈的个性特征的一种新型词体，它在思想内容上具有鲜明的市民意识，反映的是都市生活；在风格趋向上以俚俗为主要特征，从民间汲取乐曲新声创制的长调慢词为主要的表现形式，采用的是"以赋为词"的铺叙手法。

柳永从创作方向上改变了以往词的审美内涵和审美趣味，即变"雅"为"俗"，把被文人雅化了的词恢复到原来的通俗面貌，大量引市民意识、市民生活及市民情调入词，着意运用通俗化的语言表现世俗化的市民生活情调，扩展了词的表现内容，如《定风波》。

柳永不像晚唐五代以来的文人词那样只是从书面的语汇中提炼高雅绮丽的语言，而是充分运用现实生活中的日常口语和俚语，反复使用诸如动词"看承""消得""都来""抵死"等，副词"争""恁""怎"等，代词"我""你""伊""伊家""自家""阿谁"等。这些富有表现力的口语入词，不仅生动活泼，而且像是直接与人对话、诉说，使读者和听众既感到亲切有味，又易于理解接受。

在两宋词坛上，柳永是创用词调最多的词人。他现存 213 首词，用了 133 种词调。在宋代所用 880 多个词调中，有 100 多调是柳永首创或首次使用。柳永是第一个倾毕生精力制作慢词的人，他创制慢词途径有三：

一是把小令、中调扩展为慢词，或者增衍为引、近，如《木兰花慢》《浪淘沙慢》《临江仙引》《诉衷情近》等。

二是自制新腔，即自度腔，其中《秋蕊香引》为柳永自度腔。《归去来》《惜春郎》《还京乐》《雪梅香》等可能是柳永采摘社会上流行的新声入词，也可能是出自自创。

三是将正在兴起的市井"新声"提炼加工为慢词，如《夜半乐》《传花枝》《十二时》等。词至柳永，体制始备。令、引、近、慢，单调、双调、三叠、四叠等长调短令，日益丰富。从形式上看，他的《乐章集》里所用的一百多个曲调中，《戚氏》《柳腰轻》《过涧歇》《倾杯》《合欢带》《小镇西》《如鱼水》《夏云峰》《驻马听》《竹马儿》《内家娇》《引驾行》《曲玉管》等，则全为"市井新声"或唐教坊曲的"旧曲翻新"。其中，最长的慢词《戚氏》长达 212 字。

柳永为适应慢词长调体式的需要和市民大众欣赏趣味的需求，创造性地运用了铺叙和白描的手法。他将"敷陈其事而直言之"的赋法移植于词，或直接层层刻画抒情主人公丰富复杂的内心世界，如《定风波》《满江红》等；或铺陈描绘情事发生、发展的场面和过程，以展现不同时空场景中人物情感心态的变化。柳永的叙事手法多用于他的艳情词，这类词共有 30 多首，它是继承唐代抒情词的传统发展而来的，如《雨霖铃》。

总之，柳永不仅从内容、风格上引入词中的市民意识、市民情调、都市风光、俚俗风格乃至浅俗直白的口语等，使词的艺术宝库一时光彩四射，美不胜收，更是促进了新的词体——长调慢词的发展。

（二）晏殊的词创作

晏殊（公元 991—1055），字同叔，谥元献，今江西临川人，人称"大晏"。一直处于政坛、文坛中心地位的晏殊，虽然没能在政治上有所建树，但是在文艺创作、文化教育以及荐拔人才等方面却做了不小的贡献。晏殊平生好兴办学校，汲引贤能之士。他唯贤是举，如欧阳修，就是仁宗天圣八年他以翰林侍读学士知贡举时在礼部试中以第一名录取的，范仲淹虽比他长两岁，但也是他的门生，王安石曾受过他的奖掖，宋祁和张先等也曾在他手下任职。此外韩琦、富弼以及杨察等人都出其门下。而这些人全是当时政坛、文坛的一流人物。由此可见，晏殊是北宋真宗、仁宗朝封建文化高潮中孕育出来的一位士大夫领袖。他的大半生牢牢地站在封建王朝文官领袖的位置，具有那个时代一般文人难以得到的以稳固的高官地位主盟文坛的条件，因此他的文学活动便从来不是一种单纯的个人行为，而是具有很大的表率作用与群体效应。

晏殊的词继承五代遗风，体势气质与冯延巳尤为相近。不过，作为盛世之元辅，"太平无事荷君恩"（《望仙门》）是其基本心态，"一曲新词酒一杯"（《浣溪沙》）是其悠闲从容的基本风度；"一场愁梦酒醒时，斜阳却照深深院"（《踏莎行》）的吟咏，虽写的是愁，却无非是贵族士大夫在安适恬静生的活中因暂时的寂寞而引起的淡淡闲愁，如《浣溪沙》。

晏殊的词天然丽质，风流蕴藉，观察细、笔墨细、写得细、文风细、观察细、意境细，而且富贵其内，从容其外，没有多少书卷之气。当然，晏殊的词也有一定的不足，一方面，词体单调，尽为小令，没有长调；另一方面，内容单薄，只有小众，没有大众，未免阳春白雪，和者盖寡。但不管怎么说，晏殊在两宋词坛的地位很高。作为宋词主流派词风的开山之作，晏殊词对后世的词创作产生了重要影响，其身后有着大批的追随者，近期的继承者首推欧阳修，远期的继承者则除去秦观、李清照、晏几道之外，一直到周邦彦、姜夔、王沂孙、史达祖、吴文英、张炎，都可以看作他词风的远方继承者。

二、北宋中后期的词创作

北宋中期，社会经济和文化生活区域高涨，诗文革新运动逐步深入，词的创作日益活跃，呈现出提高传统词艺趋势，代表词人有苏轼、秦观等。北宋晚期，由于社会动荡不安，擅长浅酌低吟的婉约词开始抬头，代表词人有贺铸、周邦彦等。

（一）苏轼的词创作

在苏轼创作的词中，大多数是有关壮志、哲理、送别、怀古、旅怀、悼亡、农村、闲适、风光、贺寿、嘲谑等题材的。这种题材上的巨大变化，实际上是苏轼在继承五代温庭筠、韦庄、冯延巳、李煜之风的基础上开拓的新境界，开始时影响并不突出，至南宋则适逢其会，直接影响了辛词派。例如表现苏轼壮志平生的第一首豪放词是《江城子·密州出猎》。

苏词中常表现对人生的思考，这无疑增强了词境的哲理意蕴，如其最有名的哲理词《定风波·三月七日，沙湖道中遇雨》。苏轼写词，主要是供人阅读，不求人演唱，虽也遵守词的音律规范而不为音律所拘，故苏词有着浓重抒情言志的自由奔放色彩，如名作《水调歌头·明月几时有》。苏轼的爱情词也全无香软丽蜜之态，如《江城子·十年生死两茫茫》：

　　十年生死两茫茫，不思量，自难忘，千里孤坟，无处话凄凉。纵使相逢应不识，尘满面，鬓如霜。　夜来幽梦忽还乡，小轩窗，正梳妆，相顾无言，惟有泪千行。料得年年肠断处，明月夜，短松岗。

　　这是一首很著名是悼亡词，为悼念已故的妻子王弗而作，颇有清丽爽劲的诗的韵致。在表现手法上，苏轼发展了柳永的铺陈手法，以赋的技法入词，直抒胸怀，即事写景。以议论入词，把比兴、比拟、寄托等艺术技巧引入词中，还有采用隐括式、俳体式、对话式，也丰富了词的表现方法。

　　苏词中灵活的表现手法主要是大量运用题序和用典故两个方面，丰富和发展了词的表现手法，对后来词的发展产生了重大影响。如《定风波·莫听穿林打叶声》一词用词序来纪事，词本文则着重抒发由其事所引发的情感，使得题序与词本文在内容上起到了相互呼应的作用，丰富和深化了词的审美内涵。

　　总之，苏轼对词体进行了全面的改革，最终突破了词为"艳科"的传统格局，提高了词的文学地位，使词从音乐的附属品转变为一种独立的抒情诗体，从根本上改变了词史的发展方向。他既自立豪放壮美词风，又不鄙夷传统的婉约风格，而使婉丽雄放并存。　所以说苏轼的词学观念改变了词作原有的柔软情调，无疑具有开放的革新的意识，开启了南宋辛派词人的先河。

（二）秦观的词创作

　　秦观（1049—1100），字少游，后改为太虚，号淮海居士，高邮（今属江苏）人。

　　秦观是"苏门四学士"之一，以词称著于世。其词不走苏轼一路，而是另辟蹊径，"承继'花间'、南唐的传统而参以本人幽微深细之'词心'，沿着主情致、尚阴柔之美的方向，将曲子词要眇宜修、言美情长、音律谐婉的艺术特质发挥到了极致"。

　　秦观词的内容大致可以用"情"和"愁"两个字来概括。其中，"情"主要表现在他坐党籍被贬之前以及被贬之初的爱情词和写景抒情词中。秦观词以爱情为题材的，约占今传《淮海词》的半数。秦观的爱情词，一般基调比较低沉，感伤色彩非常浓厚，如写与少女或歌伎相悦相恋感情的《南歌子·赠陶心儿》。秦观"少豪隽，慷慨溢于文词"，"强志盛气，好大而见奇"，所以在作品中，有些篇章表现出阔大的境界和豪放旷达的情怀，这类词颇受苏轼的影响，如《望海潮》。

秦观文心极细，文情极敏，最善于对哀伤凄怨的儿女柔情和低徊要眇的个人愁思做出贴切幽微的审美把握。秦观青年时常与一些歌伎往来，并为她们写了不少词，词中包含了他对自己仕途坎坷的悲愁，如《满庭芳》

秦观的词是许多婉约派词人无法比拟的，几百年来，论词者几乎众口一致地认为秦观是"当行本色"的婉约正宗，是词心、词艺最纯正的抒情高手，对后世产生了深远影响。

（三）贺铸的词创作

贺铸（1052—1125），字方回，祖籍山阴（今浙江绍兴），出身于没落贵族家庭。贺铸词长于造语，多从唐人诗句中吸取精华，用字谨慎。他曾说："吾笔端驱使李商隐、温庭筠，常奔命不暇。"由此而形成了深婉密丽的语言风格。在此基础上，他取张先的奇逸俊秀而弃其细碎尖巧，取秦观的婉曲深挚而弃其淡雅纤柔，再以自己的秾辞丽藻和大量中晚唐诗的名篇警句，形成了自身奇艳华丽的风格。

贺铸有"贺梅子"之称，这得名于他表现个人失意闲愁的名作《青玉案》。贺铸一生渴望建功立业，结果一事无成。晚岁退隐江湖，并非本愿，所以他只能在词中抒发自己的惆怅之情，如《行路难》。贺铸还写了一些很有豪放气概的词，最著名的是他的代表作《六州歌头》。贺铸沿着苏轼抒情自我化的道路，写自我的英雄豪侠气概，开启了辛弃疾豪气词的先声。同时，又承晚唐温、李密丽的语言风格，以其豪情劲气而影响到南宋吴文英等人。

（四）周邦彦的词创作

周邦彦（1056—1121），字美成，号清真居士，钱塘（今浙江杭州）人。与黄庭坚、秦观、贺铸等同列为"宋词四大家"。

周邦彦是一个纯粹的以词章为业（尽管也一直做官）的士大夫，他十分精通音律，以妙解音律的音乐家从事词的创作，而且词在当时为合乐应歌的特殊韵文形式，必须"声情"与"文情"高度一致，才能产生特定的审美效应，因而他比前人对词的音律有更高的要求，其词调美、律严、字工，使得词与乐的结合日臻完美成熟。为了能够使音律和谐，周邦彦在作词时注意审音用字，严格精密，特别擅长用拗句，在拗怒中追求音律的和谐统一，一方面使字声的错综使用能更恰当地表达喜怒哀乐的不同情感，另一方面也是为加强声情顿挫的美感，而且适应歌唱者的自然声腔和乐曲旋律的需要。同时，他用字还分平仄，而且严分仄字中的上去入三声，使语言字音的高低与曲调旋律的变化密切配合。此外，周邦彦还善于创新调和自度曲，他创的新调和自度曲有 50 多调，在数量上虽然赶不上柳永，但他所创之调声腔圆美，用字高雅，较之柳永所创的部分俗词俗调，更符合南宋雅士尤其是知音识律者的审美趣味，因而受到更广泛的遵从和效法。

周邦彦不但能自度曲，而且又"增演慢曲引、近，或移宫换羽为三犯、四犯之曲"，故《人间词话》盛赞其"创调之才多"。他所创的词调，音韵清蔚，与柳永的市井新声，有明显的雅俗之别。他是第一个以四声入词的人，作词严分平、上、去、入，用法精密，如，《绕佛阁》之双拽头，两阕相对照，四声多合。周邦彦词的内容主要是男女情爱，写得富丽精工、委婉缠绵、妍媚含蓄、欲吞又吐、往复回还，如《瑞龙吟》。周邦彦艳情词中比较有价值且能引人注目的，是那些怀旧之作，往往都表现得情深意切、真挚感人，如《点绛唇》。

总之，周邦彦的词给令人眼花缭乱的北宋词坛上提供了一种规范化的艺术标准，并在词的音律、语言、章法技巧等方面为后人提供了有辙可循的借鉴。

第六章　南宋的文、诗、词

　　南宋时期的文学成就不及北宋辉煌，但是在文学史上仍然有着无可替代的作用。南宋的文学样式丰富多样，有散文、政论文、诗歌、词等。这一时期，由于特殊的社会环境，南宋文学大多题材都涉及国事政治，以此抒发作者的爱国情感。

第一节　南宋的散文

　　南宋时期，社会发生剧烈变动，文学内容也都大多是反映这一时期的社会变化。因此，爱国精神以及抵抗侵略、复国雪耻的强烈愿望成为文学思潮中的主流，在南宋的散文中，这一思潮也有明显的体现。南宋许多正直的士大夫都关心国事，对国家的政治都抱有很大的热情，他们坚决主张抗金，上书参政；有时发表记叙性的文章，抒写国破家亡的悲愤，使政论文和笔记小品获得了一定的发展。

一、南宋的政论文创作

　　南宋的政论文有着很强的政治功能，它对于当时的政治发展以及社会走向都有着重要意义。这些政论文通常都逻辑严密、气势雄伟，受到了后人的高度重视。南宋是一个政治环境特殊的时期，一直面临着内忧外患，抗敌御侮成为南宋政治上最重要的大事。因此，南宋的政论文大多是与抵御外敌有关，内容也多写复国的计策；对文学艺术的手段并不十分重视，只是出于很强的政治目的，义正词严，气势磅礴。代表人物有岳飞、辛弃疾、胡铨等。

（一）岳飞的政论文创作

　　岳飞（1103—1142），字鹏举，相州汤阴（今属河南）人。岳飞自小出生在一个普通的家庭，父母都是地道的农民。小时候，岳飞就喜欢读书，尤其是兵书，因而具备了文韬武略。在他 20 岁时，应募为"敢战士"；23岁，金兵南侵，他就已经从军杀敌了。后来他一直担任主要军事统帅，屡建奇功。他率领的岳家军歼敌如虎，威震敌胆。在绍兴十年（1140）时，岳飞带领着岳家军向北进入中原地区，在河南郾城歼灭了金国的精锐骑兵"拐子马"，接着又在朱仙镇大破金兵。就在岳家军即将旗开得胜时，秦桧等人通敌卖国，而宋高宗又昏庸无能，岳飞被命令马上班师回朝，停止抗战，最终以"莫须有"的罪名被杀害。

宋高宗在南京即位时，岳飞就曾上书反对南宋朝廷放弃中原、进行南迁的打算，这篇书的名字就是《南京上高宗书》。岳飞还有一篇非常著名的政论文是《五岳祠盟记》，文中是这样写的：

自中原板荡，夷狄交侵，余发愤河朔，起自相台。总发从军，历二百余战。虽未能远入荒夷，洗荡巢穴，亦且快国仇之万一。今又提一旅孤军，振起宜兴。建康之城，一鼓败虏，恨未能使匹马不回耳！

这篇政论文写于建炎四年（1130）六月。文中主要回忆了岳飞从起兵到抗金胜利的过程，并表示自己对敌人的进攻不会停止，体现了他强烈要求收复中原的愿望。整篇文章慷慨激昂，充满了战斗的力量，是一篇难得的战斗檄文。

（二）辛弃疾的政论文创作

辛弃疾（1140—1207），初字坦夫，后改字幼安，号稼轩居士，山东历城（今山东济南）人。辛弃疾不仅是一名词人，他的政论文也非常有名，代表作有《美芹十论》和《九议》。

《美芹十论》是辛弃疾非常有名的一篇政论文，它的主要内容是陈述了一些抗金救国的大政方针，希望南宋可以收复中原地区，整篇文章充满豪情壮志。"芹"指芹菜，《列子·扬朱》篇载：有人向同乡富豪赞美芹菜好吃，结果富豪吃了反倒嘴肿闹肚子。后人以"献芹"称所献之物菲薄，以示诚意。《美芹十论》是献给皇帝的，以表辛弃疾的诚意和谦虚。

《九议》的论述是非常有实用性的，它阐述了南宋在处于不利地位的情况下该如何反攻，里面有许多战略战术都是行之有效的。但是南宋政府并没有采取他的建议，只是一味地想着南迁，没有恢复中原的勇气与决心。

（三）胡铨的政论文创作

胡铨（1102—1180），字邦衡，号澹庵，江宁（今江苏南京）人，避地居庐陵（今江西吉安）。胡铨对秦桧等人的卖国行径十分痛恨，曾在高宗绍兴八年（1138）上书《戊午上高宗封事》。胡铨的这篇上书引发了宋高宗和秦桧等人的不满，所以他因此文而被贬荒蛮之地。宋孝宗即位后，他又得到了朝廷的任用，并且依然是抗战派的先锋，写了许多充满正义的政论文，清晰流畅，大气磅礴，给人以气壮山河之感。

二、南宋的笔记小品创作

南宋时期，笔记小品也较为流行，并取得了一定的成就。这些笔记小品的内容多种多样，包括朝野掌故、名胜古迹、人情风俗、名人轶事、读书心得等，展现了南宋丰富多样的社会风貌。其中具有代表性的作家有范成大、罗大经。

范成大（1126—1193），字致能，号石湖居士，吴县（今江苏苏州）人。范成大最著名的笔记小品就是根据自己除蜀东归途中的见闻写成的《吴船录》。文中有对峨眉山奇观的描写，甚至对佛光的出现也有了详细的描写。

罗大经（1196—约 1252），字景纶，号儒林，又号鹤林，南宋吉水人。罗大经的笔记小品最著名的就是《鹤林玉露》一书。整篇文章表达了对秦桧等奸臣的痛恨，对南宋统治者苟安求和的不满，对百姓处在水深火热中深切的同情。这篇笔记小品的首尾像是对于诗的评价，中间部分的内容掺杂着景物和情感，寓情于景，情景交融，使文章具备较高的文学价值。

三、南宋理学家的散文创作

南宋的理学家对文学有着自己的见解，他们自成一派，重视文学创作。著名的理学家有朱熹、真德秀、陆九渊等，其中朱熹的散文创作成就最高。这里我们重点介绍朱熹的散文创作。

（一）朱熹的散文创作

朱熹（1130—1200），字元晦，一字仲晦，号晦庵，晚称晦翁，又称紫阳先生。朱熹一生的创作比较多，把《大学》《论语》《中庸》《孟子》四书定为教本。

朱熹的散文创作具有十分重要的作用，它可以用来讲学，也可以用来著书立说。朱熹写的许多散文都是古文中的名篇。其文章中最有名的理论就是文与道的关系，朱熹对文道观有自己独特的解释，在继承前人的基础上进一步深入论述。在朱熹看来，文的重要性不应该超越道，道才是第一性的，是最重要的，文只是道的辅助手段。朱熹的散文以描写山水景物为多，很多山水游记散文被后人所称赞。其中最有代表性的当属《百丈山记》。

朱熹传记性的散文也比较有名，其中有一些可以说是大手笔之作，叙述了南宋初期风雨飘摇的历史，如他为抗金名将张浚所写的《少师魏国张公行状》，通过记述张浚一生的行事，表达自己激昂的感情。

总之，朱熹作为理学家，十分重视文学的发展，他对散文的贡献之大，推动了后世散文的发展。

（二）真德秀的散文创作

真德秀生于宋孝宗淳熙五年（1178），卒于宋理宗端平二年（1235），字景元，后更为希元，福建浦城（今福建浦城仙阳镇人）。

南宋后期，创作散文的风气盛行，真德秀所编的《文章正宗》和《续文章正宗》在这一时期非常具有代表性。真德秀得到了朱熹的真传，是朱熹的得意弟子，其所持的文学观点也与朱熹大致相同。但是，他完全抹杀了文学的审美功能，在《文章正宗纲目》中自述其编选宗旨为："故今所辑，以明义理、切世用为主。其体本乎古，其旨近乎经者，然后取焉。否则辞虽工亦不录。"《文章正宗》则全面阐述了理学思想，它为理学成为文坛霸主提供了范本，进而对南宋后期的散文创作产生了不良影响。然而真德秀的目的并没有完全实现，南宋末年出现的其他散文选本如谢枋得的《文章轨范》等，仍然主要着眼于艺术水准。南宋末期的文学创作并没有太多受到理学的影响，《文章正宗》的极端文学思想并没有被作家普遍接受。由于当时国家形势的危难，爱国题材的散文仍然占据主要地位。例如文天祥的《指南录后序》、谢翱的《登西台恸哭记》等作品，情文并茂，充分发挥了散文的艺术感染力。

第二节　南宋的诗歌

南宋初期，政局刚刚稳定下来，面对北宋的灭亡，人们对金兵充满了仇恨，对中原地区还抱有收复失地的信心。这一时期的诗歌创作数目较多，且大多是以爱国为主题的。下面就对南宋有代表性的诗人进行介绍与分析。

一、陆游的诗歌创作

陆游（1125—1210），字务观，号放翁，越州山阴（今浙江绍兴）人。他出生在较有文化的家庭，祖辈、父辈都担任官职，母亲为唐介（熙宁初官参知政事）的孙女、晁冲之的外甥女。陆游在幼年时，国家遭遇变故，于是跟随父亲四处逃亡。他从小喜爱读书，后从师受业。父亲也是抗战派的一员，结交的朋友也多是抗战派名流，因此，他在无形中受到了爱国思想的熏陶。

陆游爱国诗的艺术成就极高，诗的数量也相当惊人，目前有 9 300 多首流传了下来，今传《陆放翁全集》有《四部备要》本，《渭南文集》有《四部丛刊》本，诗集以钱仲联编的《剑南诗稿校注》最为完善。陆诗的内容也相当丰富，爱国诗、闲居诗、爱情诗、悯农诗、教子诗等，都有名篇佳作。在他的诗集中，各种名篇佳句让人回味无穷。

民族矛盾一直是陆游诗作中最关注的热点问题。陆游生活的时期，外族的入侵始终威胁着南宋的统治。是苟安还是抗衡一直是南宋统治者面临的问题。陆游是这一时期坚决主张抗战的鼓手，理所当然要把抗敌复国作为最重要的主题，于是便接连创作了很多首诗表达和抒发自己扫胡尘、靖国难之志，为收复中原、统一祖国而呐喊，这也是陆游诗歌内容的首要特征，如《关山月》。

此外，陆游还有一些以爱情为主题的诗作，这是因为他年轻时经历过一段不幸的爱情生活。他的前妻唐氏不得翁姑的喜欢，两人被迫离婚，不久唐氏即抑郁而死。陆游一直把对妻子的感情埋藏在心底，并且通过诗作的形式表现出来，其中最著名的就是《沈园二首》。

陆游的创作风格与杜甫类似，都推崇现实主义，但是他与杜甫又并不完全相同，陆游的诗有着自己独特的特点。

首先，陆游的诗既继承了杜甫的现实主义，又吸取了李白的浪漫主义，形成自己特有的风格。从现实主义的角度来看，陆游的诗歌继承了《诗经》以来的现实主义传统，较为深刻地反映了南宋时期的社会矛盾和阶级矛盾。虽然陆游的诗很少直白地描写现实或直接的评价，但是他的诗中却高度地反映了社会现实的内容，有着强烈的现实主义气息。从浪漫主义的角度来看，陆游的诗想象奇特丰富，诗人常常由现实而生联想，寄理想于梦幻之中，给人以乾坤浩大之感。在《江楼吹笛饮酒大醉中作》一诗里，他把神话传说和夸张的手法结合在一起，以此来表达心中的忧烦之情。在这一点上，可以与李白相媲美。

其次，陆游的诗风格悲壮豪放。如在《书愤》中，诗人虽豪情满怀地回忆过去，但是对于现实却满腔悲愤。诗人对诸葛亮投去钦慕的眼光；看看眼前北伐无人的现实，感叹不已。全诗写诗人的忧愤之情如江河奔流而来，一气贯下。

再次，陆游诗的语言浅显易懂，通俗自然。陆游根据江西派诗歌理论，对诗句的语言进行深入推敲。后来，他认为诗句应该表达真实的情感，因而改走语言朴实的路线。例如《关山月》，用一守边兵卒的口吻来写，全诗无一典故，也没有雕琢的词语，明白如话。又如《游山西村》中的名句"山穷水复疑无路，柳暗花明又一村"，朴实自然，生动活泼，但是却耐人寻味。

最后，陆游的诗歌每一种体裁都各具特色。律诗精美，古体诗豪放，绝句深沉，尤以七律见长。舒位把他与杜甫、李商隐相提并论："七律至杜少陵而始盛且备，为一变；李义山瓣香于杜而易其面目，为一变；至宋陆放翁专工此体而集其大成，为一变。"（《瓶水斋诗话》）故后人据此将陆游与杜甫、李商隐并称为三大"七律诗人"。

陆游的诗歌取得了很高的艺术成就，但同时也有一些不足之处。在陆游的许多诗当中，句法结构、词语常常有重复出现的情况；有时候议论也极为浅显。但是瑕不掩瑜，他仍然是宋代诗坛的一位大家。

二、徐玑的诗歌创作

徐玑（1162—1214），字文渊，号灵渊。徐玑的诗作很少涉及国事，但是也不乏一些专门涉及国事的作品，如《传胡报二十韵》。徐玑的诗蕴含着禅机，这主要是受到晚唐禅文化的影响。晚唐时期，宦官专权、朋党之争、藩镇叛乱的社会现实使得文人视仕途为畏途，他们既想报效祖国，又想逃避现实的混乱，因而内心充满矛盾。在创作中也就主要形成了忧郁情调与一己情怀的抒发。而宋朝这一时期的环境就与之相似，文人们因政治险恶，仕途艰狭，或辗转流落，发不遇之怨，或退避山林，求全身之策，一方面清高孤傲，远离世俗，品茗谈禅，与和尚密切交往；另一方面又受不了真正的清苦，不甘心这样一直生活下去，内心变得矛盾而纠结。徐玑的创作也体现了这一时期诗歌的风格与特色。

在徐玑的许多作品中，都弥漫着清冷的氛围，不管是在山林还是到人的梦境。当然，对于这种氛围的使用难免有滥用的嫌疑，但这并不影响徐玑诗作的成就。徐玑诗歌的一个重要特色就是带有入骨的寒冷，而这也正是其在当时诗坛产生导向作用的一个重要原因。

三、徐照的诗歌创作

徐照，生年不详，卒于1211，字灵晖，自号山民，永嘉（今浙江温州）

人，家境贫寒，终身都是一介布衣。他爱好绘画，喜欢游山玩水，与徐玑的来往最为密切。在四灵中，徐照去世最早，赵师秀"集常朋友殡且葬之"。

徐照的诗歌在很大程度上受到了叶适思想的影响，叶适的"造化"观点得到了徐照的肯定，所谓"造化"观点就是人世的荣华富贵、显赫权势是不可能永葆长久的。徐照多次用诗歌语言表达叶适这一哲学观点，如在《漓湖作》中说"漓湖春来水拍天，秋来水涸成乾田。天地盈虚不可保，富贵於人岂长好。"在《渔家》中又借"野水无人占，扁舟逐处移"的景象抒发"有酒人家醉，公卿要识谁"的感慨。徐照自己没有当过官，对权贵充满了蔑视，此时叶适的思想是可以用来当作挡箭牌的，但仅是聊以自慰。因为徐照生活一直都很贫苦，迫于生计，不得不屈居幕僚，后回乡家居，贫病而死。他去世的时候可以说是家徒四壁，在叶适的《徐道晖墓志铭》中就有关于此事的记载，铭曰："诵其诗，其人可胡！身可没，墓不可无。"铭文高度评价了徐照的诗歌成就："有诗数百，斫思尤奇，皆横绝欻起，冰悬雪跨，使读者变踔訳栗，肯首吟叹不自已。然无异语，皆人所知也，人不能道尔。盖魏晋名家，多发兴高远之言。""发今人未悟之机，回百年已废之学，使后复言唐诗自君始，不亦词人墨卿之一快也！惜其不尚以年，不及臻乎开元、元和之盛。"

徐照一生布衣，长期生活在民间，因此他的作品更多地反映了社会生活。他有许多诗句都是直接描写现实生活的，如《哭翁诚之》中叹息："因识诗情性，为官亦是清。吉人天不祐，直道世难行。"他感慨社会是如此现实，如此无情，在社会的压迫下他更加珍惜朋友之间的情谊，"芳兰杂萧艾，独鹤随鸡群。男儿暂困厄，困厄谁怜君？或云深林间，其馥人自闻。何如鼓双翼，轩昂九霄云。"(《送侯宁》)通过朋友间的互相鼓励来忘却现实的困顿。

徐照最为重视的还是他的五言律诗。诗中大多是描写山水景物、生活感受和酬谢朋友的。五律的代表作有《石门瀑布》《和翁灵舒冬日书事》《宿翁灵舒幽居期赵紫芝不至》《送翁灵舒游边》，其中"千年流不尽，六月地长寒""梅迟思闰月，枫远误春花"及《送徐玑》中的"不来相送外，愁有独归时"，《题江心寺》中的"流来天际水，截断世间尘"，警策有味，运思新颖，是被人传诵的名句。

四、文天祥的诗歌创作

文天祥（1236—1283），字履善，一字宋瑞，号文山，江西吉安人。文天祥是爱国诗人，也是民族英雄，他的创作分为前后两期，以元人攻陷临安为界。他的创作前期，诗作多是咏叹、应酬之类的作品；在创作后期主要描写了与元人战斗的场面，兵败被俘虏后，他能抵抗各种诱惑，誓死维护南宋的利益，表现出大无畏的英勇精神，以及崇高的民族气节和至死不渝的爱国精神。他的诗作在这一时期也是慷慨激昂，表现了不屈服的斗志，一改晚宋诗歌气格卑弱之风，读之使人为之一振。如著名的爱国诗篇《过零丁洋》：

> 辛苦遭逢起一经，干戈寥落四周星。
> 山河破碎风飘絮，身世浮沉雨打萍。
> 惶恐滩头说惶恐，零丁洋里叹零丁。
> 人生自古谁无死？留取丹心照汗青。

他在囚禁中还创作了一篇非常有名的长诗《正气歌》，更是让人荡气回肠。诗中热情歌颂了浩然正气给人带来的精神能量，并表示自己要将这种能量继承并发扬下去，即使遇到各种困难，也不愿意屈服，诗人将爱国精神表现得淋漓尽致。

文天祥的爱国诗篇不事雕琢却又十分精工，直抒胸臆而感情悲壮激越，表现出诗人极大的才情。

第三节　南宋的词

南宋前期的词在北宋词的基础上得到了进一步的发展，受南宋特殊的历史环境的影响，南宋前期的词在内容上以爱国主义为基本的思想基调。在风格上，南宋前期的词主要是婉约、豪放、格律并行。就词人而言，南宋前期的词人主要有南渡词人、中兴词人和稼轩词人组成，南渡词人主要包括李清照、叶梦得、朱敦儒等人，中兴词人主要包括张元幹、张孝祥、岳飞等人；稼轩词人主要包括辛弃疾、陆游、刘过等人。南宋中期，南宋王朝偏安东南半壁的局面已经定型，南宋的统治者回归到了享乐的道路上，出现了深受晋、唐山水田园诗派的影响，主要以山光水色以及闲情逸思为主要描写对象，并以悠闲飘逸、自然疏放为主要风格特色的闲逸派和以古典雅乐的"中正和平"之音，"典雅纯正"之辞净化词，以使词不失"雅正之道"的雅正派。闲逸派的词人主要有仲殊、周紫芝、徐积、米芾等，雅正派的词人主要包括姜夔、史达祖、吴文英等。进入南宋末期，以周密、王沂孙、张炎为代表的词人进一步发展了雅正派姜夔的词风，并加以固定化。与此同时，文天祥、陈允平、刘辰翁、蒋捷等一批词人立志恢复、热心壮大宋廷，学习稼轩词风，延续了北宋词坛的豪迈之风。

一、李清照的词创作

李清照（1084—约1155），号易安居士，济南（今属山东）人。她出身书香门第，早期生活优渥，并受到了良好的教育，有较高的文学素养。李清照的词以南渡为界，可以分为前后两个时期。前期，李清照多写自己天真烂漫的少女生活以及夫妻间的爱情，表现的多是闺情，深挚清隽、含蓄秀婉。后期，在经历了国家的沦亡、民族的屈辱、生灵的涂炭、个人的不幸等一系列变故后，李清照的词也产生了很大的变化，多抒写包含民族矛盾的深刻社会内容，表现国破家亡和个人颠沛流离的不幸遭遇，交织着国破家亡之深悲巨痛，有着一定的社会意义。

虽然在词的风格上，李清照从南渡前的欢愉平和之调变为南渡后的伤离念乱、忧时怀旧的悲郁之调，但是她坚持词"别是一家"，维持词的婉约谐律、专抒情而不言志的"正宗"传统，并且在保留词体文学"本色"的前提下来深化词情、开拓词境，如《声声慢》。

总体来说，李清照不仅以其细腻而敏锐的艺术触觉书写了大动乱中人们的心灵波动与情绪变化，而且更在很大程度上发展了婉约词的创作，在词的创作中，李清照历摘婉约正宗的前辈诸名家之短而又善于向他们广泛学习，并根据自己的才性和兴趣而表现出明显的偏向性的，有意识地吸取李煜、晏几道、秦观的艺术遗产，使得自己的词表现出清新婉约、哀感顽艳的风格，成为婉约词派如况周颐的《蕙风词话》所说"笔情近浓至，意境较沉博，下开南宋风气"的承前启后的一家。

二、岳飞的词创作

岳飞是我国古代著名的爱国将领，他的词也多为表达爱国之情之作，具有强烈的民族气节战斗精神，如千古传唱的《满江红》：

怒发冲冠，凭栏处、潇潇雨歇。抬望眼，仰天长啸，壮怀激烈。三十功名尘与土，八千里路云和月。莫等闲、白了少年头，空悲切。　靖康耻，犹未雪。臣子恨，何时灭！驾长车踏破，贺兰山缺。壮志饥餐胡虏肉，笑谈渴饮匈奴血。待从头、收拾旧山河，朝天阙。

忠勇奋发、慷慨纵横，只是岳飞精神世界的一面，另一面则是在他的抗敌大业受到投降派阻挠和破坏时产生的焦虑悲愤之情及知音难寻的孤独感。这另一面的情感，都表现在他的另一首名篇《小重山》里。

总体来说，岳飞创作词由民族的深仇大恨转化而来的勇猛无畏的战斗豪情、洗雪国耻的迫切愿望和必胜信念，配合铿锵有力的语言、激昂雄壮的旋律，凝结成词史上辉煌的乐章。

三、辛弃疾的词创作

辛弃疾既是文人，也是武将，统领千军万马、叱咤风云的人生经历，使他的词风格豪迈激昂，雄浑壮阔。他的身世遭遇、创作道路与传统词人不同，他首先是一个抗金战士，他的才华和胸襟不能通过奋战沙场来施展，无奈将被压抑的苦闷悲愤用人们不大看好的"小词"来抒发，也借此表现自己的政治主张。因此，他的词首先让人感觉到的是那种以英雄自许或以英雄许人，决心挽危澜于既倒，切望恢复祖国大好河山的豪情壮志。

由于南宋最高统治集团偏安一隅，反对抗战，因而辛弃疾的理想始终无法实现。壮志不酬、报国无门的情绪郁结于心中，使他不得不悲愤万端，发出了苍凉忧愤的浩叹，如《水龙吟·登建康赏心亭》。值得注意的是，辛弃疾的词虽然大多为具有豪放色彩的词作，但也有部分词作带有明显的婉约色彩，简言之，即他既钟情于雄奇刚健之美，又能融平淡自然与婉约妩媚之美，如《青玉案·元夕》。

总体来说，辛弃疾的词"慷慨纵横，有不可一世之概，于倚声家为变调，而异军特起，于剪红刻翠之外，屹然别立一家，迄今不废"（《四库全书总目提要》）。

四、陆游的词创作

陆游作为南宋最伟大的爱国诗人，在词坛上也占有不可忽视的地位，并且留下了许多脍炙人口的佳篇。他的词以抒情言志为主导，表现豪壮与悲慨交织的情感主题，使他成为稼轩词派的中坚力量。总体来看，陆游的词作数量不仅数量多，而且题材也十分广泛，有壮怀与不遇、羁旅行役、归隐、交游酬唱、送别离情、恋情、友情、写景抒怀、乡情、咏物等多方面内容。其中，从军、抗敌爱国、忧民的主题占主导地位。就从军主题而言，陆游唯一的一次军事前线生活是在川陕宣抚的王炎邀请到幕府襄理公务，军中的生活使得词人一变夔州时的沉闷颓唐而为积极进取、发扬蹈厉。乾道八年（1172），陆游在南郑作《秋波媚·七月十六日晚登高兴亭望长安南山》。

就抗敌爱国主题而言，陆游一直力主抗战，曾许下"上马击狂胡，下马草军书"(《观大散关图有感》)自期的具有英雄抱负的人生志向，这一志向也反映在他的词作中，如"汉宫春""箭箭雕弓""谢池春""壮岁从戎""诉衷情""当年万里觅封侯""夜游宫"等，都是着一片报国热忱的雄健之作，如《夜游宫·记梦寄师伯浑》。就忧民主题而言，陆游以词来抒写忧国忧民的满腔忠愤，而且把当时的社会现实真切地反映到作品之中，如《鹧鸪天·送叶梦锡》。另外，陆游的词作中较为著名的还有婉约词和咏物词。婉约词的代表作为《钗头凤》。

陆游的词作所抒发的感情，融合了报国的渴望、壮怀未伸的郁闷、乐观的豪情、啸傲山林的旷放，对爱情的追求与执着，展现了一位由英雄志士渐变为归隐的落魄文人士的悲剧情怀，使得词人的形象、个性立体化，表现了他独特的丰富的精神风貌与人生体验，充实了词的情感世界。

五、文天祥的词创作

文天祥早年时期过得十分富足，然而到了中年时期，南宋分崩在即，他毅然选择舍身救国这条道路，并且义无反顾，矢志不移。他也曾出使金邦，在强敌面前，大义凛然，痛斥敌酋；他也曾被俘敌营，勇敢逃脱且历尽千辛万苦；他也曾屡次亲率军马与元人作战。他二次被俘后也曾服毒自杀，然而未死，于是又曾绝食八天，未死，但他非但决心不变，而且志愈坚，节愈烈。在被囚北京的最后三年，南宋朝廷都已投降，宋朝的大部分官员也都归顺了元人，但他却坚持己见，终于于至元十九年（1282）被处死。执行死刑前，元世宗又后悔了，派人去停止行刑，但为时已晚。文天祥死后，他妻子收尸时，找到了他的绝命词——《衣带赞》。

可见，文天祥是封建社会儒家忠君报国思想的典型代表，他的这种思想，包括了三个层次，也正是这三个基本层次，使他将一般的忠臣孝子都比了下去，达到了一般人都无法达到的境界；也正是这种思想境界使得他的词虽然数量不多，但其意义已经不能为词艺本身所束缚。

总体来说，文天祥的词作虽然数量不大，影响却极大，他的词作已不能被词的艺术本身所束缚，因而晚清著名词家陈廷焯评价文天祥的词时认为，他的词"气极雄深，语极苍秀。其人绝世，词亦非他人所能到"。

第七章　辽金文学与元代散文、戏曲

进入辽金元时期，随着北方游牧民族的兴起，"北方"地域文化生态发生了很大的变化，尤其是文坛上出现了大量少数民族作家，少数民族的文学发展水平有了突破性的提高。这一时期，中原文学的中心也逐渐向北方转移，因而使得北方的文学得到了前所未有的发展和繁荣。相比较来说，辽代和金代的文学相对较少，而元代虽然历史比较短暂，但元代的文学却在中国文学发展的过程中留下了划时代的意义。因此，本章对元代的文学创作进行了更详细的阐述。

第一节　辽金的文学

一、辽代的文学

辽是契丹民族建立的北方政权，起于公元 907 年，迄于 1125 年，恰与整个五代、北宋时期相终始。辽虽然与中原王朝之间有过多次战争，但也有过长期的和平相处及友好往来。与北宋相比，辽的经济状况要落后一些，因此契丹人比较注意接受中原地区先进的汉族文化。他们在汉人的帮助下参考汉字创造了契丹大、小字，并用这种文字翻译刻印了不少汉语典籍。辽代文学深受先秦以来特别是唐宋文学的影响，而唐宋文学家在辽影响最大的是白居易和苏轼。辽圣宗耶律隆绪说："乐天诗集是吾师。"并亲自用契丹文字翻译白居易的《讽谏集》，令群臣诵读。苏轼的《眉山集》问世不久，范阳书肆便有翻刻本。苏辙出使辽时，寄诗于苏轼说："谁将家集过幽都，每被行人问大苏。"由此可见，白居易和苏轼在辽代是非常受人们推崇的。

（一）辽代的散文

辽国建国之初以鞍马为家，不尚礼文，至景宗、圣宗时期，才开科举，崇尚儒学。帝王、后妃、朝臣渐好文学，吟诗作文。但是，由于辽国书禁甚严，传入中国者皆为死罪，所以流传下来的辽国文章不多。不过，从史传留下来的文章中可窥探出辽代作家从事文章创作的情况。辽代散文尽管也受唐末散文余绪的影响，但其主要特征表现为文以致用，更加注重文章的实用性，很少有纯粹随意而作的文章，更多地表现为质朴和实在。从创作类型看，大部分是诏书、奏表、造经题记、造像记以及碑铭之类，不少已经佚名，但有一些作者及作品的名字保留了下来，如王鼎。

王鼎生年不详，卒于1106年，宇虚中，琢州人，清宁五年（1059）擢进士第，累迁翰林学士，著有《焚椒录》，《辽史》有传。辽代文章多不注意文采，更无作者性格特征及风格特色；王鼎的散文则不同，文采浓郁，个性突出，感情强烈，甚至可与宋室一般文士争一席之地。从王鼎的散文中仍然可以见到唐宋的影响，但是其性格的表现更为突出，写作时总是把自己的观点暴露无遗，毫不掩饰，而在不经意间，文字的优美也和他的个性两相称配。

《焚椒录》是王鼎在酒醉口吐狂言触犯朝廷，被朝廷刺文面谪贬之后为抒愤懑所作的文章。其《焚椒录序》更是一篇带有强烈个人感情色彩的序文，在文章中王鼎为懿德皇后抱不平，大声辩言："大墨蔽天，白日不照，其能户说以相白乎？"字里行间充满愤愤不平的情绪。从这篇文章可以看出，在王鼎眼里，世界是黑暗的，所以其叹息更是深长激越。王鼎在这篇文章中尤其是文中的"视口如岁。触景兴怀，旧感来集"云云，恰如唐代王勃的《滕王阁序》忽然夹入"勃三尺微命，一介书生"那段似乎有点离题，然而却是终日心怀怨愤的自然表露，简直是潜意识的流露，虽为被诬帝后抱不平，却带有强烈的个人感情色彩。此序文放置唐宋也毫不逊色。其同类作品《懿德良后论》也显现了同样的风格特色。

（二）辽代的诗歌

辽代的诗歌留存下来的作品只有70余首，作者既有契丹人，也有汉人。其中最能体现辽代诗歌特色的要属契丹诗人的作品。契丹诗人大多是君主、皇族和后妃，这是因为他们较早有机会接触汉文化。最能代表辽代诗歌创作特色的便是以耶律倍为代表的契丹族诗人的诗歌和以赵延寿为代表的汉族诗人的诗歌。

1. 耶律倍的诗歌创作

耶律倍（公元899—公元936），小字图欲，辽太祖耶律阿保机的长子，自幼聪颖好学，深得耶律阿保机的喜爱和器重，公元916年被立为皇太子。公元926年，被封为东丹国王，称"人皇王"。公元926年太祖病逝后，耶律德光继位为帝。天显三年（公元928）东丹国南迁，升东平为南京。同时耶律德光对耶律倍施以控制和监视。930 年耶律倍弃国投奔后唐。936 年后唐发生政变，耶律倍遇害。947 年，耶律德光去世。耶律倍的长子耶律阮最终夺回了皇位，追谥耶律倍为让国皇帝。

太祖病逝后，耶律倍的皇位被耶律德光夺得。耶律德光继位后，对耶律倍十分忌讳，不断控制和监视他。在这样的背景下，他创作了著名的《海上诗》，使此诗既有鲜明的意象，又有深微的隐喻义，故后人称赞说："情词凄婉，言短意长，已深合风人之旨矣。"（赵翼《廿二史札记》）

2．赵延寿的诗歌创作

赵延寿生年不详，卒于公元 948 年，本姓刘，真定（今河北正定）人。后梁时，沧州节度使刘守文攻陷蓨，他被其裨将赵德钧俘获，收为养子，改姓赵。仕后唐，婆后唐明宗女兴天公主，为汴州司马。明宗即位，授汝州刺史，历河阳、宋州节度使。入为上将军，充宣徽使，迁枢密使，兼镇徐州。长兴三年（公元 932），以枢密使加同平章事。出为宣武、忠武两镇节度使。后晋天福元年（公元 936），兵败为契丹所获，遂事契丹为幽州节度使。寻为枢密使，兼政事令。十二年，授中京留守、大丞相。契丹主死，下教于诸道，称权知南朝军国事。寻为永康王兀欲所囚。辽天禄二年，卒。延寿姿貌妍柔，幼习武略，时复以篇什为意。他仅存一首《失题》诗，比较著名，表现了黄沙满天、山雪重重的北方景色，展现了契丹人帐居、游猎、畜牧的生活习俗和豪爽粗犷的性格特征，再现了塞外漠北的特有风光，有较强的民族特色。

（三）辽代的词

辽代的词由于"书禁甚严，不准传邻邦。五京兵燹，缣帛扫地"（缪荃孙的《辽文存序》）等原因，今日见到的很少，但以辽道宗后萧观音为代表的后宫女子却因文化造诣较高，创作了一批柔婉细腻、缠绵幽怨、格调浑雅的宫怨词，这些词可与中原传统的宫怨词媲美。

萧观音（1040—1075）最初为懿德皇后，后因作《怀古》绝句云："宫中只数赵家妆，败雨残云误汉王。惟有知情一片月，曾窥飞燕人昭阳。"而被疑与宫廷艺人赵惟一私通，因而被赐死，时年 36 岁。

二、金代的文学

金是女真族建立的政权，始于 1115 年，迄于 1234 年。金在灭辽侵宋以后，占据了淮河以北的广大地区，在文化上比辽有显著的进步。女真统治者在政治制度、文化建设诸方面广泛地吸收了汉文化的要素，使金代的封建化进程发展很快，其文学成就更远远超过了辽代。

（一）金代的散文

近代之初并没有文字，灭北宋后并不废其文。因此，金代的散文深受北宋文学的影响，而对金代散文创作影响最深的北宋文学家便是欧阳修和苏轼。从散文的发展来看，金代的散文创作主要兴于大定、明昌之际（1189），盛于贞祐南渡之后（1214）。它们或以语言波俏见长，或以娴雅稳重著闻，或以自然天趣为人称道，其中许多值得一读。

金代的散文按其发展历程来看，可以分为前后两期。前期作家以王寂等为代友，后期作家则以赵秉文、元好问为代表。

1. 王寂的散文创作

王寂（1128—1194），字元老，号拙轩，蓟州（今河北）玉田人。王寂的《曲全子诗集序》是为其弟王采写的传，刻画了一个旷达而失意的读书人的形象。因为是为自己兄弟的诗集作序，情分自然比朋友更深一些。文章正是抓住兄弟之情这一切入点，以"情"字贯穿始终，既写了鹡鸰情深，也为兄弟作了传；既可从中感受到作者的深挚情感，又可以看出他在材料取舍上的费心斟酌。《三友轩记》通过写与笋石、榆木为友，抒写了作者贬官期间的失意之情，流露出冲淡而又孤寂的情怀。

2. 赵秉文的散文创作

赵秉文（1159—1232），宁周臣，号闲闲居士，晚年称闲闲老人，磁州滏阳（河北磁县）人。在散文创作方面，赵秉文最见功力的是记叙一类的文章，体格雄大，富有气势，健笔纵放，雍容博大，均可见韩文、欧文之影子。而最能体现他的这一创作特点的文章便是《磁州石桥记》。文章用赋体的形式对桥做了细致描写，尤其是接踵而来的一段抒情文字，语调慷慨悲凉，犹如音乐中的咏叹调："每夕阳西下，太行千里，明月东出，二川合流，徘徊近郊，则铜雀之台，西陵之树；高齐、石赵之所睥睨，信陵、平原之所驰逐。山川兴废，森乎目中：信天下之雄胜，而燕南之伟观也。"真可谓高响入云，雄秀俊逸。

3. 元好问的散文创作

元好问（1190—1257），字裕之，号遗山，太原秀容（今山西忻州）人。

在散文创作方面，元好问长于叙事，而不善于说理：他写有大量的碑铭、序记、题跋以及尺牍笔记等，尤以碑志为佳。其文落落大方，自然而有情致。然而，他的文章仍然没有跳出唐宋散文的范围，只是更加注重文字和结构，可以说是唐宋文章的继续。但是，他仍然是有意自创格调的金代大家，不完全为韩柳欧苏所牢笼。

元好问的碑传墓铭之作保存了不少史料，大多典重高华，雄浑挺拔。例如，《雷希颜系志铭》是雷希颜的一篇志传，此文深得史法，在材料剪裁上极为讲究，章法严谨，夹叙夹议，用词造句劲健有力，且融入个人感情，充满感情色彩，确实是一篇文情并茂之作。

此外，元好问的赠序、题跋、杂著、游记一类的文章，则表现出他多方面的写作才能和风格的多样性，文字自然、清畅，几乎每一篇都有某种亮色，显现出文不苟作的特征。例如，《送秦中诸人引》是用赠序的形式抒发怀抱，通过对秦中风土人情质朴醇厚、山川景物壮观富丽的叙述，流露出对秦中之美的深深赞赏，表达了对朴素恬淡的田园生活的向往之情。

（二）金代的诗歌

金初以武立国，此前尚处于游猎部族阶段，谈不上什么文学艺术。到了金世宗时期，世宗以文治国，重视对汉文化的吸收，大力提倡儒家思想和伦理道德，还重视科举，鼓励以词赋为主的科举考试，指令"勿限人数"。在这样的政治境况、经济基础和文化政策的背景下，金诗也逐渐走向成熟，初步形成了自己的特色。而到了金后期，元蒙一统北方，不断进攻金境，金王朝进入了全面衰朽的时期，诗歌也开始走向郁勃愤懑、奇峭骨鲠。纵观金代诗歌的发展历程，具有代表性的人物是宇文虚中、吴激、蔡珪、元好问等。

1. 宇文虚中的诗歌创作

宇文虚中（1079—1146），初名黄中，宋徽宗亲改其名为虚中，字叔通，别号龙溪居士，成都广都（今成都双流）人。宇文虚中是金代逸民诗派的典型代表，其诗作中常常流露出对故国故土的眷念、对自身处境的哀怨等情绪，如《中秋觅酒》。在这些诗中诗人流露了对故国故土的眷念，对南国风物的追忆，对自身处境的哀怨。诗风深沉老练，悲郁感人。

2. 吴激的诗歌创作

吴激（1090—1142），字彦高，自号东山散人，建州（今福建建瓯）人。

北宋钦宗靖康二年（1127）奉命出使金国，第二年金人攻破东京。金人慕其名，强留不遣，命为翰林待制。金皇统二年（1142）出知深州（今河北深县），到官之后三日卒。吴激的诗也多是怀念故国的，如《题宗之家初序潇湘图》，表达对故国的思念。

3. 蔡珪的诗歌创作

蔡珪，生年不详，卒于 1174 年，字正甫，真定（今河北正定）人。曾因牵连某事而落职，后又被起用，官至礼部郎中，后由礼部郎中出守潍州，未赴疾卒。蔡珪的诗已经初步形成了雄豪粗犷的北方文学的特质，如《医巫间》这首诗气骨峥嵘，雄健峭崛，从诗中可以看出诗人具有北国丈夫的雄健之气与宽阔胸怀，别有一番情趣。

4. 元好问的诗歌创作

元好问生在金代后期的动乱时代，亲身经历了亡国的惨痛，因而他的诗歌生动地展示了金、元易代之际的历史画卷，如《壬辰十二月车驾东狩后即事》其一。除丧乱诗外，元好问的写景诗或构思奇特、气势开阔，或描绘生动、生活气息浓郁，皆能表现祖国山川之美，有"寒波淡淡起，白鸟悠悠下"（《颖亭留别》），"湍声汹汹转绝壑，雪气凛凛随阴风。悬流千丈忽当眼，芥蒂一洗平生胸。雷公怒击激散飞雹，日脚倒射垂长虹。骊珠百斛供一泻，海藏翻倒愁龙公"（《游黄华山》）等脍炙人口的名句传世。

（三）金代的词

女真族是一个以狩猎游牧为生的民族，他们与宋朝南北对峙，战争不断，长期过着戎马生涯。因此这种尚武精神，不能不在他们的词中得到反映。况周颐在《蕙风词话》里说："金源人词，伉爽清疏，自成格调。"受所处环境与性格的决定，尽管他们也继承词的传统，但婉约的格律派词风对他们影响不大，清刚的豪放派词风对他们的影响则更加明显。

金代词的发展，大致可以分为三个时期：前期、中期和后期。

前期为金朝建国至金熙宗时期。这一阶段，金国始用宋乐，金国国内的文学家多是一些辽宋降金旧臣和南宋出使金国被留住的文人使节。可以说基本上是"借才于异代"，没有自己培养的文学家。因此这时期的词人作品，多流露出故君故国之思和仕金后的内心矛盾与痛苦。其代表人物有吴激和蔡松年。

中期为金世宗大定至金泰和期间。由于宋金和局已定，数十年间，金国国内社会相对安定，经济出现了空前的繁荣，开始有比较完备的文学和音乐机构。金朝自己培养的作家逐步成长起来，如党怀英、赵秉文、完颜璹等人都是从小生长在金朝，有的还是本民族的作者，因此能自成格调，具有金国词的独有风貌。

后期为金帝卫绍王至金灭亡期间。由于北方的蒙古族崛起，其军事力量压倒了金。1214年，金宣宗被逼南渡，河北尽失。此后阶级矛盾、民族矛盾日益尖锐，社会动荡不安，人民生活更加痛苦，忧时伤乱逐渐成为词的主要基调。元好问、段克己是这时期的杰出代表。

总体来看，前期词人多来自南宋，后期金亡后许多词人又进入元朝，所以文学史上几乎都不提金朝的词也是情有可原的。在这里我们仅对吴激、蔡松年、元好问和段克己的词创作进行分析。

1. 吴激的词创作

吴激所作的词风格清婉，多家园故国之思，与蔡松年齐名，时称"吴蔡体"，并被元好问推为"国朝第一作手"。吴激的词多作于留金以后，今存世20余首，题材不广，但工于写景，如"山侵平野高低树，水接晴空上下星"（《三衢夜泊》）；"地偏先日出，天迫众山攒"（《鸡林书事》）。他的词大多含蓄地表达了自己的乡国之思。刘祁在《归潜志》中称吴激的词"篇数虽不多，皆精微尽善，虽多用前人句，其建材缀点若天成，真奇作也。"

2. 蔡松年的词创作

蔡松年（1107—1159），字伯坚，因家乡别墅有萧闲堂，故自号萧闲老人，真定（今河北正定）人，金代文学家。蔡松年虽一生官运亨通，其作品在出处问题上却流露了颇为矛盾的思想感情。内心深处潜伏的民族意识使他感到"身宠神已辱"，作品风格隽爽清丽，词作尤负盛名，与吴激齐名，时称"吴蔡体"，有文集《明秀集》传世。

蔡松年善写慢词，词集中有《念奴娇》多首，最能代表他的特色。如《念奴娇·还都后，诸公见追和赤壁词，用韵者凡六人，亦复重赋》。

3. 元好问的词创作

元好问不仅是金朝词坛最为高产的词人，至今仍存词近380首，而且也是金朝艺术成就最为杰出的大词家。元初郝经论遗山词称"乐章之雅丽，情致之幽婉，足以追稼轩"（《陵川集·祭遗山先生文》）。稍后刘敏中的《中庵集·长短句乐府引》又说："（词）逮宋而大盛，其最擅名者东坡苏氏，辛稼轩次之，近世元遗山又次之。"他的词代表了金词的最高成就，体现了金词的特有风貌，也是金词光辉的终结，因而被公认为具有集大成的性质。他的词风豪放沉雄，慷慨悲凉，颇有苏、辛之骨。后期词更具外柔内刚，融豪放悲慨、婉约深曲为一体的特色。

4. 段克己的词创作

段克己（1196—1254），字复之，号遁庵，别号菊庄，绛州稷山（今山西稷山）人。早年与弟成己并负才名，赵秉文目之为"二妙"，大书"双飞"二字名其居里。段克己的词大多写登临怀古，触景生情，抒发江山易主的感慨，表达对故国的深情。如《满江红·过汴梁故宫城》。段克己的慢词中最引人注目、艺术成就最高的词要属《满江红·登河中鹳雀楼》。

第二节　元代的散文

元代并没有出现散文大家，没有产生脍炙人口的作品，也没有形成一种稳定的文风。他们一味模唐仿宋，并且未能青出于蓝而胜于蓝。元代散文大都是经世致用、歌功颂德的应用文字。非要说元代散文的特点，那就是偏重叙事，而少描写，侧重论道，而乏抒情。虽然元代散文一直遭受冷遇，但它仍有一些作品是值得一提的。

元代散文在发展过程中，有两种不同的倾向。

第一，宗唐与宗宋的倾向。前期的散文作家如姚燧、元明善、张养浩等，倾向于宗唐，主要是师法韩愈，颇有雄刚深邃之风；另一些作家如刘因、王恽等，则师法宋文，文风趋于平易流畅，到了后期，宗唐与宗宋的倾向又逐渐合流。

第二，理学与文章合一的倾向。从元初开始，理学成为官方的意识形态，尤其是朱熹的学说在元代思想界一直处于主导地位。理学的独尊地位对元人的文学思想和文章创作有非常深刻的影响，与元代的戏曲作家不同，当时的散文家主要是具有正统思想的士大夫，有些作家本身就是理学家或理学学统中人，如郝经、刘因、许衡、虞集、揭傒斯、柳贯、吴莱、黄溍等。

元代的散文向来有北派、南派之说。北派奉元好问为圭臬，主要有郝经、杨奂诸人，继承者有刘因、王恽、姚燧、许衡等，他们以韩愈为法，力追唐音，以奇崛为气势，矫正苏文之弊；南派则以吴澄、赵孟頫、虞集、揭傒斯、柳贯、欧阳玄、黄溍等为代表，他们师法宋文，文章平易流转，浑然天成。

元代的文散文就其变化而言,可分为三个阶段:元初、元前期和元后期。元初影响最大的是许衡的散文,元前期影响最大的是姚燧和刘因的散文,元后期影响最大的是虞集的散文。

一、许衡的散文创作

许衡(1209—1281),字平,号鲁斋,河内(今河南沁阳)人。早年学习程朱理学。许衡是元初大儒,当时号称"开国大儒"。虽不以文名世,其文却时常被人们所称颂。

许衡创作的散文最为典型的是《与窦先生书》,它代表了这一时期儒者之文的特色,这是一封表示不愿为官的拒绝信。文章反复陈述天人、时势、进退、出处、穷达、得失的关系,一环扣一环,层层递进,细密无缝;又像剥笋壳似的,逐渐剥落,最后得出"势不可为,时不可犯"、一切听天由命的结论。文章语言也极有分寸,刚柔相济,既表明了自己拒不接受引荐的坚决态度,说话又留有余地,易于为人所接受。

二、姚燧的散文创作

姚燧(1238—1313),宁端甫,号牧庵,洛阳(今河南洛阳)人。他官位显达,历任陕西汉中道、山西湖北道地方官。至元二十四年(1287)为翰林学士。累官至中奉大夫、江四行省参知政事、太子宾客、知制诰,为一代名儒。有《牧庵文集》。

姚燧以散文著称,当时极负盛名,是几代文章大家。他曾受学于许衡,但其散文的成就超过了许衡。黄宗羲曾在《明文海序》中认为元代散文只有虞集可以和姚燧并称,对二人极为推崇,遂有元文两人家之说。姚燧的散文更多的是在明白晓畅中见出变化,在平实中表现多姿,足以见出宋代散文对他的影响。

姚燧的散文很多,大多数是碑铭墓志和序文一类,抒情写景一类的文章较少。他的散文于刚进雄豪中略见古奥,于严谨简约中求得生动。他的代表作品有《送畅纯甫序》《江汉堂记》《序江汉先生死生》《遐观堂记》《序牡丹》等。

《序江汉先生死生》一文最能代表姚燧散文的思想特点,是儒生笔下所产生的富有时代特色的文章。文中叙述姚枢受命于蒙古俘获了江汉先生赵复,赵复欲投水殉国,姚枢以北方的儒道须有人发扬光大劝说赵复,赵复最终为姚枢言辞所动,苟活下来。文章的巧妙之处在于本来是"苟全性命于乱世"，却以继承儒学之绪为业绩，这是元代儒生的处世之道，也是元代散文的新特征，从中可以看出元代儒生在易代之际的心态，反映了在特定的历史条件下宋儒之学对元代儒生的影响。文章表达曲折，令人称道。

三、刘因的散文创作

刘因（1249—1293），初名骃，字梦骥；后改今名，字梦吉，号静修。保定容城（今属河北）人。

刘因受程朱道学影响较深，散文道学气浓厚，但自有风格。其为文强调取先秦两汉及唐宋诸家之长，主张写经世致用之文。他的散文不趋古奥，颇多议论，遒健有力，醇正有法度，文字纯净，受宋文的影响较大。其中最能见其散文思想风格的作品是《辋川图记》。这是针对王维的《辋川图》所发的一番关于人品与才艺的议论，其中流露出来的思想直接来自宋代道学家，其文字技巧、语法修辞都很讲究

第三节　北曲南戏

在元代以前，南戏与北曲杂剧虽已相继产生，一是在北宋中叶产生于南方的温州，一是在金末元初产生于北方的大都（今北京）、平阳（今山西临汾）等地，但当时由于南北政治、军事势力的对峙，南戏与北曲杂剧之间没有发生联系与交流，两者一南一北，各自以自己的方式发展与流传。后来随着北曲杂剧的南移，南北两种戏曲形式产生了交流与融合，而这一交流与融合，对元代南戏的发展产生了很大影响。北曲杂剧的南移，是在元朝统一全国后出现的。在元朝灭掉南宋后，原来活动在大都一带的北曲作家也纷纷随着元朝政治与军事势力的南下来到了南方。

一、北曲

（一）关汉卿的杂剧创作

关汉卿，生卒年不详，号已斋叟，大都人。关汉卿曾为玉京书会著名的书会才人，常出入于歌楼酒肆，与杂剧作家杨显之、梁进之、费君祥、玉和卿以及著名女艺人珠帘秀等均有交往，又能亲自登台演出。晚年南下游玩，到过杭州、扬州等地。关汉卿文学成就最大的是杂剧，但在散曲方面也取得了一定成绩，与白朴、马致远、郑光祖并称为"元曲四大家"。

关汉卿在当时的戏剧界名气很大,所以钟嗣成的《录鬼簿》将他列在"前辈已死名公才人"的第一名。贾仲明在为关汉卿作的挽词中赞他是"驱梨园领袖,总编修师首,捻杂剧班头"。可见他是当时公认的剧坛领袖。关汉卿"偶娼优而不辞",和艺人们交往密切,他自己也常常粉墨登场。他是在戏院里成长起来的剧作家,与下层民众的亲密接触促成了关汉卿桀骜不驯的性格,他那种刚强自信、诙谐多智、倜傥风流、放荡不羁的性格在他的作品中得到了很好的显现。

因为他既多才多艺,又不屑为统治者服务,因此他的性格中又有玩世不恭的成分。他只能将自己的非凡才华投入到杂剧创作中去,长期和演员艺人朝夕相处,有时候甚至自己也亲自登场演出。通过与下层民众的广泛接触,以及舞台生活的体验,他对杂剧创作产生了浓厚的兴趣。关汉卿的戏曲作品表现出对民众的深刻同情,特别是对被损害被侮辱的妇女的同情,对她们的抗争给予了生动的描写和充分的肯定。

关汉卿是元代剧坛最杰出的代表之一,是他推动了元杂剧的发展趋于成熟。关汉卿一生创作的杂剧多达67种,今存18种,即《窦娥冤》《鲁斋郎》《救风尘》《望江亭》《蝴蝶梦》《金线池》《谢天香》《玉镜台》《单鞭夺槊》《单刀会》《绯衣梦》《五侯宴》《哭存孝》《裴度还带》《陈母教子》《西蜀梦》《拜月亭》《诈妮子》。其中,《窦娥冤》《蝴蝶梦》等是关汉卿社会剧的代表作,而《窦娥冤》的思想艺术成就最高;《救风尘》《望江亭》《拜月亭》等是爱情婚姻剧的代表作,将爱情婚姻故事同现实生活、社会矛盾紧密结合,着力展示现实生活中青年男女对幸福生活的追求和向往;《单刀会》《西蜀梦》《哭存孝》等是历史剧的代表作,这些作品将历史史料随意拼接,从现实出发去缅怀历史英雄人物,流溢着悲凉凄怆的时代情绪。

《救风尘》《望江亭》写的是下层民众不堪凌辱、奋起自救的激动人心的故事。

《救风尘》写妓女宋引章、商人周舍和书生安秀实的三角恋爱,但主角却是侠肠义胆的妓女赵盼儿。赵盼儿为了解救姐妹宋引章,凭借自己的智慧和勇气,同奸诈狠暴的纨绔子弟周舍进行了一番激烈的较量。她利用周舍好色的弱点,进入周舍家,通过与其周旋,骗得休书,"风月救风尘",终于使宋引章脱离虎口,和安秀实得以婚配。剧中的周舍、宋引章、赵盼儿的性格都非常鲜明。周舍出身官宦人家,广有钱财,他是风月中的老手、妓院里的常客。他看上汴梁城妓女宋引章,甜言蜜语,信誓旦旦,假意殷勤奉承,终于打动宋的芳心。骗娶宋引章之后,周舍便现出残暴本相,视宋引章为玩物，对其朝打暮骂。宋引章是一个入世未深的风尘女子，单纯又不免虚荣，经不起周舍的诱惑，而当她进了周家后，受到周舍的欺辱。万没料到，婚后的生活却苦不堪言。她在万般无奈的情况下，只得向昔日要好的姊妹赵盼儿求救。赵盼儿身陷风尘而不失侠义之心，心地善良，深谙世故。她早就看出周舍的为人，曾提醒宋引章不要轻信，但宋引章丝毫不听劝。果然，宋引章落难了。而颇有英豪之气的赵盼儿一接到宋引章求援的急信，就马上筹划搭救落难姊妹的策略。几经周折，终于骗得周舍的休妻文书，拯救出沦落的宋引章。赵盼儿身陷风尘，心灵却十分纯净，她力图在污浊的现实中保持自己的人格与尊严，这种鲜明的性格给人们留下了深刻的印象。在戏中，关汉卿写赵盼儿机智地用妓女特有的卖笑调情的风月手段，与周舍巧妙周旋，软硬兼施，使观众会心微笑；而当周舍最终落得"尖担两头脱"的境地时，又使观众哄堂大笑，一场尖锐紧张的冲突，便在乐观明朗的气氛中结束了。

关汉卿戏剧中的语言质朴自然，不失本色，即王国维所称道的"曲尽人情，字字本色"。戏剧中写到的人物的唱词，在抒情的过程中，又带有鲜明的动作性，切合特定的戏剧情境。

《望江亭》叙写了这样一个故事：权豪势要杨衙内为了强娶白士中的妻子谭记儿为妾，竟然请到皇帝的势剑金牌，要来诛杀白士中。谭记儿为了维护自身的爱情和婚姻，扮作渔家女去杨衙内那里卖鱼，陪他喝酒，使出百般风情，骗取了势剑金牌和文书，粉碎了他的阴谋毒计。谭记儿机智、勇敢、泼辣的性格，以及她凭借智慧战胜恶势力，维护自身爱情和婚姻生活的奇行异举受到人们的赞扬。谭记儿的身份和赵盼儿不同，她是官吏夫人，而赵盼儿是妓女，但她们都临危不乱。采用风月手段和恶势力进行抗争。

关汉卿在戏剧创作中擅于设置悬念，情节发展往往出人意料又在情理之中。《望江亭》中谭记儿为了解救丈夫，维护自己的婚姻，独自一人前往杨衙内那里。她扮作渔妇，和杨衙内吃酒调笑，将他和亲随们统统灌醉，顺利拿到势剑金牌和文书。按说，杨衙内凶残狡诈，心存戒备，不可能轻易让势剑金牌落入他人之手。但他生性好色，看到谭记儿俊俏的模样，便忘记了所有，被灌了几杯迷汤，便糊里糊涂中计，这又合乎情理。在望江亭上，谭记儿与杨衙内的周旋，没有刀光剑影，只在眉来眼去之间实施着自己的计划，在外在热闹的环境下隐藏着紧张的气氛；观众在看场上热闹的同时，又为女主人公感到紧张，仿佛自己置身其中一样。这是一种喜剧性的逆转，关汉卿在剧中赞扬了平凡者的不平凡，展现了正义、善良战胜邪恶的力量。

（二）王实甫的创作

王实甫，生卒年不详，现存的王实甫的资料非常少，《录鬼簿》说他"名德信，大都人"，把它列入"前辈已死名公才人"，位于关汉卿之后，大约与关汉卿同时。《录鬼簿》著录王实甫的杂剧14种，现存《西厢记》《丽春堂》四折和《破窑记》四折3种。《丽春堂》写的是金代统治者内部的矛盾斗争，《破窑记》则写了北宋名臣吕蒙正的故事。

作为剧本，《西厢记》杂剧表现出的舞台艺术的完整性，达到了元代戏曲创作的最高水平。

《西厢记》杂剧描写崔莺莺和张生的爱情故事，最早来自唐元稹的传奇小说《莺莺传》（一名《会真记》）。《莺莺传》写的是唐代贞元年间，崔莺莺随母亲寄居于蒲州以东的普救寺的西厢院，与书生张生相爱，后终遭张生遗弃的故事。到了宋代，崔、张故事流行甚广。苏门文人秦观、毛滂，分别以崔、张故事为题材，写了"调笑转踏"歌舞曲，摒弃了"始乱终弃"的结局。其后，崔、张故事也进入了民间说唱和戏剧领域。金章宗时人董解元，集其大成，以北宋时期的崔、张故事作品为基础，创作了《西厢记诸宫调》。《西厢记诸宫调》叙写崔莺莺和张生的相爱、私奔以至于美满团圆，改写了《莺莺传》的悲剧性结局，并以崔、张同崔老夫人的冲突代替了原作张生和崔莺莺的矛盾，从而在根本上改变了故事的主题。同时，《西厢记诸宫调》又增饰了红娘、惠明和尚等人物，增添了新的情节，曲词也极为精彩动人。

王实甫的《西厢记》杂剧以《西厢记诸宫调》为蓝本，在其基础上进行了大胆的再创造，重新改写了崔、张故事。《西厢记》写了以老夫人为一方，和以崔莺莺、张生、红娘为一方的矛盾，亦即封建势力和礼教叛逆者的矛盾；也写了崔莺莺、张生、红娘之间性格的矛盾。这两组矛盾，形成了一主一辅两条线索，它们相互制约，起伏交错，推动着情节的发展。

纵观全剧，矛盾冲突贯穿始终，这种矛盾冲突具有深刻的社会根源，也植根于人物的思想性格之中。戏剧的矛盾冲突是情节的基础。《西厢记》的矛盾冲突，是青年男女追求自由爱情和封建礼教的矛盾，既表现在人物之间的正面冲突上，同时也体现在崔莺莺等人物的内心世界里。故事情节一波未平，一波又起，却又始终紧扣人物的命运。在每一次的戏剧冲突中，作者总是使人物性格得到进一步的发展；总是写年青一代节节胜利，封建势力节节败退，并且处在被嘲弄的位置。从整部戏看，冲突是尖锐激烈的，却又处处显露着乐观的前景。作者充分地利用误会、巧合、夸张、打趣等各种手段，制造出多变的舞台节奏。与此同时，我们不难看到配角在剧中推动情节发展和调节舞台节奏气氛的作用，尤其是红娘这一角色的作用。红娘一出现，舞台的气氛就活跃了起来。

《西厢记》的语言富有动作性，适合舞台演出，同时密切配合人物心理。即使是唱词，作者也考虑到人物身份、地位、性格的不同，使之呈现不同的风格。同为男性角色，张生的语言显得文雅，郑恒则鄙俗，惠明则粗豪。同为女性角色，崔莺莺的语言显得婉媚。莺莺是大家闺秀，她的唱词节奏舒展，色彩华美，感情含蓄，与婉约派词风相似。红娘的语言则显得鲜活泼辣。红娘是丫头，口齿伶俐，作者让她的语言夹杂着俚语、俗语和日常生活用语，显得既质朴本色又生动活泼。《西厢记》的曲词优雅秀丽，常常化用唐诗宋词，创造出诗情画意的意境，带有极强的抒情性。并且将元曲特有的俏皮诙谐表现得淋漓尽致。

（三）白朴的杂剧

白朴，生年不详，卒于 1226 年，原名恒，字仁甫，后来改名朴，字太素，号兰谷，元曲四大家之一。《金史》《元史》都有他的传，他是元杂剧作家中生平资料最多的人。白朴一生共创作杂剧十六种，现存《梧桐雨》《墙头马上》两种，《流红叶》《箭射双雕》两种仅存曲词残文。以下重点分析现存的《梧桐雨》和《墙头马上》。

《梧桐雨》是描写唐明皇与杨贵妃的爱情生活和政治遭遇的历史剧。天宝之乱以来，李、杨故事成了文坛的热门话题。特别是白居易的《长恨歌》问世以后，唐宋两代诗人从不同的角度，对这段历史进行了反思。这部杂剧就是以白居易的《长恨歌》为基础写成的，其中对唐明皇与杨贵妃的爱情表现了无限的同情，同时也揭示了唐王朝盛极而衰的历史教训。《长恨歌》中"秋雨梧桐叶落时"一句，饱含凄清幽怨的意蕴。白朴的《梧桐雨》，很可能是在这样的创作氛围中受到了启迪。

中唐以来，出现许多描绘和评论李、杨故事的作品，或侧重同情、赞誉李、杨生死不渝的爱情；或偏于揭露和讽喻李、杨耽于享乐，贻误朝政。白朴的《梧桐雨》的主题是充满矛盾的，一面歌颂了二人的情缘，一面又写到杨贵妃与安禄山的暧昧关系。《梧桐雨》的楔子写李隆基在"太平无事的日子"里，不问是非，竟给丧师失机的安禄山加官晋爵，让他镇守边境。第二折写李隆基与杨玉环在长生殿乞巧排宴，两人恩恩爱爱，情意绵绵，"靠着这招新凤，舞青鸾，金井梧桐树映，虽无人窃听，也索悄声儿海誓山盟"，相约生生世世永为夫妇。第三折是故事的转折点，安禄山倡乱，李隆基仓皇逃走；到马嵬坡，六军不发，李隆基在"不能自保"的情况下，只好让杨玉环自缢。经过这一场激变，一切权力、荣华、烟消云散。

《梧桐雨》全剧曲词文采飘逸而又自然生动，具有强烈的艺术感染力。王国维评《梧桐雨》杂剧"沉雄悲壮，为元曲冠冕"（《宋元戏曲史》），正是着眼于其悲凉的意境。吴梅称誉"此剧结构之妙，较他种更胜，不袭通常团圆套格，而以夜雨闻铃作结，高出常手万倍"（《吴梅戏曲论文集·瞿安读曲记》）。明清以来取材于李、杨爱情故事的戏曲作品多受该剧影响，清代戏剧家洪昇的《长生殿》传奇更直接沾溉于白朴的《梧桐雨》。

《墙头马上》取材于唐代诗人白居易的新乐府诗《井底引银瓶》。该诗记述了一个婚姻悲剧故事：一个女子爱上了一位男子，同居了五六年，但家长认为"聘则为妻奔则妾"，女子终被逐出家门。白朴在戏中所写的内容，大致与《井底引银瓶》一诗相同，但它表现的思想倾向，则与原诗迥异。剧作写李千金与裴尚书之子裴少俊相爱，私奔至裴家，在后花园同住七载，生下一儿一女。后被裴尚书发现，将李千金驱赶回家。裴少俊中状元后，方得与李千金团圆。剧中的李千金虽然出身于大家闺秀，但她对爱情的追求大胆、率真、泼辣、主动，更多地体现了市民阶层的思想情趣。她一上场就毫不掩饰对爱情和婚姻的渴望，她声称："我若还招得个风流女婿，怎肯教费工夫学画远山眉。宁可教银缸高照，锦帐低垂。菡萏花深鸳并宿，梧桐枝隐凤双栖。"当她在墙头上和裴少俊邂逅，看上了"一个好秀才"，便处处采取主动的态度。她央求梅香替她递简传诗，约裴少俊跳墙幽会。当两人被嬷嬷瞧破，她和裴少俊一忽儿下跪求情，一忽儿撒赖放泼，还下决心离家私奔。显然，在这个人物身上，白朴让她融合了市井女性有胆有识、敢作敢为的特征，表现出要求婚姻自主的鲜明倾向。《墙头马上》的艺术风格，和《梧桐雨》明显不同。《梧桐雨》以深沉的意境见长；《墙头马上》则以紧凑、生动的情节安排取胜，通过戏剧场面刻画人物形象。

（四）马致远的杂剧

马致远，字千里，号东篱，元大都（今北京）人，大约生于1250年左右，卒于1321年以后，是元曲四大家之一。他经历了蒙古时代的后期及元政权统治的前期。青年时追求功名，对"龙楼凤阁"抱有幻想，他希望在仕途上有所作为，奋斗多年未能如愿；中年时期，一度出任江浙行省务官；

晚年则淡泊名利,以清风明月为伴,自称"东篱本是风月主,晚节园林趣",向往闲适的生活。马致远所做杂剧 15 种,现存 7 种,即《汉宫秋》《陈抟高卧》《任风子》《荐福碑》《青衫泪》《岳阳楼》,以及《黄粱梦》(与人合作)。这里重点分析《汉宫秋》。

《汉宫秋》剧本以历史上的昭君出塞故事为题材。按照历史形势,汉强胡弱,《汉宫秋》却改变了胡汉之间的力量对比,把汉朝写成软弱无力、任由异族欺压的政权。作者虽然写到君臣、民族之间的矛盾,但着重抒写的却是家国衰败之痛,是在乱世中失去美好生活而生发的那种困惑、悲凉的人生感受。

《汉宫秋》杂剧不拘泥于历史史实,马致远在前人创作的基础上,结合元代的时代精神和自身的现实感受,进行了全新的艺术创作。首先,史载王昭君是汉元帝的宫女,匈奴单于呼韩邪来朝求婚,昭君因"积悲怨,乃请掖庭令求行"。临行之期,"昭君丰容靓饰,光明汉宫,顾景徘徊,竦动左右。帝见大惊,意欲留之,而难于失信,遂与匈奴"。杂剧改为汉元帝因闻琵琶得见昭君,惊其姿容绝伦,纳为宠妃,恩爱备至。奸臣毛延寿携昭君美人图叛逃,唆使匈奴王以武力讨娶昭君。汉廷文武惧于匈奴威势,胁迫元帝割爱媚敌,昭君"怕江山有失","情愿和番",以息刀兵。行前留下汉家衣服,以誓不辱汉室。其次,剧中的毛延寿由最初见于晋葛洪《西京杂记》等笔记小说中的"京师画工",剧本将画工毛延寿的身份改为中大夫,他因索贿未成,将昭君画像献给单于,唆使匈奴攻汉,从贪婪的奸臣发展为"忘恩咬主"、卖国求荣的叛臣。最后,史载昭君和亲去到匈奴,生子育女,并"从胡俗"为两代单于阏氏;剧中则写王昭君到边界,未入匈奴便投江殉国,显示了她崇高的悲剧性格。经过这样的改动,昭君故事便被赋予了新的主题,成为金元、宋元之交家国兴亡和民族情绪的曲折反映。

作者在第四折巧妙构思,写了汉元帝对昭君的思念,进一步渲染了他孤苦凄怆的心境。在汉宫,人去楼空,汉元帝挂起美人图,苦苦追忆,梦见昭君从匈奴逃回汉宫,但还没来得及向元帝细诉衷情,却被大雁的叫声唤醒,醒来后若有所失,只有孤雁哀鸣,"一声声绕汉宫,一声声寄渭城",凄厉地陪伴他度过寂寞的黄昏。整部戏,就在浓郁的悲剧氛围中结束,含蓄而深沉地传达出人生落寞、迷惘莫名的意境。

(五)郑光祖的杂剧

郑光祖,生于 1264 年,卒年不详细,字德辉,平阳襄陵(今山西襄汾)

人，中国元代杂剧作家。曾任杭州路吏，在钟嗣成的《录鬼簿》成书时，已卒于杭州，葬于西湖灵芝寺。郑光祖作品的数量较多，且颇具声望。周德清的《中原音韵》把他与关汉卿、白朴、马致远并列，后人称他们为元曲四大家。郑光祖的剧作存目 18 种，流传至今的有《倩女离魂》《㑊梅香》《王粲登楼》《周公摄政》《伊尹扶汤》等 8 种，其中《倩女离魂》是郑光祖的代表作。他的剧作词曲优美，甚得明代一些曲家的称赏。有时化用诗词名句贴切自然，然而也有过于雕饰的弊端。

《倩女离魂》取材于唐人陈玄祐的传奇小说《离魂记》。剧本写张倩女与王文举系指腹为婚，王文举长大后，应试途经张家，欲申旧约。倩女的母亲嫌其功名未就，不许二人成婚。文举无奈，只得独自上京应试。倩女忧思成疾，卧病在床，她的魂灵悠然离体，追赶文举，一同赴京，相伴多年。文举状元及第，衣锦还乡，携倩女回到张家。当众人疑虑之际，倩女魂魄与病躯重合为一，最终完婚。

作品中的倩女形象具有双重性，一是作为客观实体的人而存在，一是作为虚幻的精魂而存在。前者只能承受离愁别恨的熬煎，卧病在床。当文举中了状元，寄信给张家，说"同小姐一时回家"时，病中的倩女以为文举另娶，悲恸欲绝。后者代表了女性对爱情婚姻的渴望与追求。倩女爱恋的是文举本人，她不在乎他有无功名，担心的倒是文举高中后别娶高门。在离魂的状态下，她大胆冲破礼教观念，与心上人私奔，遂了心愿。在这里，离开躯体的倩女之魂，寄寓着女性挣脱礼教枷锁、追求自由的心态；至于倩女在家中的病躯，那种幽怨悱恻、凄凄楚楚，正体现出礼教禁锢下广大女性的百般无奈。倩女的双重身份，正是古代社会中青年男女在爱情婚姻中人格分裂的艺术象征。

二、南戏

元代南戏，是元代中国南曲戏文的简称，北宋末、南宋初产生于浙江温州。据祝允明的《猥谈》、徐渭的《南词叙录》载，宋时，南戏又称"温州杂剧""永嘉杂剧""鹘伶声嗽"等。元代末年，随着杂剧的衰微，南戏获得进一步发展，出现了比较繁盛的局面。被誉为"曲祖"（魏良辅的《曲律》）、"南曲之宗"（黄图的《看山阁集闲笔》）的《琵琶记》和荆刘拜杀（《荆钗记》、《白兔记》、《拜月记》、《杀狗记》）四大南戏大都产生在这个时候。高明的《琵琶记》把南戏创作提高到艺术上比较成熟、能为雅俗共赏的新阶段，在戏剧发展史上占有极为重要的地位。南戏发展到明代，成为流传全中国的主要剧种"传奇戏曲"。

（一）《琵琶记》

高明考中进士步入仕途，历官处州录事、绍兴路判官、庆元路推官等。后辞官隐居于宁波城南二十里的栎社，寓居于沈氏楼中，闭门谢客，埋头于诗词戏曲的创作。《琵琶记》是其根据长期流传的民间戏文《赵贞女蔡二郎》改编创作的南戏，是中国古代戏曲中的一部经典作品。此剧叙写了东汉书生蔡伯喈与赵五娘悲欢离合的爱情故事。全剧共四十二出，结构完整巧妙，语言典雅生动，显示了文人的细腻目光和酣畅手法，是高度发达的中国抒情文学与戏剧艺术结合的作品。

《琵琶记》所叙述的有关书生发迹后负心弃妻的现象，与宋代的科举制度有着密切关系。科举制度规定，不论门第出身，只要考试中式，即可为官。这为寒士发迹提供了一条捷径。"朝为田舍郎，暮登天子堂"，便是这种情况的写照。书生初入仕途，需要寻找靠山，权门豪贵也需要拉拢新进以扩充势力。联姻便成了他们利益结合的手段。而当书生攀上高枝，抛弃糟糠之妻时，便与原来的家庭以及市民阶层报恩的观念，不可避免地发生了冲突，导致一幕幕家庭和道德的悲剧。市民大众厌恶书生这种薄幸的行为，不惜口诛笔伐，这就是宋代民间伎艺产生大量谴责婚变作品的原因。宋代婚变故事一般都把矛头指向书生，是因为当时他们不仅有着优渥的社会地位，而且作为知书达礼的道德传承者，肩负着社会责任。地位和行为的反差，自然使他们成为人民大众特别是市民阶层谴责的主要目标。

《琵琶记》在艺术技巧上有可以借鉴的地方。这个戏长达四十二出，但情节的处理却很紧凑密合。作者把京城牛府与乡下蔡家这两条线索的戏剧冲突交错写下来，使丞相府第骄奢豪华的生活与农村百姓的苦难遭遇形成了强烈的对比，既映示了贫富不均的社会现实，又产生了冷热对照的艺术效果。作者对语言的运用也很得体，能照应到各种不同阶层人物的身份，如牛府诸人的语言尚雅、乡村蔡家诸人的吐语俚俗，富于个性，表现在曲词上，也能用浅近的口语描摹出人物复杂的思想感情。

《琵琶记》的结构布置最为人称道。《琵琶记》是双线结构。一条线是蔡伯喈上京考试入赘牛府；一条线是赵五娘在家，奉养公婆。在宋元南戏和明清传奇中，有许多剧本都是双线结构，但在这些双线结构中，所组成的两个故事，有许多是互不相关的，它们不能彼此促进，互为增辉。而《琵琶记》的双线结构不同，它们共同敷演一家的故事，共同表演一个主题。

两条线索交错发展，对比排列，产生了强烈的悲剧效果和巨大的艺术感染力。作者把蔡伯喈在牛府的生活和赵五娘在家乡的苦难景象交错演出，形成强烈对比。《成婚》与《食糠》，《弹琴》与《尝药》，《筑坟》与《赏月》，以及《写真》，都是写得很成功的篇章。对比的写法突出了戏剧冲突，加强了悲剧的气氛。

《琵琶记》刻画了典型环境描写中的典型人物。作者描写了"旷野原空人离业败"、"饥人满道"、灾害频仍、贪官污吏鱼肉乡里的典型环境，正是在这样的社会环境里描写了赵五娘悲惨的生活遭遇，突出了她在灾荒岁月中独自养亲的艰难处境，从而以她的形象体现了封建制度下不能掌握自身命运的中国妇女在极端艰苦的生活环境里的美好品质。正因为如此，赵五娘的形象才长期活跃于舞台，赢得了几百年来广大读者和观众的深切同情，在文学史上占有一席之地。

《琵琶记》的语言，文采和本色两种兼备，既有清丽文语，又有本色口语，而最重要的则是体贴人情的戏剧语言。蔡伯喈是在京城生活这条线上的人物，用的是文采语言，词句华美，文采灿然，语言富于色彩，讲究字句的雕琢，典故的运用，是一种高度诗化的语言，是一种高雅的语言。这是由他们的文化水平和生活的环境所决定的。蔡伯喈、牛小姐、牛丞相等，都是很有知识的人，说起话来，自然就雅，这是符合人物身份的。他们生活在相府之中，住的是亭台楼阁的华屋，过的是锦衣玉食的生活，用华丽的语言来写豪华的生活，才能和谐一致。赵五娘这条线上的人物，用的是本色语言，自然朴实，通俗易懂，生活气息很浓；不讲究词藻的华丽，典故的运用，词句的雕琢。这是一种接近于人民生活的语言。赵五娘这条线上的人物，使用本色语言，也是由他们的文化水平和贫穷生活而决定的。赵五娘、蔡公、蔡婆、张广才等，都是没有多少文化的人，自然不会咬文嚼字，子曰诗云。他们生活在农村，住的是民房，过的是农村生活，用朴素的语言来描绘这种生活才能和谐一致。剧中两类不同的人物，使用两种不同的语言，构成两种不同的语言风格，这是《琵琶记》运用语言的独特之处。

（二）《荆钗记》

《荆钗记》是古代中国南戏剧本。其作者说法不一。明徐渭的《南词叙录·宋元旧篇》著录《王十朋荆钗记》为无名氏作，明初有李景云改编本。《荆钗记》歌颂了"义夫节妇"，生死不渝的夫妇之爱。

《荆钗记》全剧四十八出，叙述了王十朋、钱玉莲的故事，内容丰富，但结构及描写不佳。钱玉莲拒绝了巨富孙汝权的求婚，宁肯嫁给以"荆钗"为聘的温州穷书生王十朋。后来王十朋中了状元，因拒绝万俟丞相的逼婚，被派往荒僻的地方任职。孙汝权暗自更改王十朋的家书为"休书"，哄骗玉莲上当；钱玉莲的后母也逼她改嫁，玉莲不从，投河自尽，幸遇救。经过种种曲折，王、钱二人终于团圆。

作为南戏的经典剧目，经过了许多艺人及文人的加工，《荆钗记》在艺术上也有着较高的成就，而这也是它在舞台上久演不衰，为广大观众所喜闻乐见的重要原因。《荆钗记》的艺术成就，首先体现在剧作的结构上。全剧的情节安排既曲折巧妙，又紧凑严谨。全剧设置了三组矛盾冲突：一是王十朋与孙汝权，二是钱玉莲与继母、姑母，三是王十朋与万俟丞相。这三组矛盾冲突都紧紧围绕着王十朋与钱玉莲之间的悲欢离合这一主线展开，故剧中虽然头绪多，矛盾冲突此起彼伏，但剧情发展井然有序。为了突出主线，作者巧妙地运用道具，将象征王十朋与钱玉莲的爱情的荆钗贯串于剧情发展的始终。在剧作开头，以荆钗为聘礼，王十朋与钱玉莲得以结合；剧情演进到中间，玉莲被逼投江时，将荆钗牢系身上，把荆钗作为殉情的见证；最后，又以荆钗为媒介，使王、钱二人得以团圆。在具体安排剧情时，又能前后照应，针线紧密。如《堂试》出，太守看到孙汝权的试卷与王十朋的试卷字迹相同，便谓孙汝权是"令人代作文字"，命人背起来打。这一情节就照应了后来孙汝权偷改王十朋的家书的情节。又如王十朋不从万俟丞相的招赘，由原来所授的饶州佥判，改调潮阳，这又为《误讣》一出钱玉莲把饶州王佥判的死讯当成王十朋讣音的情节埋下了伏线。由于层层照应，使剧情发展既合理，又十分紧凑。

（三）《白兔记》

《白兔记》，又名《刘知远白兔记》，《曲海总目提要》谓"此剧未知谁笔，总出元人之手"。据 1967 年新发现的明成化永顺堂刊本的副末开场所云，为永嘉书会才人所作。《白兔记》今存的也皆为明刊本，写的是五代后汉高祖刘知远与李三娘的故事。刘知远被继父所逐，流落荒庙，为李文奎收留，并将女儿三娘许配给他。三娘兄嫂为独占家产，设计加害刘知远。刘知远被逼到邠州投军，后入赘岳节使府中。李三娘在家受尽兄嫂的迫害，白天汲水，晚上挨磨，在磨房产下一子，因无剪刀，只好用牙咬断儿脐，故取名咬脐，怕兄嫂加害，托人送到刘知远处。16 年后咬脐长大成人，一日打猎，追赶一只白兔，与生母李三娘相遇，便回去报与刘知远，刘知远便率领兵马回到沙陀村，与三娘团聚。刘知远与李三娘的故事在《旧五代史》与《新五代史》上皆无记载，但在民间早已流传，如宋代话本《五代史平话》中就有了较详细的描写，金代又有《刘知远诸宫调》。而南戏《白兔记》正是根据民间传说编撰而成的。从作品的主题及对刘知远与李三娘这两个人物形象的描写来看，在南戏中李三娘的形象比话本、诸宫调所描写得更为突出。南戏虽也同样以较多的篇幅敷衍了刘知远的情节，但剧作歌颂与赞扬的却是李三娘。她面对兄嫂的威逼迫害，推磨打水，受尽折磨，不肯屈服，故这一人物最能引起读者与观众的同情与赞美。而与李三娘有关的几出戏，如《挨磨》《分娩》《见儿》《私会》等，也是全剧的精华。对于刘知远，剧作在前面虽然也写了他受李洪一夫妇迫害，离家出走的不幸遭遇，但后来又写他发迹后不念在家受苦的三娘，另娶贵家之女为妻，这显然是一种负心行为，故剧作对刘知远这一人物的褒贬还是甚为分明的。

《白兔记》在艺术上也有着较高的成就，如剧情安排，线索分明，先写刘知远与李三娘由合而分，后写他们由分而合，中间则通过窦公送子、咬脐打猎追兔的情节，将前后两部分联结起来。此外，剧作的语言具有质朴自然的特色，如吕天成的《曲品》评曰："《白兔》词极古质，味亦恬然，古色可挹。"

（四）《拜月亭》

《拜月亭》，又名《幽闺记》，一般都以为是元代杭州人施惠根据关汉卿的同名杂剧改编的。写金朝贞元年间，番兵入侵，金主听信奸臣谗言，迁都南京（宋称汴梁）。书生蒋世隆与妹瑞莲、尚书王镇的夫人与女儿瑞兰在逃难途中失散，世隆与瑞兰相遇，并在患难中结为夫妻，而瑞莲与王夫人相遇，被收为义女。王镇和番回朝，在旅店遇见瑞兰，不认世隆为女婿，强将瑞兰带走。瑞兰回到家中，月夜焚香拜月，祈祷上天，保佑世隆平安。后世隆状元及第，王镇奉旨招亲，于是夫妻、兄妹团圆。与同类题材的其他南戏相比，《拜月亭》自有它独特的思想高度。它不只是以才子佳人的风流韵事来取悦观众，而是通过男女之间的悲欢离合，展示了较深刻的思想内容与社会风貌。首先，剧作将这一故事放在社会大动乱的特定环境中来描写，以蒋、王的遭遇，向观众展示了万民仓皇、妻离子散的社会现实，反映了民族矛盾与统治者的昏庸给百姓带来的灾难。其次，剧作对蒋世隆与王瑞兰在患难中不为封建礼教束缚，自主婚姻的行为加以肯定与歌颂，并对王镇为维护封建门第、恪守传统婚姻道德的行为进行了批判与否定。

　　《拜月亭》在艺术上也有较高的成就。如在安排情节时，采用巧合的表现手法：世隆与瑞兰奇遇；瑞莲与王夫人巧逢；世隆与瑞兰途中遇盗，寨主恰是世隆的义弟陀满兴福；王镇和番回朝，在途中与女儿、夫人意外相遇；最后王镇要招赘的女婿正是被他嫌弃的穷秀才。由于作者善于运用巧合的手法来安排情节，组织戏剧冲突，故使剧情发展错落有致，妙趣叠出。又，剧作的语言本色自然。

第八章　明代的文学创作

整个有明一代的文学历经了先抑后扬的发展态势。明代初期，社会初定，统治者为了巩固统治，实行了一系列封建专制措施，文学创作因此受到了一定的桎梏，知识分子不敢随心所欲地创作，且八股取士的科举制度将知识分子的意识局限在了程朱理学方面，导致文学出现了诗文盛行"台阁体"、杂剧创作贵族化、南曲创作八股化的局面。发展至中期，商业经济的繁荣使得市民阶层不断壮大，统治集团日趋腐朽，思想控制也逐渐松动，文学逐步走出了沉寂枯滞的局面，创作随着接受对象的下层化、市民化而更加面向现实，创作主体精神更加高扬，从而突出了个性和人欲的表露。而到了晚期，社会动荡，经世实学的思潮在文学领域逐步扩散，一些作家开始回归理性，重新强调文学的社会功用，开启了清代文学思潮的转变。

第一节　明代的散文

一、明代初期的散文创作

明代初期的散文创作呈现出一片欣欣向荣的景象，不仅一扫元末纤弱靡丽的习气，而且涌现出一批卓有成就的作家。这些作家的散文刚健清新、感情充沛，成为新一代正统文学的典范。这一时的期代表作家有宋濂、刘基二人。

（一）宋濂的散文创作

宋濂（1310—1381），字景濂，号潜溪，浙江浦江人。自幼英敏强记，据说能日记两千余言，家贫无书，常借书苦读。先曾师从闻人梦吉、吴莱，后又拜柳贯、黄溍为师，学古文词。宋濂既能刻苦自励，又得名师指点，因而学业大成，名震东南，以文称雄一时。

宋濂长于文章，他的散文雄浑博大，笔力雄健，遣词造句融化了经史子集的精华，自然流畅，具有一种雍容温润、娴雅醇正的气度，开创一代风气，被刘基推崇为"当今文章天下第一"。宋濂还能将对皇帝的忠心与他的理学修养、文学才能很好地结合在一起，适合新王朝文治的需要，所以朱元璋称他为"开国文臣之首"。

宋濂的散文创作主张继承韩愈、欧阳修等唐宋古文学家"文以明道"的观点，注重"以道为文"的文道一元论，以为"文非道不立，非道不充，非道不行"（《宋学士文集》卷八《銮坡集》卷八《白云稿序》），强调"文"要贯穿"圣贤之道"的内核。在他看来，"所谓文者，乃尧、舜、文王、孔子之文，非流俗之文也"，"非专指乎辞翰之文也"（《宋学士文集》卷八《芝园后集》卷五《文原》）。宋濂的作品现存 1000 多篇，众体皆备，有应制文、传记、序记、寓言、墓志铭等多种形式，尤以传记、序记、寓言散文成就显著。

宋濂的人物传记散文极富成就，继承了司马迁的优良传统，通过典型的事件写出人物鲜明的性格和个性，并自然而然地融进自己对人物道德品格的感情评价、对人物命运遭际的深沉感慨，为世人所称道。宋濂的寓言散文很有特色，其中比较著名的寓言体散文集是《燕书》和《龙门子凝道记》。《燕书》多叙述战国故事，并借此表达自己对政治、社会和人生问题的某种见解。《龙门子凝道记》文字精警，多为借某个生动有趣的故事，说明某种发人深思的事理，寓平凡而含有深意的哲理于形象化的小故事之中，也有其文学的审美价值。

（二）刘基的散文创作

刘基（1311—1375），字伯温，青田（今浙江文成）人。年少聪颖，博览群书，诸子百家、天文、兵法等书无不读，并辅助朱元璋先后击败陈友谅、张士诚等部，建立奇功，成为明朝的开国元勋，封诚意伯。

刘基在散文创作上取得了突出的成就，人们把他同宋濂并列，《明史》本传称其为"所为文章，气昌而奇，与宋濂并为一代之宗"。刘基的散文有寓言、书信、序记、杂说等多种形式，内容也丰富多彩，其中最为人所称道的是他的寓言散文和一些别有特色的记序文。

刘基的寓言体散文主要收集在《郁离子》中。《郁离子》是一部现实性很强、含意深刻而饶有风趣的寓言体杂文集，全书 2 卷 18 章，共有 195 则，形式短小活泼，在行为和组织方式上极富创造性。其寓言资料和艺术手法虽多取自先秦说理散文，题旨却因元末社会政治问题而设。郁离，文明之意，象征着太平盛世文明之治，意谓照此书所启示的去实践，将使国家的政治教化趋向光明。"郁离子"乃是作者假托的人物。在作品中，作者边议论、边叙事，嬉笑怒骂，随意发露。在这部文集中，最为脍炙人口的名篇是《卖柑者言》。这篇散文从藏柑中枯而徒有其表谈起，借卖柑者之言讽喻了朝廷官僚以及统治者"金玉其外，败絮其中"的腐朽本质。

刘基的一些记序文也别有特色，如《松风阁记》就写得清新生动，寓情于景，情理相融，具有高超的艺术表现力。这篇散文分为上下两篇，叙述了作者两次游览松风阁的情景和感受。全文将描写、抒情、议论的笔致全部集中在松和风以及二者相连所形成的声上，使其构成的形象、神韵、格调浑然一体。

二、明代中期的散文创作

明代中期，政局较为稳定，散文趋于平易雍容，成就较高的当属李梦阳、王慎中、唐顺之和归有光等人。

（一）李梦阳的散文创作

李梦阳（1473—1530），字天锡，又字献吉，号空同子，庆阳（今甘肃)人。出身寒微，曾祖父入赘于王氏，到他父亲才恢复李姓。其父曾任周府封丘王教授，后来移家河南开封。李梦阳可谓为封建社会的忠臣义士，因其为反对朝廷的腐败势力，四次被贬，三次入狱，几乎死于非命。著有《空同集》。

李梦阳主张散文要学汉魏，其散文多是仿古之作。他提出"宋儒兴而古之文废矣"，"古之文，文其人如其人便了，如画焉，似而已矣。是故贤者不讳过，愚者不窃美。而今之文，文其人，无美恶皆欲合道"，认为"今之文"受宋儒理学风气影响，用同一种道德模式去塑造不同的人物，其结果造成了"文其人如其人"的古文精神的丧失。

李梦阳散文创作的主要风格，与其诗歌一样，雄浑劲健，其《梅山先生墓志铭》《明故王文显墓志铭》《潜虬山人记》《鲍允亨传》等篇都是为商人作的传记、记事作品。另外，先秦诸子好用对话形式，李梦阳善于学习并且创造性地运用了这种形式，使文气奇崛劲健。

（二）王慎中的散文创作

王慎中（1509—1559），字道思，初号遵岩居士，后号南江，晋江（今福建）人。致力于古文，著有《遵岩集》。

王慎中强调文章"文字法度规矩，一不敢背于古，而卒归于自为其言"

（《与江午坡书》），其文多学欧阳修、曾巩，好议论，这些议论往往有着不同的艺术功能。有的议论增强了文章的气势，如《张毅君先生墓表》；有的议论深化了其文的主题，如《送程龙峰郡博致仕序》；有的议论在文章中起了承上启下的作用，使文气迂回曲折，如《岩居稿序》。

在内容方面，王慎中的散文中有不少是他对封建统治的腐败、阴暗面、不公平的现象的牢骚、愤懑，如《送程龙峰郡博致仕序》运用讽刺的手法，对封建社会的用人制度进行了非议；《盐正刻石记》揭露了官府借捕捉私盐商贩而压榨人民的惨状；《肤功遗爱碑记》则抨击了逐盗之吏士比盗贼还要毒虐的情况。

王慎中还为商人立传，在这类散文中，他对商人显然抱着欣赏的态度，如《封兵部职方主事蔡梅园公墓志铭》塑造了举子业不成、学书不成、学画不成却在行商中致富的蔡梅园的形象，并且赞美了他急义解难的行为。

在结构艺术上，王慎中的散文每篇都力求有所创造。例如，《封郎中郑殖巷及妻任宜人墓表》主要采用侧面烘托，旨在颂赞郑氏夫妇品质的高尚；《沈青门诗集序》采用的是双重结构法，既写识其诗，又写识其人，并将识其诗与识其人交融在一起进行叙述，这样就使人们对"诗如其人"有了进一步的认识和体验；《胡榕溪及妻李孺人墓志铭》主要采用画龙点睛法，作者刚开始对胡榕溪的一生都是进行虚写，只是最后补上一件拒受十金馈赠的实事，这样一来使全篇都有了根基，胡榕溪的形象也随之鲜明地塑造出来。

（三）唐顺之的散文创作

唐顺之（1507—1560），字应德，一字义修，号荆川，武进（今江苏）人，嘉靖八才子之一，又与王慎中、归有光合称嘉靖三大家。著有《荆川集》。

唐顺之的散文也效仿欧阳修、曾巩，其散文创作也善于表现人物，善于铺叙情节、细节。例如，《旸谷吴公传》主要表现了吴公医道的神明，不厌其详地记述了吴公每次使皇帝病体转危为安的事迹；《叙沈希仪广右战功》洋洋洒洒八千余言，绘声绘影地记述了沈希仪在战场上的智勇行为，使人物形象的塑造虎虎有生气。

唐顺之为官重视国计民生，经世大略，其文亦如此。在《江阴县新志序》里，他表彰了赵君纂修的地方志能注意记载"田赋、徭役、户口、食货、谣俗、水利、防江、治盗之源委本末"，认为这是"切于利器用而阜民生，辨阴阳而蕃孳息"的修志好传统，同时明确反对志书"其叙山川也，既无关于险夷潴洩之用，而其载风俗也，亦无与于观民省方之实，至于壤则赋额民数一切不记，而仙佛庐台榭之废址、达官贵人之墟墓、词人流连光景之作，满纸而是"的不良倾向，指责这是"专记图画狗马玩具为妆缀"的"漫不足征"的东西。这种明显的爱憎在他的散文创作中贯穿始终，如《镇江丹徒县州田碑记》反映了当时豪绅地主大量夺占州田的情况；《赠何、沈两公归蜀汉序》揭露了当时"权不在将"而招致失败的教训；《赠彭石屋序》《赠宜兴令冯少虚序》揭露了明代上级官吏巡视州县，沿途破费供应的社会弊端；等皆是具有现实意义的较好作品。

（四）归有光的散文创作

归有光（1506—1571），字熙甫，号项脊生，又号震川，江苏昆山人，参与撰修《世宗实录》，著有《震川先生集》。归有光的散文多抒写人伦之情，也有政论散文和记叙文，但以表现人伦亲情的散文成就最高。这些散文娓娓如叙家常，语言洗练简净，写家庭琐事而极富人情，不事雕琢而情趣盎然，其中流溢的人性美和自然美，使这些文章别具一格，细节描写之真切动人，更显出作者白描艺术的深厚功力。由于这类散文多为追忆性的，所以所叙之事无论可抑或可悲，都弥散着伤往叹逝的悲凉气息。

三、明代晚期的散文创作

明代末年，时局动荡不安，散文无论是在文学观念上，还是在创作倾向上，都出现了新的特点，代表作家有李贽、袁宏道、钟惺、张岱等人。

（一）李贽的散文创作

李贽（1527—1602），号卓吾，又字宏甫，号温陵居士，又号龙湖叟，福建晋江人。著有《焚书》《续焚书》《藏书》等。

李贽的散文以小品文最盛，类似今天的"杂文"。这些"杂文"式小品散文语言较为质朴，不爱用典，不尚辞藻，句式时而急疾，时而舒缓，但都写得自然、畅达，读起来却十分有味，如《题孔子像于芝佛院》。《赞刘谐》借刘谐之口，嬉笑怒骂，以一种漫画的方式、幽默的笔触，揭露了伪道学家们的迂腐可笑，讽刺嘲弄了披着"纲常""人伦"外衣的道学之徒，并将蔑视的目光对准孔子这位传统偶像，口气大胆辛辣。这种"杂文"式小品散文不但议论鞭辟入里，而且具有较强的感人艺术力量。其杂文中所刻画的伪道学家类型的形象有很大的社会反响。

（二）袁宏道的散文创作

袁宏道（1568—1610），字中郎，又字无学，号石公，又号六休，湖广公安（今属湖北）人。散文是袁宏道最为出色的创作。他的散文主要包括三个方面的内容：一是游记；二是尺牍；三是传记、杂著及其他。

袁宏道的游记反映着他与自然的各种关系，他的游记能充分注意大自然景观的个性特征。同时，袁宏道的游记还富有情趣性，一方面，他清高风雅，要表明自己是"山林僻懒之人"；另一方面，他对丽人如云的景观也表示艳羡，表现了他互相矛盾的追求、性格以及心态，这也是明代晚期士大夫中不少人具有的双重人格。另外，袁宏道游记的表现方法很有创造性。他有一些"抽象"式的描述，就是对一些山水进行深切体验后，经过艺术化的"抽象"，以较为形象的概括性的勾勒和渲染，将描写对象的神髓表现出来，如《游红螺崃记》。袁宏道的尺牍反映着他与朋友的种种关系，吐露真情是其最大特点，这种真情表现了袁宏道的气质和性格，表现了他的矛盾心态及其苦闷，如《丘长孺》。

袁宏道的传记、杂著及其他散文反映的生活面更为广阔一些，涉及历史，也涉及人生，但也从各侧面表现着袁宏道的音容笑貌、喜怒哀乐。另外，袁宏道的一些生活小品及杂著，格调和趣味虽然多样化，但其个性和审美趣味仍栩栩如生地表现出来。这些都是其努力在世俗生活中发掘诗意的结果。

（三）钟惺的散文创作

钟惺（1574—1626），字伯敬，号退谷、退庵，著有《隐秀轩集》。钟惺勇于独创，能在清新自然的公安体散文之后，另辟蹊径，因此，他的散文创作在明代晚期散文的发展中占有重要的历史地位。他的散文创作多从"锻局""运笔""修辞"三个方面入手。

"锻局"就是散文的布局和结构问题。钟惺匠心独运，总想使自己创作的散文在布局上具有独创性和奇特性，如《梅花墅记》以自己创作的诗歌为穿针引线的"文眼"，或叫"扣子"，展现一处一处的美景，使景观产生峰回路转、柳暗花明的曲折和波澜，别具一格；《与陈眉公》一信，只有短短几行字，但文气跌宕，虚实相间，很耐人寻味。

"运笔"是指语言风格的问题。钟惺"运笔"没有一定的格式，其目的是追求以奇以新取胜。他为了突出某个中心意旨，可以运用疑问、倒装等一系列方式，给人以另辟蹊径的强烈感受，如《梅花墅记》。有时，为了突出表现某个对象，钟惺往往将这个词汇反复嵌入语句之中，使语言好像就是围绕着它凝聚和扩展，如《岱记》。

"修辞"是词句的艺术加工。钟惺的"修辞"也有许多大胆的创造，有力地增强了语言的表达效果。例如，他运用的比喻充满新鲜感，以想象的奇妙而引人入胜，如《浣花谿记》。

正是由于钟惺能够很好地运用"锻局""运笔""修辞"，才使得其散文在明代晚期具有广泛的影响。

第二节　明代的诗歌

一、明代初期的诗歌创作

明代初期的诗歌创作多以时代的创伤和个人的遭际为主，基调凝重悲壮，诗歌流派的地域化倾向相当明显，代表诗人有高启、杨基和袁凯。

（一）高启的诗歌创作

高启（1336—1374），字季迪，号青丘子，又号槎轩，长洲州（今江苏苏州）人，著有《吹台集》《江馆集》《凤台集》《娄江吟稿》等。

高启的诗歌具有鲜明的时代特征，他被认为是有明一代诗歌创作成就最高的诗人。根据内容，高启的诗歌大体可以分为三类。

第一类是怀古咏史之作，将诗人对历史的感悟融入文字中，表现了对历史的感慨和对历史人物的鲜明爱恨。

第二类是描写当时的社会现实的作品，通过现实主义的创作手法，着笔描绘展现了社会生活的艰难，从侧面表现了战争的惨烈，但诗人对此甚为无力，只能在内心添加一份悲伤。整首诗的基调凝重悲怆，充分表达了诗人面对战乱的无可奈何。

第三类是抒发个人生活志趣的作品。早年的高启有一种睥睨世俗的高远情怀，因此他常会在诗中表达自己所崇尚的生活志趣，如《青丘子歌》中就塑造了一个遗世独立、恃才傲物、耿介绝俗的自我形象。

（二）杨基的诗歌创作

杨基，生于1326年，卒年不详，字孟载，号眉庵，江苏吴中人。有《眉庵集》。杨基的诗歌多表达自己在当时环境中的生活遭际和复杂的心态，如

《征赴京》除了咏怀诗，杨基亦有很多写景咏物诗，其中有不少优秀之作，如《岳阳楼》。杨基工书画，因此有不少题画诗，艺术成就也很高，如《长江万里图》。

杨基的诗歌在语言上显示出以词为诗的特点，文采雅丽纤蔚，音韵婉转流畅，尤其是七言律诗更为明显。这种语言上的特点，也造成了以雕饰求新巧、意象华美的特点，如《忆左掖千叶桃花》。这种风格的诗歌虽然具有较高的审美价值，但较为缺乏深沉厚重之感。

二、明代中期的诗歌创作

明代中期，经济逐步复苏，人民生活逐渐安定，士人的忧患意识减弱，精神上贫乏的知识分子在追求仕进和自我平衡的心态中，欣赏的是一种平稳和谐、雍容典雅的美。到了明朝成化、弘治年间，以李梦阳、何景明为首的"前七子"开始重新审视文学现状，寻求文学出路，掀起了文学复古运动，于明朝嘉靖前期逐渐偃旗息鼓。嘉靖中期时，以李攀龙、王世贞为首的"后七子"，重新在诗坛上举起了复古大旗。这一时期的代表诗人有杨士奇、李梦阳、杨慎、唐寅和王世贞等人。

（一）杨士奇的诗歌创作

杨士奇（1365—1444），名寓，以字行，泰和（今属江西）人，历任四朝内阁大臣，谥文贞。著有《东里全集》。杨士奇早期入阁前的诗，比较清新自然；入阁后，开始形成雍容娴雅、平正安和的诗风，内容则以歌咏升平为主，如《从游西苑》。作为当朝内阁大臣，杨士奇必须要引导整个国家的文化走向积极乐观的一面，故他的诗歌在内容上主要是反映社会太平、盛世浮华，最具代表性的为《元夕观灯诗》。杨士奇的游历诗和山水诗借景抒怀，也颇有真情实感，如《同蔡尚远、尤文度、朱仲礼、杨仲举、蔡用严游东山》。

（二）李梦阳的诗歌创作

李梦阳的诗歌中有不少富有现实意义的作品，尤其是一些乐府、古诗，描写具体，形象也较为逼真生动。李梦阳提倡作诗宗法盛唐，公然标出"效初唐""效李白""效杜甫""效陶渊明"，他的七律诗善于开阖变化，善于突兀作结，来开拓诗境，寄托深意，如《秋望》。王维桢认为："七言律自杜甫以后，善用顿挫倒插之法，惟梦阳一人。"

（三）杨慎的诗歌创作

杨慎（1488—1559），字用修，号升庵，又称博南山人，后人辑为《升庵集》。杨慎的诗歌虽不专主盛唐，仍有拟古倾向。其组诗《春兴》八首显然受到杜甫《秋兴》八首的启发，但诗人反秋为春，在春和景明中表达不甘终老无为却又报国无门的内心痛楚，整组诗意境开阔，意趣沉厚，对仗工稳，用语明净，讲究韵律而不失浑厚之气。

杨慎善为嘲讽之辞，旁敲侧击地吐露内心对最高统治者一些作为的不满，如《无题》。长期的边塞生活让作者对滇池、苍洱之滨的秀丽风光和当地的淳朴民风做精彩的描绘时更为细致，如《滇海曲》。杨慎爱用典故，使诗歌显得雅致。但他常常是明典、暗典交叉使用，既追求雅致，又不晦涩难懂，如《钓鱼城王张忠臣祠》，先用"睢阳百战""墨翟九守"这样的明典来赞赏他们是决不投降的健将，明白晓畅；之后再用《后汉书·张衡传》《晋书·顾荣传》以及《庄子·说剑篇》的典故说明他们指挥若定、几丧蒙主的英雄业绩，典雅蕴藉。各典故之间联系紧密，全诗显得十分精美。

（四）唐寅的诗歌创作

唐寅（1470—1523），字伯虎，后改子畏，号六如居士、桃花庵主、鲁国唐生、逃禅仙吏等，江苏吴县人。唐寅早年的诗比较秾丽，科场失利后性格狂荡不羁，诗风也一变而为放达，风格则浅近俚俗，率而成章，而时有奇思警句，如《叹世》。陶潜的豪华落尽，李白的清水芙蓉，甚至白居易讽喻诗的平易俚俗，都还不失风雅，唐寅却将"白俗"发挥到极致，完全走向了传统诗歌审美习惯的反面。再如以桃花仙人自诩的《桃花庵歌》：

桃花坞里桃花庵，桃花庵里桃花仙。

桃花仙人种桃树，又摘桃花换酒钱。

酒醒只在花前坐，酒醉还来花下眠。

半醒半醉日复日，花落花开年复年。

但愿老死花酒间，不愿鞠躬车马前。

车尘马足富者趣，酒盏花枝贫者缘。

若将富比贫者，一在平地一在天。

若将贫贱比车马，他得驱驰我得闲。

别人笑我忒疯癫，我笑他人看不穿。

不见五陵豪杰墓，无花无酒锄作田。

这首诗充分表达了他的狂放个性和复杂微妙的心态，展示了他的人生态度与无奈的悲哀，耐人寻味，令人感叹。全诗写得音韵流转自如，艺术形象鲜明清朗，虽然带有初唐歌行的清丽色彩，狂中见悲的韵味却已直摩李白。

（五）王世贞的诗歌创作

王世贞（1526—1590），字元美，号凤州，又号弇州山人，太仓（今江苏）人。王世贞学识渊博，诗文以外，兼涉戏曲、词曲，著作甚丰，有《弇州山人四部稿》《弇州山人续稿》《弇山堂别集》《艺苑卮言》等。

作为后七子集大成者，王世贞主张诗的创作都要重视"法"的准则，所谓"声法而诗"。"法"落实到具体作品的语词、句法、结构上都有具体的讲究。他还提出："思即才之用，调即思之境，格即调之界。"他推崇西汉文章、盛唐诗歌，但他不是一味复古，而是强调诗歌要有一定的格调，有一定的灵活性，反对"刿损性灵"。在王世贞的古诗、歌行中，也颇有一些佳作，构思精妙，善于章法，如《钦鹧行》。就创作风格而言，拟古的习气在王世贞的作品中仍然显得比较浓厚，锻炼精纯、气势雄厚，或时寓变化，神情四溢，如《登太白楼》。

三、明代晚期的诗歌创作

明代晚期，激进的思想家、文学家李贽接受了王阳明哲学理论的影响，抨击了伪道学与重视个性精神的离经叛道，对晚明诗坛具有启蒙作用。到了明代末年，时局动荡不安，明朝统治者面临覆灭的危机，一些文人重新举起复古旗帜，力图挽救明王朝的危亡。这一时期的代表诗人有袁宏道、钟惺、陈子龙和夏完淳等人。

（一）袁宏道的诗歌创作

袁宏道提出"独抒性灵，不拘格套"的性灵说，认为无论是诗歌还是散文，都需要独抒性灵，不拘格套，因此在诗歌的创作实践中，他常常信手而成，随意而出，如《戏题斋壁》描写了为官所受的苦辛屈辱，倾吐了繁重而压抑的仕宦生活给诗人带来的苦闷，表达了诗人想要挣脱官场束缚而寄身自由自在的田园生活的愿望。

（二）钟惺的诗歌创作

钟惺的诗歌创作有着鲜明的个性特色。他性好议论，一些感时伤世的诗歌，充分说明了这位性格严冷、头脑较为清醒的封建官吏的洞察力，如《于髡先北上过白门持同年夏祠部正甫书相访策辽事赋此赠行》的议论在当时有着比较深刻的见解，具有一定的影响。钟惺的诗作比较注意描写月景、雪景、雨景，而且往往带有一种朦胧的气氛，如《宿乌龙潭》通过景物的描绘，一方面烘托自己洁身自好的情怀，另一方面则表现出自己"幽情单绪""孤怀孤诣"的美学情趣。

（三）陈子龙的诗歌创作

陈子龙（1608—1647），字卧子，一字懋中，号轶符，晚年又号大樽，华亭（今上海松江）人。著有《白云草》《湘真阁稿》《安雅堂稿》等。陈子龙的创作以诗见长，其诗学观虽然是坚持前后七子的理论主张，提倡复古，但其复古的内容与前后七子有所区别，他强调诗歌的寄寓、风姿等因"天致人工"的不同而"各不相借"。在这一理论基础的指导下，陈子龙的诗歌创作大多数都是面对现实，有感而发，成为悲壮雄浑、高迈慷慨的动人诗章，如《岁暮作》表达了作者自己建功立业的志向与壮士失意的胸臆，具有浓烈的感情色彩。陈子龙处于明清交替之际，面对动荡的时局，还创作了不少感时伤事的作品，如《辽事八首》。

陈子龙不但揭露了丑恶现实，而且也看到了社会动乱条件下人民的困苦生活，如《小车行》表现了灾民"出门茫茫"、无以为生的凄惨景象；《流民》勾勒了一幅幅明代晚期底层社会人民的生活画面，这在当时具有非常典型的意义。陈子龙的诗作在艺术上也有较高的功力，其七古有的以浓烈的色彩、奔放的气势、急促的音调来描绘奇异壮美的山水，如《蜀山行》《高梁桥行》《大梁行》；有的着意刻画各具特色的人物形象，如《赠孙克咸》《匡山吟寄灯岩子》《寄献石斋先生》五首等；做到了既有沉郁顿挫的章法，又有纵横飘逸的神韵。

（四）夏完淳的诗歌创作

夏完淳（1631—1647），字存古，号小隐，又号灵首，松江华亭（今属上海）人。著有《玉攀堂集》《内史集》《南冠草》《续幸存录》，今合编为《夏完淳集》。夏完淳13岁以前的作品多为拟古和制艺，模拟倾向较为严重，比如《李都尉从军》《班婕即咏扇》《魏文帝游宴》《陈思文赠友》等诗，从艺术构思到斟词造句，都缺乏创造性，而且诗作的内容也较为空泛。而在13岁之后写下的诗歌以明媚的笔调挟哀厉词气，慷慨与雄浑融为一体，形成了高远开阔的艺术意境。夏完淳的诗歌也着意刻画现实中许多抗清爱国志士的英雄形象，如《六君咏》中就对六位抗清战死的烈士进行了深刻的刻画。另外，夏完淳还常通过青楼盛衰和宴游兴替来寄寓兴亡之恨，如《青楼篇与漱广同赋》《杨柳怨和钱大揖石》《故宫行》《题曹溪草堂壁》以及《江南曲》等。

第三节　明代的词

一、明代初期的词创作

明代初期的词人，多数是由元入明的，其前半生都生活在元代，难免会受到他们直接或间接的影响，因此所作词还能各具面目，保存宋、元的遗风。这一时期比较著名的作者有刘基、高启、杨基等。

（一）刘基的词创作

刘基是明初成就最高的词人，陈廷焯的《云韶集》（卷十二）评云："伯温词秀炼入神，永乐以后诸家远不能及。"王国维的《人间词话》（卷下）亦云："明初诚意伯词，非季迪、孟载诸人所敢望也。"

《诚意伯全集》是刘基的词集，共 18 卷，有 200 多首词。从内容看，有批判揭露元朝的黑暗统治，不满现实，表达自己政治抱负的，如《玲珑四犯·台州作》，表达了作者对元末黑暗现实的不满，不愿同流合污，决心离开官场，退归故里。全词虽悲凉忧郁，但低沉之中仍有闲放之致。有对官场生活的厌倦与失望，引发乡关之思的，如《摸鱼儿·金陵秋夜》；有描写羁旅行役别离之苦的，如《千秋岁·送别》；还有表现爱情、友情和闲情的，如《满江红》。

（二）高启的词创作

高启著有《扣舷词》一卷。从题材看，高启的《扣舷词》以述怀、咏物最佳，如《沁园春·雁》托物咏怀，旨在抒发高远情志，反映了作者"遗忧愤于两忘"的思想。此词基调苍凉哀婉，行文或转折腾挪、纵横挥洒，或反复缠绵、波澜层叠，于零整错落中具有疏密相间之致。语言活泼自然，如行云流水，虽不加粉饰而华采自呈。此外，高启的爱情词也独辟蹊径，值得注意，如《石州慢·春思》，以落花飞絮触动离愁，当日"携手"冶游，

"斗草阑边"，"买花帘下"，走马章台，情景历历，宛然在目，而今"辞莺谢燕""梦断青楼"，虽欲重写"琴心"，怎奈"旧知音""难觅"。真是往事不堪回首！

（三）杨基的词创作

杨基的词多以咏物为主，这类词多数刻画细腻，描绘生动，颇能摄物之神，最有代表性的当属《沁园春·春水》；杨基的词还有不少表现愁情的，写得也颇为真切动人，如写羁愁的《西江月·月夜过采石》；杨基也写了一些凄婉缠绵的词，如《眉庵词》的压卷之作《夏初临·首夏书事》。

二、明代中期的词创作

明代中期是明王朝由盛转衰的阶段，正统的古典词依旧处于衰落的过程中，其中以抒情的词表现得尤为明显。虽然词人的数量远远超过前期，但成就却不如前期，名家为数寥寥无几。这时期比较重要的词人有文徵明、杨慎等。

（一）文徵明的词创作

文徵明（1470—1559），原名璧，字徵明，后更字徵仲，号衡山居士，长洲（今江苏吴县）人。后人把他与沈周、唐寅、仇英合称"明四家"。著有《甫田集》。文徵明现存词共有五十多首，总体来讲，其词写景明秀多姿，写情深婉缠绵，运笔轻放流转，善于变化，词语清丽，风神别具，如《鹧鸪天·秋雁》。文徵明最为引人注目的作品当属《满江红·题宋思陵与岳武穆手敕墨本》，该词纯任叙事与议论，无一句写景，但丝毫不会感到乏味，这正由于作者感情强烈充沛，一腔义愤从肺腑中流出，极具感染力。

（二）杨慎的词创作

杨慎的词意蕴深厚，语言华美流利，个性鲜明，且多寄慨。杨慎的词题材相当广泛，咏史、咏物、游赏、寄赠、品题、感春、伤别、登临、怀人以及闺怨等，几乎无不涉及，其中成就最高的是咏史词、咏物词以及闺情词。杨慎咏史词的代表作有《临江仙·滚滚长江东逝水》：

滚滚长江东逝水，浪花淘尽英雄。是非成败转头空。青山依旧在，几度夕阳红。　白发渔樵江渚上，惯看秋月春风。一壶浊酒喜相逢。古今多少事，都付笑谈中。

此词用形象的比喻说明人生哲理，以高度的概括性，留下广阔的空间，给人以丰富的想象。这种以熟为生的写法，妙在不落俗套，达到了"清空"之高境，允称咏史词之佳构。

杨慎的咏物词或以摹写物态逼真见长，或以刻画细腻见佳，或以物拟人，形神兼备，但多数都是有寓意的，如《水调歌头·赏牡丹》把牡丹比作天涯漂泊的女子，说她虽在歌筵上承欢，但却以泪洗面，向人哭诉沦落漂泊之苦；反映闺人情怀意绪的词《浪淘沙》，写了一位深闺独处的女子，词以"油壁小香车"为主轴，联结上下，章法奇绝。

三、明代晚期的词创作

明代末年，时局艰危，形势变化异常激烈，这一时期的重要词人把词的创作与政治斗争紧密结合起来，给当时词的内容注入了新鲜的血液，词坛出现了蓬勃生机的新局面。这一时期的代表词人主要是夏完淳。夏完淳流传下来的词共有四十多首。他早期的词，内容比较贫乏，风格尚未形成。明亡以后因亲身参加抗清斗争，随着感情的变化，词的内容与风格亦起了巨大的变化，具有慷慨悲歌的特点，如《两同心·有梦》借描写隋炀帝乘龙舟下扬州看琼花事，抒发亡国之悲。《鱼游春水·春暮》是一首写离愁的词，通过比喻描写夫妻恩爱，夫婿远行，"愁"由心生，让人心生感慨。

第四节 明代的散曲与民歌

一、明代的散曲创作

散曲在元代十分兴盛，而在明代又有了较大的发展，从题材开掘到艺术风格，出现了一些新的特点。

（一）明代初期的散曲创作

明代建国初期，由于社会的变动、统治者的爱好，一大批由元入明的散曲家，或承宠于宫禁，或啸傲于山林，写了许多抒怀、纪游、言情、应酬的篇什。其中不乏传诵人口、盛行于时的作品。从存曲及有关记载看，这些散曲家的作品实为元代散曲的余绪。他们继承元散曲多慨叹世情、吟咏闺思的传统，作品以描写出尘避世、休居闲适的生活和男欢女爱、春怨秋悲的情怀为主。描写出尘避世、休居闲适生活的作品如汪元亨的【醉太平】《归隐》；描写男欢女爱、春怨秋悲情怀的如汤舜民的【蟾宫曲】《咏西厢》。这些作品都表现了动乱时代一般文人寄情山水、声色的心理态势；写作上多尚工巧、骈俪，步元散曲雅化后尘，缺乏独具的特色。

（二）明代中期的散曲创作

大约至成化的数十年间，散曲的创作十分萧条。由于明太祖朱元璋重视以文人治世，采用荐举、学校、科举之制大批起用儒生，所以读书人用世之心颇盛。在这样的情势下，只有宁献王朱权和周宪王朱有墩的散曲有些价值，他们的作品多席间即兴、醉中戏作，吟咏散诞情怀，嘲弄风花雪月，题材狭窄，亦乏真情。

弘治、正德年间，由于政治原因，文人士大夫仕途多舛，处境险恶。另外，随着明初经济的恢复与发展，社会生活日趋腐化，声色之好自上而下风行域内。士大夫设宴，每令歌伎以酒侑觞；不得意时，更是挟妓纵游，品竹弹丝，引吭于名山大川，低吟于花间月下。于是，以表现避世、玩世思想为主要特征的散曲便又兴旺起来。散曲作家不断出现，这些作者，按地域和作品的风格，大约可分为南、北两派。

南派以王磐、陈铎最受推崇。王磐（约 1470—1530），字鸿渐，明代散曲家，高邮（今属江苏）人，他生于富室，喜欢读书，曾为诸生，但因嫌拘束而弃之，终身不再应举做官，纵情于山水诗酒，寄兴于诗画律吕之中。其画长于写意，评者以为"天机独到"；其曲音律谐美，闻者争相传诵。他性好楼居，筑楼于高邮城西僻地，常与名士谈咏其间，自号"西楼"。著有《西楼乐府》《西楼诗集》《野菜谱》。《西楼乐府》中收小令 65，套数 9。其中有许多咏物之作，短小精巧，逗人喜爱。如【沉醉东风】《蛙鼓》《蝶拍》《萤火》《蜂衙》，【清江引】《浴裙》《睡鞋》等，用白描手法写习见之物，却给人以新鲜之感。其构思之巧妙，令人叹服。

北派以康海、王九思为中心。他们的散曲以写淡泊之志、林居冶游之乐为主，却又时时流露出感愤激烈的情怀。他们的作品流露出较重的士大夫气息。他们仍以制北曲为主，有时也谱南曲，个别作家今所存曲以南曲为多，然所制南曲风格近北。其中王田所作，以谐谑见长。杨循吉、王守仁虽为江浙人，作风却近北派。其后，薛论道以边塞曲独树一帜；冯惟敏则为明代豪放派作家中成就最高的集大成者。

自嘉靖、隆庆年间魏良辅等改革昆山腔，将南曲清柔宛转、流丽悠远的风格发扬至极致后，南曲由明初渐受重视，明中叶与北曲呈分庭之势而发展成为曲坛霸主。万历时北曲几乎已无人问津。而南曲作者也可以分为两派。一派以沈璟为主帅。沈璟强调曲要"合律依腔"，认为这是制曲的第一要义。宁可词不工，也不能违律吕。曲文则要求本色，即质直古朴，不加雕饰。另一派以梁辰鱼为主帅。梁辰鱼最先以改革后的昆山腔制剧曲、散曲而取得极大成功。他的散曲集《江东白苎》继前期吴中作家和沈仕香奁之曲，所写多儿女之情、闺人之意，浓艳细腻，典雅蕴藉，一时为词家所宗。但由于过分注重辞藻的华美、典雅，以致曲中镂金错彩、堆垛典故，而少真情实意和活泼、自然的风致。

（三）明代晚期的散曲创作

明代晚期成就最高的散曲作家是施绍莘，他独立于梁辰鱼、沈璟两派之外。施绍莘（1581—1640），字子野，号峰泖浪仙，华亭（今上海松江县）人，明代词人、散曲家。他胸怀大志，但因屡试不第，所以放浪声色，置丝竹，建园林，每当春秋佳日，便与名士隐流遨游于九峰、三泖、西湖、太湖间。他兴趣广泛，除了经术及古今文外，还旁通星纬舆地、二氏九流之书。他善音律，一生所作以散曲及词非常著名，著有《花影集》。《花影集》四卷，收套数 86，小令 72，其中数量最多的是写林泉之乐、声色之娱的作品，如套曲【端正好】《春游述怀》。

《花影集》中还有说虚道幻、妙悟禅理的【念奴娇序】《月下感怀》，感怀寄恨、凭吊千秋的【夜行船】《金陵怀古》等。作者随境写怀，缘事抒情，其曲调、文词、风格皆因内容而异。《花影集》中南曲、北曲兼备，音律谐和，有极绮丽骈冶之词，也有质直如口语之曲。

二、明代的民歌创作

在明代，民歌广为流行，这与当时文学审美趣味的变化有着密切关系。自明代中叶以来，民歌在南北地区广为流行。广大下层民众的喜爱以及一些文人士大夫的重视，推动着民歌创作的发展。

（一）明代中期的民歌创作

明代中期，城市工商经济不断发展，市民阶层逐渐崛起，民歌作为直接反映民众生活而又具有鲜活艺术生命力的俗文学，越来越受到广大民众尤其是市民阶层的普遍欢迎，出现了繁荣局面。

现存最早的明代民歌集子，为成化年间金台鲁氏刊行的《新编四季五更驻云飞》《新编题西厢记咏十二月赛驻云飞》《新编太平时赛赛驻云飞》《新编寡妇烈女诗曲》四种。嘉靖以来，出现了不少收有民歌作品的文学选本，如张禄选辑的《词林摘艳》、郭勋选辑的《雍熙乐府》、陈所闻选辑的《南宫词纪》、龚正我选辑的《摘锦奇音》以及熊稔寰选辑的《徽池雅调》等，都或多或少地载录了一部分民歌。这一方面说明当时民歌创作趋于繁盛，另一方面也意味着选辑者对那些民间俗曲时调的重视。这些选本收录的民歌，有相当一部分也是描写男女私情的作品，如《南宫词纪·汴省时曲·锁南枝》。

（二）明代晚期的民歌创作

明代晚期，从事民歌的搜集、整理工作成绩最突出的，是天启、崇祯年间的冯梦龙，他编辑的《童痴一弄·挂枝儿》《童痴二弄·山歌》，是最值得珍视的明代民歌专集。

冯梦龙（1574—1646），字犹龙，又字子犹，别号龙子犹、墨憨斋主人等，长洲人（今江苏吴县）。冯梦龙一生致力于通俗小说和戏曲的编辑与创作，他除了编选"三言"外，还增补了长篇小说《三遂平妖传》，改作了《新列国志》，鉴定了《盘古至唐虞传》《有夏志传》《有商志传》等。此外，他还对民歌进行了整理，刊行了民间歌曲《挂枝儿》《山歌》等。在戏曲方面，他创作了《双雄记》和《万事足》两部剧本，改编了《精忠旗》《酒家佣》等戏曲。可以说，冯梦龙对明代通俗文学的发展做出了重大贡献。

《童痴一弄·挂枝儿》收录的是明万历前后流行起来的民间时调"挂枝儿"，仅有极少数为冯梦龙和他朋友的拟作。《童痴二弄·山歌》多用吴语，是现存明代民歌中保存吴中地区山歌数量最多的一种专集。这两部民歌集从一个侧面表现了明代社会尤其是晚明时期下层民众的生活风貌。

明代民歌中的形象刻画丰富新颖，显示了创作技巧进一步趋于成熟，如《山歌·等》。

此外，冯梦龙还结集了自己模拟民歌之作《夹竹桃顶针千家诗山歌》。这三种民歌集，都汇集在上海古籍出版社出版的《明清民歌时调集》上册中。明代末期，朝廷为了囊括大量钱财，供皇族权贵挥霍，乱加苛捐杂税，卖官鬻爵，对于这种荒唐的官场现象，人民在歌谣中予以了辛辣的讽刺，如《一笑散·醉太平》，通过一系列形象化的比喻，对统治阶级诛求无厌的凶恶本质和残酷毒辣的剥削手段进行了有力的揭露和讽刺，反映广大劳动人民对剥削阶级的愤怒和反抗。

第五节 明代的戏曲

一、明代初期的戏曲创作

在明代初期，文人从事戏曲创作主要是出于游戏辞藻、把玩音律，兴之所至，吟咏歌唱的需要，他们大多将戏曲作为寄情寓意的工具。同时随着明政府中央集权制度的加深，戏曲开始被统治者纳入了宣教的轨道。明代的戏曲分为杂剧和传奇戏曲。

（一）杂剧的创作

明代建立以后，经济上得到较快的恢复与发展。但在文化上，由于严酷的专制统治、思想控制和科举取士等原因，明初文人中很少有人执笔写剧，仅有由元入明的王子一、杨文奎、汪元亨、谷子敬、罗本、刘兑以及曾受到燕王朱棣（后为永乐帝）宠爱的贾仲明、汤舜民、杨讷等人；稍后，便只有朱权、朱有燉这两位"溺情声伎以自晦"（《金梁梦影录》）的王爷了，他们的作品以歌功颂德、粉饰太平和宣扬封建道德、宗教迷信者为多，较少具有社会意义。此后约有半个世纪，杂剧创作更显冷寂，未见名家名作问世。这一时期的杂剧产生了以下三个变化。

1. 主导人物的变化

明初的杂剧剧坛，基本上被皇家贵族所垄断。宁献王朱权和周宪王朱有燉，是皇家剧坛的霸主。同时明初被列为明朝杂剧家"群英"的王子一、刘东生、谷子敬、汤舜民、杨景言、贾仲明、杨文奎等人，实际上是趋附在朱有燉和朱权周围的帮闲文人。其中，朱有燉是明初成就最高的杂剧家。

朱有燉（1379—1439），号诚斋，明太祖第五子周定王朱橚的世子。博学多能、才智超群，且以仁孝著称。

朱有燉的杂剧题材多为神仙道扮、道德教化，以供宫廷宴乐节庆，或有补于世教，也就在情理之中了。朱有燉的烟花剧是其剧作中最出名的，这些占了他剧作总数近三分之一的戏剧大多是以妓女生活为题材的，主要是依据当时的实事或传闻敷衍而成，如《甄月娥春风庆朔堂》记范文正、甄月娥之事，《美姻缘风月桃源景》叙桃儿与李钊之事，《刘盼春守志香囊怨》记妓女刘盼春一死报情郎之事，《兰红叶从良烟花梦》演兰红叶从良之事，后两剧为当时的实事。《李亚仙花酒曲江池》记李亚仙与荥阳公子事，《小桃红》《团圆梦》和《半夜朝元》则将烟花粉黛与神仙道化融为一体，叙妓女修真入道，明心见性的故事，歌颂了所谓的"义仙贞姬"。这些杂剧塑造了一群有情有义、可敬可爱的女子形象，深切地揭露和批判了不合理的、不健康的、对女性摧残极大的制度，带有深刻的人道主义关怀。

2. 戏剧内容的变化

明初统治者在开国之时，将"宋元宽纵，今宜肃纪纲"（《明会要》卷六十八）作为基本国策，大力提倡孔孟之道和程朱理学，对杂剧等大众艺术形式做出了具体的政策和法律规定，一是大力鼓吹宣扬风化、提倡礼教之作，如朱元璋就曾对高明的《琵琶记》大为欣赏；二是大加挞伐那些有损于贵者形象的杂剧作品。最显著的代表就是《昭代王章》第三卷"搬做杂剧"条明确规定："凡乐人搬做杂剧戏文，不许装扮历代帝王后妃、忠臣烈士、先圣先贤神像，违者杖一百。官民之家容令装扮者同罪。其神仙道扮及义夫节妇、孝子贤孙、劝人为善者不在禁限。"在政府的严厉控制和强劲干预下，明初剧坛一片宣道之声。

3. 戏剧格式的变化

明初杂剧，遵循元剧格范，一般仍用北曲曲调、1卷4折（加一二楔子）和一人主唱。不过，有一些作者已开始注意吸取南戏优点，其杂剧创作在某些方面突破了北剧藩篱，如刘兑的《金童玉女娇红记》叙申纯与王娇娘的爱情故事，分上下两卷，各4折；末有主唱，也有旦唱、末旦合唱；杨讷的《西游记》用6卷24折的鸿篇制作杂剧，且各折皆标"出"而不标"折"，24出竟有19个不同人物主唱，各本前有赞诗一首，末有"正名"四句，每出又有四字标目，标明本出内容，剧中虽用北曲，已不受一折一宫调的限制，如第14出三换宫调，第15出、第24出两换宫调；贾仲明的《吕洞宾桃柳升仙梦》以南北合套入杂剧，让末唱北曲，旦唱南曲，出现了末、旦对唱的局面；朱有燉的杂剧在演唱形式上更为灵活多变，剧中角色都可唱，或独唱，或对唱，或轮唱，或合唱。他们在杂剧形式上的初步改革，对明代中叶以后流行的新的杂剧形式有着积极影响。

（二）传奇戏曲的创作

传奇戏曲又称南曲戏文，是由南戏发展而来的。

与杂剧冷落成鲜明对比的是宋元时在南方民间流行的南戏，入明后更加活跃，并进入了帝王的宫殿。但它在上层社会中却因其内容、文词、腔调的俚俗而受到轻视。在士大夫们的心目中，杂剧仍占据着正统戏剧的地位。因此，文人作家开始进行南戏的创作，由于创作群体的转变，南戏也逐渐向传奇演化。在创作手法上，文人作家常以诗语入曲，搬弄典故，追求藻丽，开传奇创作骈绮一派之端，但同时他们的作品给后来的传奇创作带来了不良的影响。不过，如邱濬等道学家、大官僚的名望与身份参与制曲，并以传奇作为教化的手段，对提高传奇的社会地位还是有作用的。此后文人士大夫执笔作传奇者日众，也产生了一些较好的作品。这一时期比较著名的传奇作品有苏复之的《金印记》、姚茂良的《双忠记》、王济的《连环记》、沈采的《千金记》、沈龄的《三元记》、陈罴斋的《跃鲤记》、徐霖的《绣襦记》、沈鲸的《双珠记》等。这些传奇作品中有以宣传忠孝节义为目的者，有表达普通群众心声者，也有高歌一曲解愁肠者。写作上大多继承了宋元南戏情意真切、文词本色的优良传统；也有学步邵灿，以时文为南曲者。

二、明代中期的戏曲创作

明代中期戏曲所产生的变化是十分明显的，从杂剧的创作来看，开始注意吸收南戏的优点，逐渐形成了独具特色的南杂剧，其中徐渭对杂剧所做出的贡献是不容忽视的；从传奇的创作来看，不仅在体制上发生了新的变化，而且在声腔、内容上也出现了新的创新，特别是《宝剑记》《浣纱记》《鸣凤记》三大传奇的出现，开创了明代中期传奇的新局面。

（一）杂剧的创作

明代杂剧发展到中期以后，逐渐展露出新的特点。从创作的倾向上看，明代中期的杂剧创作打破了题材的限制，从风花雪月、伦理教化和神仙道化的褊狭题材中解放了出来，思想渐次深化，出现了一批张扬个性、愤世嫉俗的社会批判剧与伦理反思剧。从演唱体式上看，嘉靖之后的杂剧大都是南北合套或者纯为南杂剧，杂剧的纯北曲体式从总体上看已经终结。在这一时期，徐渭的杂剧创作贡献最大。

徐渭（1521—1593），初字文清，后更字文长，号天池、青藤，别署田水月、柿叶翁、苍箕中人、翁洲道士等，山阴（今浙江绍兴）人。著有戏曲理论专著《南词叙录》、杂剧《四声猿》等。《南词叙录》是古代戏曲史上第一部、也是唯一一部论述南戏的专著，叙录了南戏的渊源、产生和发展历程、南戏的艺术体制、剧目等，其书末附录宋元南戏剧目 65 种，明初南戏（传奇）剧目 48 种，更是极其珍贵的戏曲史料。书中对南戏的源流发展、风格特色、文词音律以及南戏的代表作家、作品，均有所阐述和评论。在《南词叙录》中，他结合对南戏剧作的评述，对戏曲本色论做了论述。他认为，无论是填词，还是作曲，其语言都必须浅显通俗，但又不同于粗俗语，即是一种具有丰富意蕴的本色语。徐渭还指出，南曲与北曲相比，多俚俗本色语，而他认为，这是由于剧作家身份的不同造成的，南戏起源于民间，其作者也多为民间艺人和下层文人，当时所称的"书会才人"，故南戏的曲白俚俗无文采，多口语俗语，有的曲文与民间歌谣无异。曲文虽然通俗易懂，但俚俗浅露，无丰富意蕴。也正因为如此，南戏受到文人学士们的鄙视。而北曲杂剧作家具有较高的文学修养，为了在剧作中充分显示自己的文学才华，故剧作的语言具有较好的文学性。虽然北曲杂剧的语言也有本色的风格，但其本色具有丰富的意蕴。

《四声猿》是《狂鼓史》《翠乡梦》《雌木兰》《女状元》等四个长短不一的杂剧的总称。一共十出，敷演四个故事，这是徐渭独创的体制。用南曲作《女状元》杂剧，也是徐渭所首创。他精通南曲声律，而又不为格律派的固执之见所束缚。徐渭的门人王骥德说，《翠乡梦》是作者早年之笔，《雌木兰》《狂鼓史》则为晚年居故乡时所作。而《女状元》系邀王命题而写就的，从而凑足四声之数。其中，《雌木兰》和《女状元》最能表现徐渭的思想性格特征和时代精神。

（二）传奇戏曲的创作

嘉靖、隆庆之际，传奇戏曲更为盛行，从内容到形式都发生了十分明显的变化。在这期间最令人瞩目的就是《宝剑记》《浣纱记》和《鸣凤记》这三部各在一个方面开风气之先的作品。

1. 《宝剑记》

《宝剑记》是明代文人传奇创作中第一部具有较强的现实主义精神的剧作，创作者是李开先。《宝剑记》写的是汴梁书生林冲弃文从武，因征讨方腊有功而被授以征西统制之职，反映了明代朝廷内激烈的政治斗争和明代的社会现实，突出了斗争的政治性质，也表达了创作者愿君主亲贤远佞、重用才德之士、严惩险恶小人、振封建之纲常、达太平之盛世的理想。

李开先（1501—1568），字伯华，号中麓，山东章丘人。出身书香门第，7 岁能文，博闻强记，曾于弱冠访康海、王九思，诗赋词曲得其赏识。嘉靖八年，考中进士，官至太常寺少卿四夷馆。他为官廉慎自持，善于职守，曾两次获朝廷勒命嘉奖；但性伉直，不阿权贵，39 岁时罢官归里，以后长期潜心于文学、戏剧创作，一生著有诗文集《闲居集》12 卷；散曲集《中麓小令》《卧病江皋》《四时悼内》；院本《一笑散》，包括《打哑禅》《园林午梦》《搅道场》《乔坐衙》《昏厮迷》《三枝花大闹土地堂》6 个短剧；杂剧《皮匠参禅》；传奇《宝剑记》《断发记》《登坛记》；杂著《词谑》《中麓画品》等。他还搜集、编选民间俗曲、灯谜、楹联为《市井艳词》《诗禅》《中麓山人拙对》，校刊乔梦符、张小山散曲，与门人共同选订元剧 16 种成《改定元贤传奇》。

2. 《浣纱记》

梁辰鱼（1519—1591），字伯龙，号少伯、仇池外史，江苏昆山人。一生也著作颇丰，有传奇《浣纱记》《鸳鸯记》，散曲集《江东白苎》，杂剧《红线女》《红绡妓》《补无双传》，诗集《鹿城集》《远游稿》等。

《浣纱记》是明代文人传奇发展新时期开端的标志，也是最早将改革后的昆山腔引入戏曲演唱而产生广泛深远影响的传奇名作，写的是西施和范蠡的故事，创作者是梁辰鱼。该剧有着较强的艺术性，剧中自始至终都贯穿着矛盾冲突，既有剑拔弩张的两军对垒、互不相让的忠奸斗争，也有美丽、曲折的爱情故事穿插其间。而且构思较巧妙周密，组织颇工，以赠纱、分纱、合纱代表范蠡和西施的聚散离合，在《显圣》《吴刎》中回应伍子胥、公孙圣临死前"观苟践之入吴"和"后作影响"的预言。同时，剧中文辞华丽工整，无堆砌艰涩之弊，还恪守昆山新声格律，音调和谐柔美，这样的文词开启了昆山一派，调动了文人大量投入其中的积极性，导致了万历以后出现了传奇作品多如牛毛的现象。但有些后学仿作将追求文字的优美发展到了字雕句镂、卖弄学问的地步，传奇从此成为文人播弄辞藻、游戏音律的工具。

3. 《鸣凤记》

《鸣凤记》是明代传奇表现当代重大政治事件的开端之作。关于《鸣凤记》的创作者，并无具体结论。今多从无名氏作之说。

《鸣凤记》描写的是明代嘉靖年间以夏言、杨继盛为首的忠直朝臣与擅权一时的严嵩父子之间的激烈斗争。在剧作中，作者不仅对忠奸双方在朝廷之上的正面交锋过程进行了真实的再现，而且穿插了忠臣被贬黜、严党势败、议复河套和倭寇入侵等情节，从而使得斗争的场面朝野结合、内外交错，对广阔而复杂的社会生活进行了反映。剧中虽然涉及很多人物，但通过一个接一个的斗争中陆续写出，壁垒分明。而且，作者突破了传奇一生一旦的体制，出现了二生二旦。

《鸣凤记》在戏曲舞台上塑造了一批刚直耿介、忧国忧民、不畏强暴的当代忠臣烈士形象，而最为鲜明突出的是杨继盛的性格。他"凤秉精忠，素明大义"，对严嵩和仇鸾"内外同谋，阴排曾铣"，破坏恢复失地深感不满，于是愤然奏仇鸾一本，"并将此揭帖明告严嵩"，公然挑战巨奸，并抱定了赴汤蹈火的决心，"寒蝉鸣古木，便死也清高"。杨继盛在被贬广西后，忧国忧民的初衷始终未变，甚至干脆直接弹劾严嵩。

《鸣凤记》曲文宾白不尚华丽宛转，简明、工整而典雅。但是用典过多，致使剧作不够通俗晓畅。不过，这并不影响《鸣凤记》成为明代众多时事剧中成就最高、影响最大的传奇作品，李玉的《清忠谱》、孔尚任的《桃花扇》都明显受到了它的影响。

三、明代晚期的戏曲创作

明代晚期以后，传奇戏曲的创作开始达到高峰，出现了以汤显祖为代表的"临川派"和以沈璟为代表的"吴江派"。这两个流派各有鲜明的特点，既互有分歧和争议，也有交流和融合，推动了传奇戏曲和戏曲理论批评的发展。此处主要介绍汤显祖、孟称舜、沈璟的戏曲创作。

（一）汤显祖的戏曲创作

汤显祖（1550—1616），字义仍，号海若，又号若士，别署清远道人，晚年自号茧翁，江西临川人。著有诗文集《玉茗堂文集》和《玉茗堂尺牍》。

汤显祖被公认为明代成就最高的戏曲作家，他的代表作品为《紫钗记》《牡丹亭》《南柯记》和《邯郸记》，因居处为玉茗堂，又因为剧中皆写了梦境，因此合称为"临川四梦"或"玉茗堂四梦"。此处，我们主要介绍最为成功的《牡丹亭》。

《牡丹亭》又名《还魂记》或《牡丹亭还魂记》，完成于万历二十六年（1598），是汤显祖戏曲创作在思想和艺术上都达到最高水平的作品。该剧共五十五出，主要讲述了杜丽娘和柳梦梅的爱情故事。《牡丹亭》获得了极高的艺术成就。首先，该剧体现出浓郁的浪漫主义风格。作者以"梦"为关键点，将现实与奇幻紧密结合，使剧中的天上地下、虚实正奇之间达到了一种从心所欲的境界。其次，《牡丹亭》也特别注重展示人物的内心世界，探析人物内心幽微细密的情感。

该剧曲辞典雅绚丽，案头场上两擅其美，具有浓郁的抒情诗的韵味，既能含蓄蕴藉地表达浪漫的情思，又能明白如话、通俗晓畅地表明故事情节，显示了作者高超的语言运用能力。

（二）孟称舜的戏曲创作

孟称舜（约1599—1684），字子塞，又字子若，号卧云子、花屿仙史，会稽（今浙江绍兴）人。著有杂剧《眼儿媚》《桃花人面》《花前一笑》《残唐再创》（亦作《英雄成败》）、《死里逃生》《红颜年少》六种，前五种今存；传奇《娇红记》《贞文记》《二胥记》三种存，另有《风云会》《绣被记》《二乔记》《赤伏符记》，均佚。另编有《古今名剧合选》。

孟称舜是受汤显祖影响最深、成就也最大的明末戏曲作家，他的戏曲创作在当时获得了很高的声誉，而其《娇红记》更以独特的成就，成为同题材戏曲作品中成就最高者。

《娇红记》全称为《节义鸳鸯冢娇红记》，讲述科举失利的申纯因为胸中郁郁，于是以探亲为名至舅舅家散闷，结果在舅舅家见到了表妹娇娘。两人倾心相爱，但是娇娘的父亲拒绝了申纯的求婚而将娇娘许聘给帅家之子。在经历了一番波折后，两人始终无法在一起。最后娇娘抱恨成疾而死，申纯也在不久后一病而亡。在第二年清明，娇娘父亲来到女儿坟前，见一对鸳鸯嬉戏于坟前。后人凭吊感叹，名之为"鸳鸯冢"。

《娇红记》具有震撼人心的艺术感染力，主要表现在三个方面。第一，它演绎了一种新的爱情模式，娇娘与申纯的爱情，最初以才貌相吸引，是无可非议的，而他们的爱情得以发展，历经波折变故而两情愈深，乃至双双殉情而死，最根本的原因并不在于才貌功名，而在于新的爱情观——"同心子"，即互为知己。这种模式超越了以往才子佳人的爱情模式。第二，它以悲剧告终，二人的结局并未因为申纯中了状元而得以相守，以死殉情，升华了主题，将才子佳人戏的情爱主题，转移到了对封建特权的抨击上。第三，在艺术表现上，作者十分注意对人物性格与心理的把握与刻画，其人物描画准确生动而又丰满，尤其是在安排和锤炼唱段以及语言方面，更能表现出人物的特定心境。

（三）沈璟的戏曲创作

沈璟（1533—1610），字伯英，号宁庵，又号词隐，江苏吴江人。著有《属玉堂稿》《情痴䅲语》《词隐新词》《曲海青冰》，均佚，今仅存《南九宫十三调曲谱》21卷，有明、清刻本。

　　沈璟著作颇丰，传奇创作有《属玉堂十七种》，大多取材于元杂剧、明以前小说，以及古代和当时的奇闻异事，现存全本者仅七种，为《红蕖记》《埋剑记》《双鱼记》《义侠记》《桃符记》《坠钗记》《博笑记》。另外，沈璟曾改写《牡丹亭》为《同梦记》，并曾考订《琵琶记》。在他的传奇作品中，以《义侠记》《博笑记》最为盛行，下面就对此进行介绍。

　　《义侠记》是沈璟流传最广、舞台搬演最盛的一部作品，全剧 36 出，以武松的故事为主干，从他栖住柴进庄上写起，历叙其景阳冈打虎、为亡兄复仇、醉打蒋门神、血溅鸳鸯楼，一直写到上梁山、受招安。但穿插了柴进失陷高唐州、武松发配孟州道路过梁山拒绝宋江挽留等情节，增加了武松未婚妻和岳母流离坎坷、悲欢离合这条线索。这部剧表明了沈璟欲以传奇进行风化之教的目的。在剧中，他将武松塑造成一位他心目中的忠义之士：一方面，他疾恶如仇、仗义除奸，使奸夫、淫妇、强徒、贪吏都受到了应有的惩处；另一方面，他忠于朝廷，宁被发配做囚徒，不肯落草依绿林，直至别无生路才怀抱"暂时遁迹且偷生，听取金鸡天上声"的愿望向山寨存身，最后主动接受招安，愿以武功保卫边塞、报效朝廷。

　　《博笑记》是沈璟最后完成的传奇作品，也是一部独具特色的作品。全剧共有二十八出，由十个小故事串联而成，每事两出或四出。这十个故事一般都根据明人王同轨的《耳谈》所载改编，各有其独立性，而其题目也如小说回目。《博笑记》在艺术上的特点十分突出。

　　首先，《博笑记》不再以才子佳人或历史传说人物为主，而以僧道、流氓、商贩、小偷、县丞、举人等为主角，尤其是以一些下层的普通百姓为主角，并且从当代故事和现实生活中选取题材。这是对于传统的突破，具有时代气息，使人耳目一新。

　　其次，《博笑记》在传奇的体例方面也有创新。在形式上，它由十个短小精悍的喜剧故事构成。每个故事演完后，又用一两句话引出下一个故事，连接紧密。

　　再次，《博笑记》曲文宾白简练生动，活泼明快，风格诙谐，尤其是语言富有生趣而意味深长，体现了场上之曲的特色。不过，剧中也有着浓厚的因果报应色彩、落后的封建道德思想等，如安处善命中注定该被虎噬，以孝、信而免，船家本不应入虎口，因谋害人命致果虎腹；寡妇守节志不坚，终于被虎啗食；小叔贪财卖嫂，却使妻室被抢等。

第六节　明代的小说

一、明代的话本小说创作

明代的话本小说是宋元时期话本的延续。在这些白话小说中，最具有影响力的是的"三言""二拍"。

（一）"三言"

"三言"是《喻世明言》《警世通言》《醒世恒言》三部小说集的总称，每部40篇，共120篇。这三部小说分别于天启元年（1621）前后、天启四年（1624）和天启七年（1627）刊刻，包括了旧本的汇辑和新著的创作。"三言"的编纂者是冯梦龙。

"三言"内容丰富，题材广泛，涉及了当时社会生活的各个方面，从整体上来看，其内容主要可以分为以下几大类。

第一类，揭露社会政治的黑暗和官场的腐败。在这类作品中，作者大胆地揭露了统治阶级倒行逆施的罪恶本质与官场吏治的腐败黑暗，同时也体现出清官贤士的正义感和下层人物的反抗精神。代表作品有《喻世明言》中的《沈小霞相会出师表》《汪信之一死救全家》《滕大尹鬼断家私》，《醒世恒言》中的《灌园叟晚逢仙女》《一文钱小隙造奇冤》《乔太守乱点鸳鸯谱》，《警世通言》中的《玉堂春落难逢夫》等。

第二类，对友情进行歌颂。在这类作品中，作者表现了人性善的一面，对背信弃义的行为进行谴责。代表作品有《喻世明言》中的《吴保安弃家赎友》，《醒世恒言》中的《施润泽滩阙遇友》，《警世通言》中的《吕大郎还金完骨肉》《俞伯牙摔琴谢知音》等。其中，《施润泽滩阙遇友》通过对小工商业者施复将捡到的银子还给失主朱恩并最终得到施恩报恩的故事，阐述了善恶有报的道理，并展现出了真挚友谊的可贵。

第三类，描写爱情婚姻生活。在这类作品中，作者通过对不同婚姻故事的描写，展现了青年男女对封建礼教的反抗，歌颂了爱情的可贵，流露出男女平等的思想，代表作品有《喻世明言》中的《蒋兴哥重会珍珠衫》，《醒世恒言》中的《卖油郎独占花魁》，《警世通言》中的《杜十娘怒沉百宝箱》《宿香亭张浩遇莺莺》等。

第四类，表现了文人和市民对科举制度的矛盾心态。在这类作品中，对科举制度的弊端以及人们对科举制度的推崇进行了揭露，代表作品有《警世通言》中的《老门生三世报恩》等。

"三言"超越了说话人的话本模式，它的出现，标志着我国古代白话短篇小说整理和创作高潮的到来，对白话小说的发展起到了重要的推动作用，在中国古代小说史上具有不容忽视的重要地位。这主要表现在以下几方面。

第一，"三言"中的很多作品突破了单线结构的模式，尝试用复线结构、板块结构和变换视角，让情节的发展更加变化多端，悬念迭出。例如，在《醒世恒言》中的《张廷秀逃生救父》里，共采用了两条线索，一条线索写的是赵昂夫妇害人，另一条线索写的是张廷秀逃生救父，两条线索有分有合，交叉推进，使丰富复杂的生活场面交织在了一起，增添了作品的丰富性。

第二，"三言"采用了巧合误会的手法，让小说的情节变得巧妙多变，波澜起伏。例如，在《醒世恒言》的中《十五贯戏言成巧祸》里，王翁给了刘贵十五贯钱，而崔宁卖丝所得的也恰好是十五贯钱。由于刘贵的一句"戏言"，二姐误以为真，离家出走，途中正遇怀揣十五贯钱的崔宁。而此时盗贼正巧进入刘贵的室内，杀死了刘贵，也窃走了那十五贯钱。由于这些巧合，一桩冤案便酿成了。后来刘妻正巧被那个行凶的盗贼劫掠，此案才得以了结。虽然是巧合，但是却合情合理，毫无突兀之处。

第三，"三言"中的心理刻画十分突出，为后世小说的心理刻画提供了范例。例如，在《警世通言》中的《玉堂春落难逢夫》里，通过玉堂春的一系列动作，我们可以充分感受到她对王景隆深刻的思念。

第四，"三言"善于根据小说素材的性质以及人物的性格特征来安排结构和处理矛盾冲突。例如，在《醒世恒言》中的《乔太守乱点鸳鸯谱》里，寡妇为了将女儿珠姨保全，让自己的儿子孙润男扮女装，代她去给身患重病的未婚夫刘璞"冲喜"，而刘璞的母亲让女儿慧娘与"嫂嫂"伴宿。但不想慧娘和孙润互相爱慕，两人产生了真挚的爱情。当这件事被刘璞的母亲知道后，她责怪自己的女儿"自寻了一个汉子"，并把这一合理之事看成是奇耻大辱。最后，乔太守以才貌相当、恩义深重作为婚姻的标准，戏剧性地成全了三对青年男女的婚事。

第五，"三言"使小说的创作题材得到了拓宽。明代中叶以后出现了很多新的事物，如资本主义因素的萌芽等，都在"三言"中得到了生动具体的展现。例如，《醒世恒言》中的《施润泽滩阙遇友》里对嘉靖年间苏州地区的一个乡镇的描写，就体现出资本主义因素在东南城镇的萌芽情况。

（二）"二拍"

凌濛初（1580—1644），字玄房，号初成，别号即空观主人，浙江乌程（今浙江省湖州市）人。"二拍"是《初刻拍案惊奇》和《二刻拍案惊奇》两部小说集的总称，共78篇小说，分别完成于天启七年（1627）和崇祯五年（1632）。"二拍"的编纂者是凌濛初。

"二拍"的内容主要可以分为以下几类。

第一类，描述婚姻爱情生活。这类作品热情赞扬了敢于冲破礼教的束缚、自主选择意中人的男女双方，歌颂了坚贞不渝的爱情。代表作品有《初刻拍案惊奇》中的《赵司户千里遗音，苏小娟一诗正果》，《二刻拍案惊奇》中的《同窗友弄假作真，女秀才移花接木》《李将军错认舅，刘氏女诡从夫》等。

第二类，揭露社会黑暗现实。这类作品对当时的社会现实中的种种弊端进行了描绘，反映了社会政治的黑暗。代表性的作品有《二刻拍案惊奇》中的《青楼市探人踪，红花场假闹鬼》《王渔翁舍镜崇三宝，白水僧盗物丧双生》《进香客莽看金刚经，出狱僧巧完法会分》《硬勘案大儒争闲气，甘受刑侠女著芳名》等。

第三类，讲述商人的生活。这类作品着重写的是商人发家暴富的白日梦，表现了已经占据历史舞台的商人迅速崛起的态势和积极进取的精神。最有代表性的作品是《初刻怕案惊奇》中的《转运汉遇巧洞庭红，波斯胡指破鼍龙壳》《二刻拍案惊奇》中的《叠居奇程客得助，三救厄海神显灵》等，这些作品肯定了新兴市民阶层通过冒险经营、投机取巧来发迹变泰。

"二拍"是继"三言"之后最有影响的古代白话小说集，对宋元明时代的社会生活面貌进行了多侧面的刻画，形象地反映了各阶层人物，尤其是新兴的市民阶层的家庭、爱情和婚姻状况，以及他们的理想和愿望，也反映了人与人之间的关系、价值取向以及道德伦理观念的变化，具有很高的艺术成就，这主要表现在以下几方面。

首先，"二拍"在描写爱情婚姻的理想方面，表现出与以往同类题材的小说、戏曲显著不同的特点，那就是"更强调理想爱情的基础，男女双方有互为知己、彼此爱慕的心理发展过程"。例如，在《同窗友认假作真，女秀才移花接木》中，成都绵竹参将之女闻蜚娥为了追求爱情的自由，女扮男装，入学读书，最终选得了如意郎君。

其次，"二拍"较为充分地描写了人物在特定情境下的心理，从而体现出人物的独特性格。例如，在《莽儿郎惊散新莺燕，偌梅香认合玉蟾蜍》中，通过龙生与素梅的对话，揭示出了她们不同的心理活动，写出了身为侍女的龙香比身为小姐的素梅更为敢作敢为的性格。

二、明代的文言小说创作

明代时，文言短篇小说的创作取得了一定的成就，尤其是在白话小说还未能形成气候的明代前期，文言短篇小说的创作更是显得活跃。特别是在瞿佑的《剪灯新话》出现以后，仿效者颇多，从而使明代的文言小说得到了一定的发展。

瞿佑（1341—1427），字宗吉，号存斋，又号乐全，钱塘（今浙江杭州）人，一说山阳（今江苏淮安）人。瞿佑少时善香奁诗，洪武年间由贡士荐授仁和训导，后升任周宪王府右长史。永乐年间，因诗蒙祸，下诏狱，谪戍保安十年，后遇赦放归，卒年87岁。瞿佑一生著作颇丰，著有《剪灯新话》《咏物诗》《存斋诗集》《存斋遗稿》《香台集》《归田诗话》《乐全集》《闻史管见》《乐府遗音》等二十余种。

《剪灯新话》是明代最为著名的文言短篇小说，共四卷二十篇，另有附录《秋香亭记》和《寄梅记》。《剪灯新话》的内容主要分为以下几类。

第一类，爱情婚姻故事。这类作品直面人生的爱情婚姻，既有许多喜剧性的爱情故事，如《渭塘奇遇记》《联芳楼记》等，也有不少感人至深的悲剧性的爱情婚姻故事，如《翠翠传》《绿衣人传》《爱卿传》等。

第二类，记录乱世士人的心态或命运。这类作品多以荒诞的形式揭露乱世时的人们的心理状态，如《华亭逢故人记》既反映了当时世人为乘乱世取功名富贵而不计流芳、遗臭的极端自私心理，也反映了明初明太祖大杀功臣的现实。

第三类，揭露社会的黑暗现实。这类作品多从社会的某一方面出发，揭露社会中存在的种种不公平现象。例如，《令狐生冥梦录》通过描写令狐馔冥梦中之事，曲折地反映了现实吏治的黑暗，把批判的矛头指向了元末的封建统治者。

第四类，描绘理想生活。这类作品多通过想象对理想生活进行描绘。例如，在《天台访隐录》中，徐逸在入天台山采药时，偶遇了避世的太学陶上舍，从而看到了一个类似世外桃源的地方。

《剪灯新话》也取得了突出的艺术成就，具有艺术吸引力，这主要表现在以下三方面。

首先，在塑造人物方面，《剪灯新话》已经注意到从多侧面对人物形象进行塑造，通过对人物的外貌神态、气质风度、才情素质和内心世界的描写，人物形象变得更加丰满了。

其次，《剪灯新话》在环境描写方面更加细致了。

再次，《剪灯新话》在艺术构思的奇异变化以及故事情节的安排方面也有所创新。

三、明代的长篇小说

明代小说是我国小说创作的一个高潮，出现了《三国演义》《水浒传》《西游记》等对后世影响巨大的长篇小说作品。

(一)《三国演义》

在中国文学史上，《三国演义》是中国文学史上历史演义小说的开山之作。自《三国演义》出现之后，历史演义小说如雨后春笋般不断问世，并形成了中国古代小说中的一个独特类型。

1.《三国演义》的作者

从目前的资料来看，《三国演义》的作者是罗贯中。关于罗贯中的生平事迹，受资料所限，我们能够了解的并不多。关于罗贯中的生卒年，目前尚无确论，只能根据《录鬼簿续编》推测其生活在元末明初，约在1315—1385年之间。关于他的籍贯，明人朗瑛的《七修类稿》、田汝成的《西湖游览志余》、王圻的《续文献通考》认为是钱塘（今杭州），明嘉靖本《三国志通俗演义序》中有"东原罗贯中"字样。其他的明刊本中多次出现"东原罗贯中编次""东原贯中罗道本编次""东原贯中罗本编次"等字样，因而有些人认为罗贯中的籍贯是东原（今山东东平）。另据由元入明的贾仲明在《录鬼簿续编》中的记载"罗贯中，太原人，号湖海散人，与人寡合。乐府隐语，极为清新。与余为忘年交，遭时多故，天各一方，至正甲辰复合。别后又六十余年，竟不知其所终"，有些人认为罗贯中的籍贯是太原（今山西太原）。由于贾仲明与罗贯中是朋友，因此罗贯中的籍贯为太原较为可信。在明人王圻的《稗史汇编》中，有一则材料称罗贯中"有志图王"，明人胡应麟在他的《少室山房笔丛》中说罗贯中是施耐庵的"门人"，清人顾苓《跋水浒图》等说他"客霸府张士诚"。由于缺乏其他资料的佐证，关于罗贯中"有志图王""客霸府张士诚"的说法还有待于进一步考证。

2.《三国演义》的艺术成就

《三国演义》的艺术成就是十分突出的，这主要表现在以下几方面。

（1）结构方面。《三国演义》展现的主要是围绕战争和统一而展开的一系列战争谋略、斗智斗勇的事件。整本小说以曹、刘双方的矛盾斗争为主线，或详或略，或实或虚，在完整统一的结构中各个环节、各个情节又相互联系相互依存。例如，在描写吴蜀彝陵之战时，占有主动地位的一方是刘备，小说对刘备一方竭尽全力做详尽的描写，对东吴一方则一笔带过。陆逊任帅后，双方进入了相持阶段，描写的笔墨大体相当，而后随着战势的转变，对于战役中的最后胜利者东吴的描写由少转多，这样整个战争的发展形势就表现得很清楚了。

（2）叙事方面。《三国演义》中对史实的叙述采用了实录的方式。例如，在第三十七回中，以刘备的言行为线索将各个事件贯穿起来，情节紧凑有致。

另外，《三国演义》采用的是编辑型全知叙事视角，叙事的角度是多变的，如第五回"发矫诏诸镇应曹公，破关兵三英战吕布"中的一段，叙述者以旁观者的身份描写了"三英战吕布"的情况。公孙瓒败走，吕布纵马赶来，"看着赶上"是从众人的视角来看。"那马日行千里，飞走如风"则是叙述者的口吻。"吕布见了"是从吕布的视角来看，"云长见了"是从关羽的视角来看。刘备前来助阵，"八路人马都看得呆了"则是从众军士眼中来看。吕布招架不住，"看着玄德面上，虚刺一戟"是从吕布眼中来看。"三个那里肯舍，拍马赶来"则又回到了叙述者的角度。叙事视角在这一段短短的文字中一再变化，让整个场面具有了画面感，加深了读者的印象。

（3）人物塑造方面。全书总共写了 1 200 多个人物，其中有名有姓的将近 1 000 人，给人印象深刻者达百余人，堪称古代小说中写人物最多的巨著。其中最为成功的有诸葛亮、曹操、关羽、刘备、张飞、周瑜等人。在这里我们重点分析诸葛亮和曹操。

诸葛亮在全书处于中心位置，书中的所有人物，包括曹操、刘备、孙权、周瑜、鲁肃、司马懿，均成为诸葛亮的陪衬。从初出茅庐到五丈原死于军旅，在数十年辅佐刘氏两代君主的漫长生涯中，他遇到过不少杰出的对手，但他们统统败于他超人的智慧之下。为了突出诸葛亮的智谋，小说描写了与之相关的一系列事件，如三气周瑜、舌战群儒、借东风、空城计等，都表现出诸葛亮的过人胆略。诸葛亮在深切地掌握敌方心理特点的情势下，巧妙地使用了骄兵计、疑兵计、伏兵计、反间计等，把敌人搞得晕头转向；在对周瑜和孙吴方面，他采取了既团结又斗争的方针，随机应变、趋利避害，最终使蜀汉拥有了自己的立足之地。尽管诸葛亮拥有绝世的智谋，料事如神，功勋卓著，但他依然严于律己，并不心高气傲，比任何人都小心谨慎，而且忠贞不贰。从第九十回到第一百零四回，小说用了整整十五回写诸葛亮六出祁山、北伐中原的事迹，集中塑造了诸葛亮鞠躬尽瘁、死而后已的忠臣形象。虽然受制于小说明显的思想倾向，诸葛亮过于完美，违背了生活的真实和艺术的真实相统一的审美原则，但他仍以横绝一世的才智、丰富的政治斗争和军事斗争经验，以及对蜀汉的忠心，成为《三国演义》乃至中国文学史上一个具有特殊人格魅力的人物。

《三国演义》塑造得最丰满、最成功的是曹操形象。小说的第一回中"治世之能臣，乱世之奸雄"这两句话，成为描写曹操的一个纲。在对曹操的"奸"进行刻画时，通过吕伯奢一家被杀的时间突出了曹操的性格。

"宁教我负天下人，休教天下人负我"呈现出他奸诈残忍的性格特点。此后，他为父报仇，进攻徐州，所到之处，"尽杀百姓"，"鸡犬不留"，更是体现出他的心狠手辣。对待部下，曹操也处处算计，如在与袁绍相持时，日久缺粮，他"借"仓官王垕的头来稳定军心。其他的，如杀杨修、杀神医华佗、割发代首、梦中杀人、死设七十二疑冢等，都表现了他工于权谋、奸诈、残忍，毫无惜民爱民之心的性格。

（4）战争描写方面。《三国演义》中的战争描写极为出色，以至于被后人当作一部兵书来学习。在《三国演义》中，涉及的战役有四十多次，形形色色，千姿百态，令人目不暇接。在描写方面，作者充分吸收了《左传》《史记》以人物为中心、结合人物的个性来描写战争的特点，注意突出战争胜负的原因，紧紧地扣住战争胜负的原因来一步一步地展开描写和叙述，在具体的描写中，突出人的主观能动作用，同时还突出双方在交战决战前夕的精神状态的对比和双方主帅驾驭战争的能力。从整体上来看，《三国演义》中的战争，有的是以弱胜强，有的是以强凌弱，有的是以少胜多，有的是以众暴寡，有的是两弱联合以抗强者，有的是两强相争而两败俱伤，有的是以智取，有的是以力胜，有的是月夜偷袭，有的是声东击西，有的是用火攻，有的是用水淹，有的是里应外合，凡此种种，不一而同。

在《三国演义》所描写的这些大大小小的战争中，赤壁之战的描写是最为出色的，是典型中的典型。在《三国演义》中，赤壁之战占了八个回目。对这场战争的描写，作者采用了动中有静的写法，把刀光剑影的战争写得有张有弛，松紧有致。有群英会的同窗欢聚，曹孟德的横槊赋诗，庞士元的挑灯夜读。在描写曹军和联军对立的同时，作者又不时地穿插了联军内部的矛盾和纠葛。周瑜的儒将风度、足智多谋和指挥若定被描写得笔酣墨饱，但他对诸葛亮的嫉妒和不容也被作者刻画得淋漓尽致。诸葛亮的形象则更为成功，在他看来，他和周瑜斗智，不是为了争强好胜，不是一般的赌气，而是站在联吴抗曹的战略高度来有理有节地处理与友军的关系，写出了诸葛亮的胸襟气度。

3. 《三国演义》的影响

《三国演义》用一种比较成熟的演义体小说语言，描写了近百年的历史进程，创造了一种新型的小说体裁，这不仅使当时的读者"争相誊录，以便观览"，而且也激发了文士和书商们继续编写和出版同类小说的热情。据不完全统计，今存明清两代的历史演义约有一二百种之多。

自《三国演义》之后，历史演义小说开始朝两个方向发展。一个是向通俗历史教科书倾斜，如冯梦龙修订《列国志传》就是出于这种目的，他所编著的《新列国志》一方面是要传授历史知识，另一方面是要总结历史经验。其他的如《唐传演义》《东西汉》《东西晋》等，都是此种类型。另一个是向故事倾斜，如《英烈传》，为了能够敷演故事，常常对历史继续不断地虚构，并提此案。除了对《三国演义》的模仿，历史演义小说在后世发展中，还出现了神魔化和人情化的倾向。例如，在《孙庞演义》中，把孙膑的胜利归结于他获得了天书，能够呼风唤雨；在《隋炀帝艳史》中，"情"的地位被提高了，如果没有情的存在，就不会有《隋炀帝艳史》。这些倾向都为后来小说的进一步变化提供了基础。

（二）《水浒传》

《水浒传》是中国文学史上英雄传奇小说的开山之作，它的出现带动了英雄传奇小说的发展，极具历史意义。目前，大多数学者认为《水浒传》是施耐庵所作，关于施耐庵其人，目前所知甚少，明人除了较为一致地肯定他是杭州人外，其他未曾提供一些可信的材料，连生活年代也有"南宋时人"（田汝成的《西湖游览志馀》）、"南宋遗民"（许自昌的《樗斋漫录》）、"元人"（李贽的《忠义水浒传叙》、胡应麟的《少室山房笔丛》等）等多种说法。有一些材料的记载还互相抵触，如王道生的《施耐庵墓志》云："讳子安，字耐庵。生于元贞丙申岁，为至顺辛未进士。曾官钱塘二载，以不合当道权贵，弃官归里，闭门著述，追溯旧闻，郁郁不得志，赍恨以终，……殁于明洪武庚戌岁，享年七十有五。"《兴化县续志》云："施耐庵原名耳，白驹人。祖籍姑苏。少精敏，擅文章。元至顺辛未进士。与张士诚部将卞元亨相友善。……卞亨以耐庵之才荐士诚，屡聘不至。……明洪武初，徵书数下，坚辞不赴。未几，以天年终。"虽然这些关于施耐庵的记载并不一致，但是从这些资料我们可以确定，施耐庵是元末明初时期的人，经历过战乱，并且有可能目睹了甚至亲身经历了一场农民大起义的爆发。

1. 《水浒传》的艺术成就

《水浒传》的艺术成就主要表现在以下几方面。

（1）结构方面。《水浒传》采用章回体分卷分目，每回集中描绘一两个主要人物或事件，其他的人与事则"暂且按下不表"，连环钩锁、散整结合的构架，保持了故事的相对完整和独立。在前七十回中，《水浒传》的很多篇章都可以单独存在，属于缀段式结构，而到了第七十一回"忠义堂石碣受天文，梁山泊英雄排座次"以后，随着对一百零八个从不同地方会聚梁山的英雄进行有机组合，《水浒传》开始了整体叙述，有了一个整体结构，梁山好汉的集体行动组成了一个个段落：两赢童贯、三败高俅、接受招安、破大辽、征方腊，这些段落要表现的是"忠奸之争"的原因和过程，因此它们的排列组合具有了较为严格的时间和空间规定性，先后顺序是不能颠倒的。全书在最后一回为所有的好汉画上了句号，奸佞迫害忠良的行动也最终以宋江饮下毒酒告终。作者的这种安排使得各个环节衔接紧密，彼此呼应。此外，作者还巧妙地安排情节，在高潮或转折处断接，这种断章分回的结构方式使章回之间贯通一起，扩大了人物形象的表现范围，同时也给读者留下了更为深刻的印象。

（2）叙事方面。《水浒传》的叙事属于编辑型全知视角。在编辑型全知视角中，叙述者经常会随意表达自己的思想感情，并自由地转换内外视角。《水浒传》中内外视角的转换非常灵活和多变。例如，在第二十七回"母夜叉孟州道卖人肉，武都头十字坡遇张青"中，叙述者先采用内视角从武松眼中写孙二娘，后用外视角写武松与孙二娘对话，最后又分别写了两人的内心活动，叙事视角的转换既增强了情节的紧张气氛，也使故事更加生动活泼。此外，《水浒传》每回结尾的议论或诗词韵文以及正文中的"有诗为证"都是叙述者的观点的体现，既增强了概括性，又使故事显得更为自由。

（3）人物塑造方面。《水浒传》善于用性格对比中凸现人物的个性差异，塑造了一系列叱咤风云的英雄典型。这些人物之间虽然在处事态度上有相似之处，但是在处理具体事件的过程中却展现出了不同的性格差异。在这里，我们主要分析宋江和林冲这两个人物形象。

宋江是《水浒传》的第一主角，他在这部小说中是忠义的化身。他为了保住梁山的各位英雄，杀了阎婆惜，虽然辗转避难，但是并没有立即下定决心投奔梁山，其原因就在于他的内心深处是忠于朝廷的。他同情民生疾苦，同情和庇护晁盖等人智取生辰纲的行为，愿意冒着生命危险去救晁盖，这表现了他的"义"。但在宋江身上，最重要的是"忠"。上了梁山之后，他牢记九天玄女"替天行道为主，全仗忠义为臣，辅国安民，去邪归正"的"法旨"（第四十二回），虽然他被迫造反，但是他的内心深处仍然希望得到朝廷的认可，希望自己能够为朝廷效力。

林冲出身于武官世家，承袭了东京八十万禁军枪棒教头的职位。这样的身份使他自有一种特殊的英雄气概。也是因为有了这样的身份，面对他人的挑衅，他一再忍让。当得知妻子被陆谦骗至其家让高衙内调戏时，他瞬间爆发了，并将陆谦家砸了个稀巴烂。但是他仍旧没有对高衙内怎样。后来，他虽然经历了误入白虎堂、刺配沧州道、遇害野猪林等一系列事件，但是他仍旧没有选择造反，直至他在庙里听到了陆谦、富安和差拨的一番得意的谈话之后才明白了他们所有的阴谋诡计，才知道统治者是要置他于死地。当看清楚这一点之后，他便开始了自己的复仇。通过对林冲这样一个尊重封建秩序、恪守封建法律，不敢越雷池一步的人最终被逼上梁山的过程描写，作者深刻地揭示出封建社会的腐败和黑暗。同时，通过对林冲性格转变的刻画，作者展现了人物性格的流动性和层次性，为后世刻画人物性格提供了较好的范本。

（4）细节描写方面。《水浒传》通过细节的刻画更好地展现了英雄的行为和故事，突出了他们的性格特征。例如，在第十回中，在写林冲偷听到陆虞候等人的谈话之前，先写了林冲所在的草料场的环境，之后又对风雪进行了渲染，因为寒冷，他拿柴炭在地炉里生起焰火来，又想起要喝酒御寒，然后酒壶中无酒，他就去打酒喝，回来之后，发现两间草厅被雪压塌了。因为无处可去，林冲去了山神庙：

入得庙门，再把门掩上，旁边只有一块大石头，掇将过来，靠了门。入得里面看时，殿上塑着一尊金甲山神，两边一个判官，一个小鬼，侧边堆着一堆纸。团团看来，又没邻舍，又无庙主。林冲把枪和酒葫芦放在纸堆上，将那条絮被放开。先取下毡笠子，把身上雪都抖了，把上盖白布衫脱将下来，早有五分湿了，和毡笠放在供桌上。把被扯来，盖了半截下身。却把葫芦冷酒提来慢慢地吃，就将怀中牛肉下酒。

这段文字通过细致的描写，给人一种极强的画面感。正在吃酒喝肉的时候，林冲听到了"必必剥剥"的响声，起身一看，原来是草料场着火了。林冲想要去救火，正在这时，他听到有三个人朝庙中走来。这三个人原想进庙，但是因为庙门被林冲用石头堵上了，因此只得站在外边说话，这才让庙里的林冲了解了庙外人的阴谋诡计，才最终让他下定了造反的决心。如果没有前面作者一再渲染天气的寒冷、风雪的大，就不会有林冲出去买酒，也就不会有大雪压倒草厅，更不会有他在山神庙中偷听到陆虞候等人的谈话。如果没有听到谈话，林冲不会明白他的敌人是要置他于死地的，他也不会下定决心与统治者决裂。可以说，正是这些细节描写，让我们明白了身为八十万禁军教头的林冲是怎么做出落草为寇的决定的。

其他细节描写，如鲁智深拳打镇关西、倒拔垂杨柳，武松景阳冈打虎、醉打蒋门神等，都描写得十分出色，突出了主要人物的英雄气概。

2.《水浒传》的影响

《水浒传》在中国文学史上具有崇高的地位，产生了重大影响。它刊行后不久，嘉靖年间的一批著名文人，如唐顺之、王慎中等就盛赞它写得"委曲详尽，血脉贯通，《史记》而下，便是此书"（李开先的《词谑》）。李贽则把它和《史记》、杜诗等并列为宇宙内的"五大部文章"（周晖的《金陵琐事》卷一）。《水浒传》盛行以后，各种文学艺术样式都把它作为题材的渊薮。以戏剧作品而言，明清的传奇就有李开先的《宝剑记》、陈与郊的《灵宝刀》、沈璟的《义侠记》、许自昌的《水浒记》、金蕉云的《生辰纲》等30多种。在昆曲、京剧和各种地方戏中，也有许多深受群众欢迎的剧目，仅陶君起的《京剧剧目初探》就著录了67种。至于以《水传浒》故事为题材的绘画、说唱及各种民间文艺等，更是不可胜数。清代又出现了《水浒后传》《后水浒传》和《结水浒传》（《荡寇志》）等续书。作为英雄传奇小说的典范，《水浒传》对诸如《杨家府演义》《大宋中兴通俗演义》《说岳全传》等作品同样具有明显的影响。

（三）《西游记》

在明代的长篇章回体小说中，《西游记》是神魔小说的代表，它的出现掀起了神魔小说创作的高峰。

吴承恩（约1500—约1582），字汝忠，号射阳居士，明中叶淮安府山阳县（今江苏淮安）人。他少而聪颖，性敏而多慧，博览群书，好奇闻，也喜欢"善摹写物情"的唐人传奇，这些都为他创作《西游记》打下了良好的基础。嘉靖二十九年（1550），吴承恩曾入京候选，留居三年，适逢奸相严嵩及其子把持国政、为非作歹之时，这让他加深了对官场倾轧、社会黑暗的认识，他的这些认识在一定程度上影响了他对《西游记》的创作。吴承恩曾著杂剧几种，一生写了很多诗、文、词作品，但是去世后，很多都已散佚，后经人整理辑为《射阳先生存稿》四卷，包括诗一卷，文三卷，文的最后一卷附有小词 38 首。

1. 《西游记》的艺术成就

《西游记》的艺术成就是十分突出的，这主要表现在以下几方面。

（1）结构方面。《西游记》整个故事的结构可以分为前后两个部分，前二十二回主要以师徒四人的个别行动为主，可以分为六个单元：孙悟空闹三界、取经缘起、悟空加入取经行列、白龙马加入取经行列、猪八戒加入取经行列、沙僧加入取经行列。这六个单元是按照"心猿归正""意马收疆"的结构之道进行组织的。在取经的队伍中，孙悟空的作用是最大的，因此，小说为唐僧安排的第一个护送者就是孙悟空，在孙悟空的帮助下，才有了白龙马、八戒和沙僧。可以说这六个单元之间有着因果承续的关系，因此它的时间与空间的排列位置有着严格的顺序，不能随便改动。

在二十二回之后，作者开始集中笔墨讲述师徒四人西天取经的集体行动，这一部分的结构之道在于说明取经之路的困难，隐喻着明心见性必须要经过一个长期艰苦的"渐悟"过程。取经路上出现了形形色色的险阻与妖魔，他们是修心过程中的障碍的象征，唐僧师徒四人是连接这些磨难的贯串人物，观音菩萨的不时出现则又使这些磨难前后呼应，成为一个整体。在具体情节的安排上，《西游记》十分注意前后的呼应与衔接，体现了作者在结构安排上的独具匠心。另外，虽然小说中的主要故事讲述的都是取经人与各路阻挠他们西去的势力之间进行斗争并且最终必胜的主题，但是在具体的情节安排上却各不相同，如三打白骨精、平顶山葫芦装天、车迟国斗圣、过火焰山等，无不曲折往复，扣人心弦，几十个故事无一雷同或重复，其手法令人惊叹。

（2）叙事方面。《西游记》采用的是编辑型全知叙事视角。随着叙述者的叙述，我们可以了解《西游记》整个故事的起因、经过、结果。通过叙述者的言语，我们可以感受到他的爱憎以及情感变化。例如，在第九至十二回描写唐太宗做梦的事件中，叙述者一开始并没有从故事人物的主观视角出发，而是将其隐在了后台，先讲述了龙王的故事，之后将龙王的故事与唐太宗的梦联系在了一起，最后才将视角转到了唐太宗的身上。通过这几次的视角转换，我们才得知了事情的来龙去脉，才明白了唐太宗为何要派人去西天取经。在这个过程中，叙述者对唐太宗进行了称赞，称其是一个"有道的君王"。

（3）人物塑造方面。《西游记》中的人物形象具有多角度、多色调的特点。故事中的人物既以现实的人性为基础，又加上作为其原型的各种动物的特征，再加上浪漫的想象所赋予的神性，而显得各具特色，生动活泼。在这里，我们主要分析孙悟空和猪八戒这整两个人物形象。

孙悟空生成于天地之间，行事敢作敢当，颇有英雄气度。他入龙宫索宝得到如意金箍棒，入地府改了生死簿。玉帝下旨对他进行安抚，召他到天宫做官。他以为自己受到了重用，因此欢欢喜喜去了天宫，但是，当他得知自己所做的"弼马温"只是个未入流的小官后，便对玉帝产生了不满，因为他觉得受到了轻视。为此，他大闹天宫，将天宫弄个了天翻地覆，众神都奈何不了他，最后他被如来佛祖压在了五指山下。五百年后，他被唐僧从五行山下救起，成为皈依佛门、跟从唐僧去西天取经的护法大弟子。为了使他不再反抗，观音在他头上套了紧箍儿，唐僧随时可以念紧箍咒对他实施控制，让他再也不能为所欲为。经过众多艰难险阻之后，孙悟空功德圆满，被封为斗战胜佛。孙悟空身上体现了追求自由、蔑视权威的精神和战胜一切艰难险阻的勇气。总之，孙悟空的英雄精神与为实现理想而奋斗到底的献身精神和强烈的个性精神的结合，呈现了独特的光彩。但需要注意的是，孙悟空身上也蕴含着一定的悲剧色彩，他所追求的自由带有本能的特点，只是与生俱来的感性的生命冲动，他反抗传统理性的顽强束缚和沉重负荷，还缺乏更加理性的明确的追求，这就使他的性格中潜藏着深刻的矛盾。

猪八戒本性憨厚、纯朴，在取经路上，在斩妖除怪的战斗中，他是孙悟空的得力助手。一方面，在顽敌面前，从不示弱，即使被俘，也不屈服，虽受气而"还不倒了旗枪"；但另一方面，他食、色两欲，一时难以泯灭；偷懒、贪小，使乖弄巧，好占便宜。他也经不起诱惑，看到美酒佳肴、馒头贡品，常常是流涎三尺。人家的馒头米饭流水一般送上来，他犹如风卷残云似的，一会儿就吃光了。猪八戒很恋家，他粗笨莽撞，蹒跚臃肿，瞻前顾后，牵肠挂肚，时时眷恋着高老庄的土地和媳妇。看见美色，猪八戒会挪不动步，即使快到西天了，他还动"淫心"，拉着嫦娥不放手。他还偷偷地积攒"私房"钱，有时还要说谎，撺掇师父念紧箍咒整治、赶走大师兄，或者自己嚷着"分行李"，散伙回高老庄。猪八戒身上的这些缺点，让他具有了浓厚的人情味，因此虽然他缺点满身，却并不会令人生憎。

（4）文字描述方面。《西游记》的文字描述幽默诙谐、灵动流利，善于描写各种奇幻的场面，显示了相当高的艺术水平。这些文字描述，有时只是为了调节气氛，增加小说的趣味性，如第四十二回写悟空去向观音借玉净瓶时，观音要他"脑后救命的毫毛拔一根"做抵押，悟空不肯，于是观音就骂道："你这猴子！你便一毛也不拔，教我这善财也难舍。"这"一毛不拔"就是顺手点缀的"趣话"，博人轻松一笑。有些文字描述则成为讽刺世态的利器。例如，第四十四回写车迟国国王迫害和尚，作者对当时的情境写道："且莫说是和尚，就是剪鬃、秃子、毛稀的，都也难逃。四下里快手又多，缉事的又广，凭你怎么也是难脱。"看似风趣而夸张，实则是对当时特务横行、厂卫密布的社会现实的控诉与批判。又如，如来知晓阿傩、伽叶发放无字经书时，作者让法相庄严的如来佛祖讲出一连串令人发噱的市井话，无疑增添了对宗教的讽刺意味。

2．《西游记》的影响

《西游记》自诞生以来，以其瑰丽奇绝、生动活泼赢得了广泛的读者群，达到家喻户晓、妇孺皆知的地步，一直为人民群众津津乐道。新中国成立以后，《西游记》又声名远播海外，先后有了俄、英、日等许多译本，成为世界文化范围内的一份宝贵文学遗产。

《西游记》出现之后，神魔小说开始朝着四个方向发展，出现了四种风格类型。第一种是以对立双方的斗法为主，写法宝、写神通，代表作品有《封神演义》《续西游》等。第二种是以发挥象征性寓意为准，借神魔题材表达人生哲理，代表作品有《东游记》《北游记》《北游记》等。第三种是以玩世不恭的态度借题发挥，指斥世俗，抨击奸佞，代表作品有《斩鬼传》《常言道》等。第四种是与人情小说以及其他类型小说合流，代表作品有《绿野仙踪》《瑶华传》等。

第九章　清代的文学创作

清代，是中国古代文化的一个前所未有的集大成时期。在最高统治者的积极倡导下，文化的各个方面，包括意识形态、学术思想、文学创作等，无不呈现出五彩斑斓的状态。此时的文坛，包罗万象，蔚为大观，取得了辉煌的成就。

第一节　清代的散文与骈文

清代散文家倡导经世致用，顺应时代的要求，以振兴民族，桐城派是清代最有影响的散文派别。同时，骈文在清代出现复兴的局面，盛行一时，产生了一定的影响。

一、清代的散文创作

（一）清代初期的散文创作

清代初期写作散文比较有名的有"清初三大家"的侯方域、魏禧和汪琬。魏以观点卓越、析理透辟见长；汪则写人状物笔墨生动著称；侯方域的影响则最大，继承韩、欧传统，融入小说笔法，流畅恣肆，委曲详尽，推为第一。

1. 侯方域的散文创作

侯方域（1618—1654），字朝宗，明归德府（今河南商丘人）。侯方域的散文内容广泛，体裁多样：议论而指斥权贵的如《癸未去金陵日与阮光禄书》《答田中丞书》等，抒情而摅写怀抱的如《与方密之书》《祭吴次尾文》等，评说而论功罪的如《朋党论》《王猛论》《太子丹论》等，或义正词严，酣畅饱满，或缠绵悱恻，声情并茂，或雄辩汪洋，纵横奔放，有唐宋八大家的遗风。他敢于打破文体壁垒，以小说为文，则是写掾吏、伶人、名伎、军校等下层人物的作品，如《赠丁掾序》，歌颂了丁掾廉洁正直、忠于职守的优秀品质；《马伶传》写了艺人马伶为求演技精进，投身为仆三年艺成的事迹；《任源邃传》赞扬平民出身的任源邃抗清被捕，宁死不屈的高贵精神；《李姬传》再现了风尘女子李香识大义、辨是非的品德和节操，都

"以小说为古文辞"，提炼细节，揣摩说话，刻画神情，像《李姬传》所选的三个典型事件，精择李香对话组成，切合身份与心境，曲折生动，使人物个性鲜明，堪称性格化的语言，突破陈规，具有短篇小说的特点。

2．魏禧的散文创作

魏禧（1624—1680），字冰叔，号裕斋，江西宁都人。他论文以有用于世为目的，要"关系天下国家之政"，反对模拟，不"依傍古人作活"，自谓"少好《左传》、苏老泉，中年稍涉他氏，然文无专嗜，唯择吾所雅爱赏者"。他博学多闻，身际易代，怀抱遗民思想，关心天下时务。人物传记表彰抗清殉国和坚守志节之士，如《许秀才传》《哭莱阳姜公昆山归君文》等，感慨激昂，低回往复，既有淋漓尽致的描摹，也有纡徐动荡的抒情，兼有欧、苏之长。《大铁椎传》是其名篇，叙事如状，写身怀绝技的剑侠的遭际和愤懑，神情毕现，豪爽照人，篇末寄意不为世用的感慨，耐人寻味。政论散文则识见超人，精义迭现，《蔡京论》《续朋党论》等独出己见，议论风生；《答南丰李作谋书》谈教育人才应"恢宏其志气，砥砺其实用"，观点正确，方法可取；《宗子发文集序》提出积理练识，纠正模拟剽古之弊，识见精当，行文酣畅，凌厉雄杰，表现出善于议论的个性和明理致用的文章风格。

3．汪琬的散文创作

汪琬（1624—1690），字苕文，长洲（今江苏苏州）人。其散文力主纯正，对侯方域的《马伶传》、王猷定的《汤琵琶传》等小说的写法颇示不满，偏于保守。所作原本六经，叙事有法，碑传尤为擅长，"公卿志状皆得琬文为重"，受到后世正统文士的推崇。《陈处士墓表》《申甫传》《书沈通明事》等记事简当不繁，代表了碑传文的水平。《答陈霭公书》《陶渊明像赞并序》《送王进士之任扬州序》等清晰简要，自然流畅，与唐顺之、归有光等文风相近。记叙苏州市民反暴政的《周忠介公遗事》，为世称道，文以周顺昌的事迹为主线，写了东林党人与阉党的斗争，突出了周被逮时苏州市民仗义执言和群情激愤的热烈场面，有些描写如"众益怒，将夺刃刃（毛）一鹭"，魏忠贤爪牙被打而"升木登屋"，抱头鼠窜，真实生动，称得上散文中的优秀作品。

（二）清代中期的散文创作

清代中期，由安徽桐城人方苞开创，同乡刘大櫆、姚鼐等继承发展的桐城派是这一时期影响最大的散文派别。

1. 方苞的散文创作

方苞（1668—1749），字凤九，号灵皋，晚号望溪，安徽省桐城县人。他作为桐城派的创始人，与刘大櫆、姚鼐合称桐城三祖。方苞的古文选材精当，以凝练雅洁见长，开桐城派风气。读史札记和杂说，如《汉文帝论》《辕马说》等简洁严整，无枝蔓芜杂之病。游记如《游雁荡记》，赠序如《送刘函三序》，碑铭如《先母行略》《兄百川墓志铭》《田间先生墓表》等，详略有致，具有法随义变的特点。《狱中杂记》以其亲身经历，揭露了狱中种种奸弊、秽污、酷虐，事繁而细，条理分明，文字准确。

2. 刘大櫆的散文创作

刘大櫆（1698—1779），字才甫，号海峰，安徽桐城（今枞阳）人。他上承方苞，下启姚鼐，是桐城派"三祖"之一。刘大櫆的文章抒发怀才不遇，指摘时弊，以"雄奇恣睢，铿锵绚烂"（吴定《刘海峰先生墓志铭》）称胜。游记文如《游晋祠记》《游大慧寺记》《游万柳堂记》等借景抒情，讽世刺时，近于雄肆奇诡，姚鼐评其为"有奇气，实似昌黎"。（《海泊三集序》评语）《书荆轲传后》《送姚姬传南归序》《息争》等可看出其文章的音节之美。

3. 姚鼐的散文创作

姚鼐（1731—1815），字姬传，室名惜抱轩，人称惜抱先生。他在桐城派中地位最高。他主张"道与艺合，天与人一"，"义理、考据、词章"合一，让儒家道义与文学结合，天赋与学力相济，"义法"外增加考证，以求三者的统一和兼长，达到既调和汉学、宋学之争，又写出至善极美文章的目的。运用传统的阴阳刚柔说，将多种风格归纳为"阳刚"和"阴柔"两大类。他以生动形象的语言，细致描绘两者的鲜明特色，提出"统二气之会而弗偏""协合以为体"，追求刚柔相济，避免陷入片面和极端。

（三）清代后期的散文创作

清代后期，散文进入了一个新的天地。随着时代的不断前进，人们越来越自觉地把文章作为战斗的武器，用各种不同的方式揭示出反帝反封建这一时代的主题，表现出光辉的民主思想和爱国主义精神。在这里主要对龚自珍和梁启超的散文进行分析。

1. 龚自珍的散文创作

龚自珍（1792—1841），字尔玉，又字璱人，更名易简，字伯定，号定庵，又号羽琌山民。汉族，浙江仁和（今杭州）人。清代思想家、诗人、文学家和改良主义的先驱者。龚自珍的文章不讲宗法，几经、史、诸子百家无不融贯，题材广泛，立意新鲜，个性鲜明，多具时代特色。他总是带着批判的眼光，从政治、社会的高度看问题，内容多讥切时政，或议论，或寓言讽刺，或一般记叙，语言风格活泼多样，尤以纵横恣肆、透彻明快著称，开创了有别于桐城派的散文风气，标志着清代散文的转折。

2. 梁启超的散文创作

梁启超（1873—1929），字卓如，号任公，另署饮冰室主人，广东新会人。光绪举人，康有为弟子，两人同为维新变法运动的主要人物。清末主办《时务报》，提倡两学，宣传改良，为戊戌变法倡导者之一。戊戌变法失败后潜居日本，创办《清议报》《新民丛报》《新小说》等报刊。晚年在清华大学讲学。其著作编为《饮冰室合集》。

梁启超的散文平易畅达，杂以俚语、韵语及外国语法，信笔所之，但条理明晰，笔带情感，创立了别有一种魅力的新文体，宣示着古代散文的终结和白话散文的到来。这种文体曾风靡一时，号称"新文体"。这种新文体散文直接服务于资产阶级改良政治，为晚清的文体解放和"五四"白话文运动开辟了道路。

二、清代的骈文创作

在桐城派以正统自居，声势日张时，骈文也很流行，与其立异争长。随着好者日众，选家应运而生，总集迭出，较著名的是李兆洛编选的《骈体文钞》。

清代骈文的复兴，有特定的文化背景。清朝统治的日益稳固和文化政策的调整，皇帝"以提倡文化为己任，师儒崛起"（《清史稿·文苑传》），号称"乾嘉学派"的考据学走向鼎盛，"清代学术，超汉越宋"，获得了前所未有的发展。踵事增华、编织丽词美语和具有匀称错综的形式之美的骈文，在浓重的学术文化氛围里，重又得到肯定和利用。汉、宋学之争，又使骈文的兴起，带上和桐城派对峙的色彩，汉学重学问，重考据、训诂、音韵之学，对桐城派尊奉以程朱为代表的宋学所造成的空疏浮薄，是有力的冲击，风气所及，饱学之士喜爱重典实、讲音律的骈体文，借以铺排遣使满腹的书卷知识，从而刺激了骈文的写作和运用。与繁荣状况相适应，骈文批评理论也在发展，由开始正名争一席之地，到阐发艺术特点，认识和把握文学本质的某些属性，进而达到与古文家争正统的地位。清初陈维崧、毛奇龄开始倡导，中期则有袁枚、孔广森、吴燕、曾燠、李兆洛等热情辩护，给予肯定；阮元则著《文言说》，鼓吹骈体，视骈文为正统，将骈散之争推向高潮；同时，吴燕的《国朝八家四六文钞》，曾燠的《国朝骈体正宗》，李兆洛的《骈体文钞》弘扬骈文正脉，扩大影响。经过这一番推波助澜，骈文势力逐步强大，取得了相当的成功，而其本身也点缀着兴盛的景象。

在清代骈文作家中，汪中被公认为成就最高。汪中（1744—1794），字容甫，江都（今江苏扬州）人。著有《述学》6卷、《广陵通典》10卷、《容甫遗诗》6卷等。汪中的骈文内容上取材现实，情感上吐自肺腑，艺术上能"状难写之情，含不尽之意"，风格遒丽富艳，渊雅醇茂，而且用典属对精当妥帖，被视为清代骈文复兴的代表。

第二节　清代的诗歌

清代诗歌是我国古代诗歌的光辉总结，是古典诗歌的再度辉煌。清代诗人之多，创作之富，是历代都无法比拟的。

一、清代初期的诗歌创作

遗民诗人的诗歌是清初最富有时代精神的诗歌，他们用血泪写成的诗篇，或谴责清兵，或讴歌贞烈，或悲思故国，或表白气节，具有抒发家国之悲和同情民生疾苦的共同主题，感情真挚，反映了易代之际惨痛的史实与民族共具的感情，沉痛悲壮，笔力遒劲，开启了清朝诗歌发展的新篇章。同时，钱谦益和吴伟业也是清代初期闻名遐迩的诗人。

（一）遗民诗人的诗歌创作

顾炎武、黄宗羲、王夫之、吴嘉纪、屈大均、杜浚、钱澄之、归庄、申涵光等都是当时著名的遗民诗人。下面我们主要对顾炎武、黄宗羲等诗人的诗歌创作进行赏析。

1. 顾炎武的诗歌创作

顾炎武（1613—1682），江苏昆山亭林人，明诸生。初名绛，明亡后改炎武，字宁人，学者称亭林先生。

他一生有四百多首诗歌，许多诗歌的主题都是抒发自己的民族感情和爱国思想，反清复明和坚守气节是其诗歌突出的色调。如《秋山》讽刺了专营安乐窝的燕雀之辈，表示了"我愿平东海，身沉心不改"的决心，政治色彩极为强烈。

随着实践的消逝和希望的幻灭，顾炎武逐渐认识到了局势，知道自己的希望永远无法实现了，他感伤沉郁的情绪稍增，但他不灰心，至死犹坚，所以他所作的诗歌仍然雄浑有力，慷慨悲壮，如《五十初度时在昌平》。顾炎武的诗歌在当时影响很大，为一代清诗树立了笃实、高阔的峰标。

2. 黄宗羲的诗歌创作

黄宗羲（1610—1695），字太冲，一字德冰，号南雷，别号梨洲老人、梨洲山人，浙江余姚人。与顾炎武、王夫之并称明末清初三大思想家或者称清初三大儒。

他关心天下治乱安危，以学术经世，论诗称"情者，可以贯金石，动鬼神"，强调诗歌要写现实；注重学问，推崇宋诗，与吴之振等选辑《宋诗钞》，扩大了宋诗的影响，推动了浙派的形成。黄宗羲的诗歌沉着朴素，感情真实，具有爱国精神和高尚情操。《书事》其三是黄宗羲晚年的作品，虽然已步入晚年，但是岁月并没有淡化黄宗羲的意志，在他的作品中仍然流露出了强烈的民族意识。黄宗羲的诗歌内容丰富，具有强烈的时代性、深刻的思想性和高度的艺术性，他的诗歌与其学术成就一样，具有大师风范，对后世具有重要影响。

（二）钱谦益的诗歌创作

钱谦益（1582—1664），字受之，号牧斋，晚号蒙叟、绛云老人、东涧遗老等，江苏常熟人，人称虞山先生。有《初学集》《有学集》《投笔集》等，总为《牧斋全集》。

钱谦益的诗作大约可以分前、后两期。前期是仕明时的诗歌，钱谦益在明朝仕途蹭蹬，历尽坎坷挫折，感时愤世，郁塞苦闷。《初学集》中的诗歌，对党争阉祸极为愤慨，痛心内忧外患。《费县三首》《乙丑五月削籍南归十首》《狱中杂诗三十首》等诗，既有清正之士的孤愤，也有失意者的感喟。后期是入清后的诗歌。经历了故国沧桑、身世荣辱的巨大变故，钱谦益的诗歌更显示出鲜明的艺术个性和创作特色。这一时期的诗歌主要是悼念亡明，指斥新朝暴行，如《金陵秋兴八首次草堂韵》其一，诗人以欣喜若狂之情写水师的军威和民众的支持，表达了强烈的反清复明的愿望，气势宏大，慷慨昂扬。随着军事的失利，钱谦益愤激之情不可遏止，连叠十三韵，记录了郑成功与南明永历政权的军事斗争，以及他和柳如是的抗清活动，实为一部"诗史"。

钱谦益为清初诗坛盟主五十年，当时的地位和声望是无人能比的。他培养了如王士禛这样的后起大家，还在家乡开创了虞山诗派。正是从他开始，明诗告退，清诗开创了历史的新纪元。

（三）吴伟业的诗歌创作

在清初诗坛上，吴伟业与钱谦益并称。吴伟业（1609—1671），字骏公，号梅村，江苏太仓人。吴伟业的诗歌以明末清初的历史现实为题材，反映山河易主、物是人非的社会变故，描写动荡岁月的人生图画，志在以诗存史。这类诗歌约有四种：第一种以宫廷为中心，写帝王嫔妃戚畹的恩宠悲欢，引出改朝换代的沧桑巨变，如《永和宫词》《洛阳行》《萧史青门曲》等。第二种以明清战争和农民起义斗争为中心，通过重大事件的记述，揭示明朝走向灭亡的趋势，如《临江参军》《松山哀》《圆圆曲》等。第三种以歌伎艺人为中心，从见证者的角度，叙述南明福王小朝廷的衰败覆灭，如《听女道士卞玉京弹琴歌》《临淮老妓行》《楚两生行》等。第四种以平民百姓为中心，揭露清初统治者横征暴敛的恶政和下层民众的痛苦，类似杜甫的"三吏""三别"，如《捉船行》《芦洲行》《马草行》《直溪吏》等。此外，还有一些感愤国事、长歌当哭的作品，如《鸳湖曲》《后东皋草堂歌》等，几乎可备一代史实。他在《梅村诗话》中评自己写《临江参军》一诗："余与机部（杨廷麟）杨廷麟相知最深，于其为参军周旋最久，故于诗最真，论其事最当，即谓之诗史可勿愧。"这种以"诗史"自勉的精神，使他放开眼界，"指事传词，兴亡具备"，在形象地反映社会历史的真实上，取得突出的成绩，高过同时代的其他诗人。

吴伟业最大的贡献在七言歌行，他是在继承元、白诗歌的基础上，自成具有艺术个性的"梅村体"。它吸取白居易《长恨歌》《琵琶行》和元稹《连昌宫词》等歌行的写法，重在叙事，辅以初唐四杰的采藻缤纷，温庭筠、李商隐的风情韵味，融合明代传奇曲折变化的戏剧性，在叙事诗里开出新境界，如《永和宫词》《萧史青门曲》《鸳湖曲》《圆圆曲》等，把古代叙事诗推到新的高峰，对当时和后来的叙事诗创作产生了很大的影响。

二、清代中期的诗歌创作

清代中期的诗坛，才人辈出，各领风骚。沈德潜、翁方纲，或主格调，或言肌理，固守儒雅复古的阵地；袁枚等人标榜性灵，摆脱束缚，追求诗歌解放。

（一）沈德潜的诗歌创作

沈德潜（1673—1769），字确士，号归愚，长洲（今苏州市）人，著名诗人、诗歌批评家。沈德潜论诗倡导格调说，《说诗晬语》是其格调说的理论代表作。所谓格调，就是要重视唐诗那种格律、声调。沈德潜的诗歌创作实践了他的格调说，在"格高"方面，追随盛唐及明七子的诗风，中正和平，温柔敦厚。

当然，沈德潜也和明七子一样，有些诗特别是早期的诗，也能真实地反映民生疾苦，揭露时弊与社会黑暗。例如《凿冰行》与《后凿冰行》，诗中真实地揭露了洋客、窖户（藏冰商家）不顾穷人死活残酷剥削他们的情景，斥责了旁观富人的无情，真正学到了杜诗的精神。

沈德潜的诗现存两千三百多首，有很多都是为统治者歌功颂德的作品。《制府来》《晓经平江路》等虽然反映了一些社会现实，但又常常带有封建统治阶级的说教内容。

（二）翁方纲的诗歌创作

翁方纲（1733—1818），字正三，一字忠叙，号覃溪，大兴（今属北京市）人，清朝著名书法家、文学家、金石学家。翁方纲著有《复初斋全集》《石洲诗话》等。翁方纲论诗倡肌理说，主张"为学必以考证为准，为诗必以肌理为准"。因此，他在诗歌创作中，大量以学问、考据入诗，如《汉石经残字歌》。翁方纲作为一个诗人，也清楚地知道诗歌应该言志传情，他之所以一味强调以学问、考据为诗，原因可能是在清廷屡兴文字狱的情况下，去迎合最高统治者提倡读书穷经、考据博物的产物，因而他受到统治者的垂青，也受到许多官僚士大夫的认同与肯定。

由于翁方纲多年主持各地学政，学生遍天下，受其影响者甚多，如凌廷堪、张廷济、谢启昆、梁章钜、吴重意、阮元及其子翁树培等。其派规模与影响虽然比神韵、格调稍逊，但也影响很大，以致后来几与性灵派平分秋色，形成"南袁北翁"的态势。

（三）袁枚的诗歌创作

乾隆年间的性灵诗以袁枚为领袖，倡和者有号称"乾隆三大家"之一的赵翼，另外有张问陶、孙原湘等。所谓"性灵"，指的是性情、灵感、个性、灵机，即诗人必须具有的主观创作条件，当一个诗人有了创作灵感，将自己的真性情写出来，就是一首好诗。这也是袁枚在总结以往性灵说的基础上发展起来的。

袁枚（1716—1797），字子才，号简斋，晚年自号仓山居士、随园主人、随园老人。汉族，钱塘（今浙江杭州）人。袁枚的诗歌创作贯穿了其"性灵说"的精神，具有自己鲜明的特色。他的诗表现了民主精神和市民意识。例如，他写给叔父家僮仆的《别常宁》，情感真挚，十分动人，由此可见他主仆平等的思想观念。总体来说，袁枚的性灵诗对清朝乃至后世影响巨大，他所提出的性灵说内涵丰富，顺应了当时社会进步的美学思潮，指出了诗歌创作的本质与规律。

三、清代后期的诗歌创作

（一）爱国诗人的诗歌创作

清代后期，随着西方列强用坚船利炮打开中国封闭的国门，以龚自珍、林则徐、魏源、张维屏、张际亮等人为代表的爱国进步文人开始登上诗坛。他们的诗歌反映了鸦片战争前后黑暗的社会现实，表现了爱国志士和广大人民卫国抗敌的斗争，抒写了自己强烈的爱国情感和民族义愤，富有爱国主义的精神。下面对龚自珍、魏源的诗歌创作进行一些阐述。

1. 龚自珍的诗歌创作

龚自珍认为诗歌创作动机是由"外境"，即现实生活引起的，"外境迭至，如风吹水，万态皆有，皆成文章"（《与江居士笺》），而创作方法则和撰史一样，应该利用一切历史资料。他的诗作与他的诗论一脉相承，"以深邃的历史思考为依托，绝少单纯地描写自然景物，而是着眼于现实政治、社会形势，揭示清王朝的黑暗和危机"。龚自珍现存诗歌六百余首，内容庞杂，大多是他中年以后的作品。其中，"伤时""骂世"之作占了相当一部分。还有一些抒情诗反映了诗人对自身遭遇的感慨和自身理想抱负的抒发，表现了他深沉的犹豫和孤独感，如《夜坐》。龚自珍最具有代表性的诗歌作品是作于晚年的大型传记体组诗《已亥杂诗》，这组诗由315首七言绝句组成，全面而深刻地反映了清末现实生活和社会面貌，集中体现了他深刻的思想、抗争的个性。其中最突出的就是那些指出外国侵略对中国危害、统治阶级昏庸堕落和民众苦难的诗。

龚自珍的诗想象丰富诡奇，恣意而行，气势磅礴，文辞瑰丽，善用类比，众体兼备，甚至于连传统的诗歌格律都不尽遵守，富于浪漫主义色彩，在清末诗坛上标新立异，独树一帜，产生了极为深远的社会影响。

2. 魏源的诗歌创作

魏源（1794—1857），原名远达，字默深，又字汉士、墨生，号良图，湖南邵阳（今隆回）人。

魏源致力于弊病改革和经学以及时务政事等方面的研究和著述，但是他在文学上最主要的成就是诗歌的创作。魏源极为擅长写山水诗，这也是他致力最多的作品，如《天台石梁雨后观瀑歌》《钱塘观潮行》等。不过，最能表现出他的爱国情怀的是一系列写于鸦片战争时期的爱国诗歌，如《寰海后十首》。魏源的诗歌奇豪壮美，在艺术上重视自然，多用比兴，以叙事和议论的手法直接抒发情感，具有动人心魄的力量。

（二）汉魏六朝诗派的诗歌创作

汉魏六朝诗派是在道光、咸丰、同治年间以汉魏六朝诗为取法对象的诗歌流派，其代表人物是王闿运。

王闿运（1833—1916），初名开运，字壬秋，又字壬父，号湘绮，湖南湘潭人。王闿运论诗以摹拟汉魏六朝为尚，这是他诗论的核心，在清代宗唐、宗宋两大流派之外别立一宗。他认为古人之诗已经尽善尽美，要达到理想境界，必须学古，"古人之诗尽善尽美，典型不远，又何加焉"（《论文法·答陈完夫论》）。而在学古的基础上，他又认为诗以五言为上，最好的则是汉魏六朝五言诗，"作诗必先学五言，五言必读汉诗，而汉诗甚少，题目种类亦少，无可揣摩处，故必学魏晋也。诗法备于魏晋，宋齐但扩充之，陈隋则开新派矣"（《论诗示黄谬》）。他大加赞赏魏晋六朝时期的诗人，贬斥后朝的诗人，这种偏激的复古主义论调也遭到了当时不少人的批评。至于学古的方法，他主张先从模拟入手，从模拟中求变化，"诗则有家数，易模拟，其难亦在于变化。于全篇模拟中，能自运一两句，久之可一两联，就之可一两行，则自成家数矣"（《论文法·答张正旸问》）。

王闿运在诗歌创作上以拟古为重，摹拟汉魏的诗法，但并非脱离现实，一味拟古，在他的诗中也有一些反映社会现实的作品，如《圆明园词》。王闿运的诗歌虽然有很多拟古之作，但也有很多表达了诗人的真情实感，如《丰阳舟中寄怀梦缇》。王闿运的诗歌提倡那种含蓄蕴秀、曲径通幽式的表现手法，大多数诗歌委婉俊秀，以词掩意，托物起兴。

（三）同光体诗派的诗歌创作

同治、光绪年间，诗坛出现了以陈三立、陈衍、沈曾植、郑孝胥为代表的一个诗歌流派，被称为同光体诗派。下面对陈三立和陈衍的诗歌进行分析。

1. 陈三立的诗歌创作

陈三立（1852—1937），字伯严，号散原，江西义宁（今江西修水）人。陈三立被誉为中国最后一位传统诗人。他初师韩愈，后学黄庭坚，避俗避熟，力求生涩，追求一种精思刻练、奇崛不俗而又能达于自然、不见斧凿痕迹的境界。陈三立积极参与新政国事，因而对于国家的内忧外患十分关心，在他的诗中时常表现出家国之痛、民生之哀。例如《十月四十夜饮秦淮酒楼，闻陈梅生侍御、袁叔舆户部述出都遇乱事感赋》。陈三立宗法江西派，他极力推崇苏轼和黄庭坚，其诗生涩拗奇，力避熟俗，刻意求新，造字炼句，异常新警，但又常于文从字顺中显出佳处，为时人所推崇。陈三立的近体诗，时有构思巧妙之作，擅长用不同意象传递情绪，意境清奇奥衍，感情色彩浓郁，具有刚健浑厚的风格。

2. 陈衍的诗歌创作

陈衍（1856—1937），字叔伊，号石遗，福建侯官（今福州）人。陈衍的诗歌创作起初宗法梅尧臣、王安石，后学习白居易、杨万里，曲折用笔，骨力清健，爽朗平淡，以新词、俗语入诗。他的诗歌以游览诗居多，如《水帘洞歌》描绘了武夷山水帘洞的壮观景象，连用奇特的比喻来描绘瀑布的雄奇变幻，形式奇特，句式参差变化，用语雄健，气势磅礴。

第三节　清代的词

经过元明两代的沉寂，在明清易代之际摆脱柔靡，词出现了中兴的气象。朱彝尊说："词虽小技，昔之通儒巨公往往为之，盖有诗所难言者，委曲倚之于声，其词愈微，而其旨益远，善言词者，假闺房儿女子之言，通之于《离骚》、变雅之义，此犹不得志于时者所宜寄情焉耳。"（《曝书亭集》卷四十《红盐词序》）清代词人云集，高才辈出，词作五万余首，成就辉煌。

一、清代初期的词创作

清初词坛，流派纷纭，迭现高潮，出现了以陈维崧为首的阳羡词派、朱彝尊为首的浙西词派和独树一帜的著名满族词人纳兰性德。

（一）陈维崧的词创作

1．陈维崧的生平

陈维崧（1625—1682），字其年，号迦陵，江南宜兴（今属江苏）人。其父陈贞慧，为明末著名复社文人。陈维崧少有才名，入清后出游四方，晚年举博学鸿词科，官翰林院检讨。他学识渊博，性情豪迈，才情卓越，兼以过人的哀乐，学习苏、辛，使豪放词大放异彩，平生所作一千八百多首，居古今词人之冠。

2．陈维崧的词作品分析

陈维崧尊词体，以词并肩"经""史"，摈弃"小道"和"词为艳科"的传统观念，继承《诗经》和白居易"新乐府"精神，敢拈大题目，写出大意义，反映明末清初的国事，无愧"词史"之称。

（二）朱彝尊的词创作

朱彝尊（1629—1709），字锡鬯，浙江秀水（今嘉兴）人。朱彝尊推尊词体，崇尚醇雅，宗法南宋，以姜夔、张炎为圭臬，与汪森辑录《词综》，推衍词学宗趣和主张。他在清朝步入盛世时，提出词的功能"宜于宴嬉逸乐，以歌咏太平"（《紫云词序》），投合文人学子由悲凉意绪转入安于逸乐的心态，也适应统治者歌颂升平的需要，故天下向风，席卷南北。

朱彝尊的词集里"宴嬉逸乐"的欢愉之辞，有《静志居琴趣》写男女爱情，《茶烟阁体物集》和《蕃锦集》的咏物集句。其中情词为世称颂，独具风韵，如《高阳台》"桥影流虹"，《无闷·雨夜》"密雨垂丝"，《城头月》"别离偏比相逢易"，《鹊桥仙·十一月八日》等，感情真挚，圆转流美。《桂殿秋》描写心心相印的男女爱情，含蓄不露，情致深婉，是情词的佳作。

（三）纳兰性德的词创作

纳兰性德（1654—1685），原名成德，因避讳改名性德，字容若，号楞伽山人，满洲正黄旗人，太傅明长子。纳兰论词主情，崇尚人微有致。爱情词低回悠渺，执着缠绵，是其词作的重要题材，有《相见欢·落花如梦凄迷》，《蝶恋花·眼底风光留不住》等。与原配卢氏伉俪情笃，而他必须护驾扈从，轮值宫廷，难以忍受别离与相思的痛苦，孰料婚后三年，卢氏死于难产。为爱妻早逝所写悼亡词，如《金缕曲·亡妇忌日有感》《蝶恋花·辛苦最怜天上月》等，一字一咽，颗泪泣血，不仅极哀怨之致，也显示了纯正的情操，可与苏轼的《江城子·记梦》相比。纳兰词标出悼亡的有七阕，未标题目而词近追恋亡妇、怀念旧情的有三四十首。

纳兰词真挚自然，婉丽清新，善用自描，不事雕琢，运笔如行云流水，纯任感情在笔端倾泻。他还吸收李清照等词人的婉约特色，铸造出个人的独特风格。

二、清代中期的词创作

清代中期，常州词派的兴起，将词的创作和理论推向了尊词体、重寄托的阶段。

常州派发轫于嘉庆初年，这个时期风光不再，各种社会矛盾趋于尖锐激烈，朝野上下产生了"殆将有变"的预感，浓重的忧患意识使学者眼光重又转向于国计民生有用的实学。在词的领域，阳羡末流浅率叫嚣，浙派襞积餖钉，把词引向淫鄙虚泛的死胡同，物极必反，曾致力经学研究的张惠言顺应变化了的学术空气和思想潮流，"开山采铜，创常州一派"。

张惠言（1761—1802），字皋文，武进（今江苏常州）人。他与兄弟张琦合编《词选》，选择精严，并附当世常州词人以垂示范，显示了一个在创作和批评两方面均具特色、以地域集结起来的词人群体的存在，因此《词选》成了一面开宗立派的旗帜。他所写《词选序》全面阐述了自己的词学理论：主张尊词体，要词"与诗赋之流同类而讽诵"，提高词的地位，倡导意内言外、比兴寄托和"深美宏约"之致，对扭转词风和指导风气起了积极作用。他的《茗柯词》骋情惬意，细致生动，语言凝练干净，无绮靡浓艳之藻，抒发怀才不遇、漂泊无依和羁缚受制等心绪，词旨常在若隐若现之间。如《木兰花慢·杨花》名为咏物，实为抒怀，借杨花吟咏身世之感，体物形神兼备，抒情物我合一，在描摹杨花里寄托追求、失望、游转无定和历经坎坷的心态，是以物写情的传世名作。

另外，这一时期，不傍浙、常门户，博取各家之长的词人，却成了填词的佼佼者。扬州词人郑燮、继承阳羡词风的蒋士铨、黄景仁、洪亮吉等，或以凄厉之笔倾泻"盛世"的悲哀，或以幽怨之情抒发惨伤的心怀。

三、清代后期的词创作

清代后期，词坛上名气最大的是"清末四大家"——王鹏运、郑文焯、朱孝臧和况周颐。他们的词作中对词体的声律特性、声律作用等问题进行了多方面的阐述，在当时产生了积极的影响。

（一）王鹏运的词创作

王鹏运（1849—1904），字佑霞，号半塘老人，又号半僧、鹜翁、半塘僧鹜，临桂（今广西桂林）人。王鹏运生于中国封建社会分崩离析，逐步沦为半封建半殖民地时期，幼年遭逢太平天国之乱，入仕后，又经历了中法战争、中日战争、戊戌变法、八国联军入侵等重大事件。加之他在任期间，屡次上疏，弹劾权贵，声震天下，终以不得志告归。所以他的词作有不少都关联时事，跳动着时代的脉搏。王鹏运关心国事，感伤国势，不但表现在现实题材的作品中，同时还表现在历史题材的作品中。他的登临凭吊、怀古、咏古词，数量虽不很多，但立意高远，寄慨深沉，无一不是借古事以抒今情之作。应当特别指出的是，王鹏运为词尊崇常州词派。他更多的词的艺术造诣是善于运用"寄托"，即把抒情主体隐藏在物象或景象的后面。所谓"导源碧山，复历稼轩、梦窗以还清真之浑化，与周止庵氏说契若针芥"，就是指这类词的艺术特点。王氏后期的词作，大都寄托遥深而浑化无迹，有的还达到了"流露于不自知，触发于弗克自已"的妙造自然之境。

（二）郑文焯的词创作

郑文焯（1856—1918），字俊臣，号小坡，晚号大鹤山人，又署冷红词客，奉天铁岭（今辽宁铁岭县）人。在"清末四大家"中，郑文焯最精音律。郑文焯的词在不同的时期具有不同的表现。一般来说，从"戊戌政变"到八国联军入侵前后，他的部分感时伤怀的词作，较富时代色彩，故"多凄异之响"。辛亥革命之后，作为"遗老"的郑文焯，对清王朝的覆灭深感悲痛。因此，这时期的词多抒"故国之思"，格调亦由怨愤悲楚转为低唱哀吟，具有浓厚的感伤色彩。

（三）朱孝臧的词创作

朱孝臧（1857—1931），一名祖谋，字古微，号沤尹，浙江归安人（今湖州）。朱孝臧早年以能诗知名，及官京师，交王鹏运，乃弃诗专攻词，勤探孤造，抗古迈绝，被今近词家尊为"集清季词学之大成，公论翕然，无待扬榷"。他的词委婉致密，音律和谐，初近似吴文英，晚年融苏轼豪放词风于沉抑绵邈之中，形成了自己独特的风格。

朱孝臧的词大多以顿挫之笔，写沉郁之思，其长调尤见层叠多转，愈转越深。例如《琵琶仙·送朱敬斋还江阴》。辛亥革命后，朱孝臧以遗老自任，往返于苏州和上海之间，以著述自娱。所作词基调低沉，充满对现实生活厌倦之感。而于已被推翻的极为腐朽的清王朝，则表现得惋惜依恋，难以忘怀。朱孝臧作为清代词坛的殿军，是一位幸运者；可是根据他的生活遭遇以及最后的归宿，他又是一位不幸者。这是历史的局限所造成的。

（四）况周颐的词创作

况周颐（1859—1926），原名周仪，字夔笙，号蕙风，广西临桂（今桂林）人。况周颐一生致力于词的理论与创作，是一位功力很深的专业词人，其作品锤炼而不失自然，浑厚而见活脱，情调抑郁悲凉，但不枯寂衰飒，绵密深微，寄兴渊深。况周颐创作了不少咏物词，他的《蕙风词》中二十多阕咏物词，几乎篇篇都达到高境，在清代词人中尚属少见。这与他的理论主张不无关系。况周颐《蕙风词》中的小令多抒一己之牢愁，反映面不如长调深广，题材也比较狭窄，但艺术成就并不逊色，功力甚深，精品不少，表现手法灵活多致。

第四节　清代的戏曲

在戏曲方面，在明代盛行的传奇已经文人化、杂剧案头化的发展过程中，清代戏曲顺从晚明的趋势，发展更加活跃，戏曲创作中对社会历史意识的增强和对戏剧性的注重日益增强。

一、清代初期的戏曲创作

清代初期的戏曲创作基本保持明末的旺盛势头。其中，由明入清的李玉继续创作，创作了不少历史题材的剧作，如《千忠戮》《清忠谱》等。吴伟业、尤侗等一批具有才学的文化名流也以戏曲来抒写心意，而李渔等人则专事风情喜剧的创作。这些戏曲创作，标志着清代戏曲创作艺术的更加成熟，对后来的戏曲创作产生了深远影响，直接迎来了清代两大传奇《长生殿》和《桃花扇》的诞生。下面主要对这两大传奇进行介绍。

（一）《长生殿》

《长生殿》的作者是洪昇。洪昇（1645—1704），字昉思，号稗畦，钱塘（今浙江杭州市）人。《长生殿》演绎的是唐明皇与杨贵妃的历史故事。洪昇基本上继承了白居易诗和白朴剧的内容和意蕴，在此基础上有所改变。《长生殿》融合进唐以来叙述、咏叹天宝遗事的文史、传说等许多材料，剧中出现的许多人物、情节大都是有根据的。上半部表现出尊史重真的精神，剧作重在唐明皇、杨贵妃的"钗合情缘"（《长生殿·例言》），但却做了如实的描写，写出了封建宫廷中帝王与妃子的真实关系、真实情况，后半部分通过虚构和想象表现了唐玄宗与杨贵妃的爱情。

《长生殿》前一部分是写实，是爱情的悲剧；后一部分是写幻，是鼓吹真情。从结构上说，两者是对立的，但又是互相依存的。没有前半部分现实的悲剧，后半部分鼓吹至真之情便无从生发；没有后半部分唐明皇杨贵妃的忏悔、重圆，则成了《梧桐雨》式的悲剧，只是留下了一份历史的遗憾。这种既对立又依存的关系，虽然中间转换得有些勉强，但却正构成了《长生殿》的结构特征和思想特色：写唐明皇、杨贵妃之情事，并不限于言二人之情，而是含而不露地拓宽了"情"的内涵，充分地表现出剧作第一出《传概》里所申述的命意："今古情场，问谁个真心到底？但果有精诚不散，终成连理……感金石，回天地，昭白日，垂青史，看子孝臣忠，总由情至。先圣不曾删《郑》《卫》，吾侪取义翻宫徵，借太真外传谱新词，情而已。"这与清初的启蒙思潮是息息相通的。

全剧上下两部分虽各有侧重，但也有许多对照、呼应，如上半部分写现实的悲剧，插入了幻想的《闻乐》一出，为下半部杨贵妃仙归蓬莱伏下了引线；下半部分主要以幻笔写情，插入《献饭》《看袜》《骂贼》等写实场面，与上半部分唐明皇的失政、宠信安禄山、杨氏一门的骄奢，有着明显的对照意义。《长生殿》结构细密，场面安排上轻重、冷热、庄谐参错，都是出于匠心经营，从而将传奇剧的创作推向了艺术的新高度。

（二）《桃花扇》

继《长生殿》之后问世并负盛名的《桃花扇》，是一部演近世历史的历史剧。

孔尚任（1648—1718），字聘之，号东塘，曲阜（今属山东）人。《桃花扇》是一部最接近历史真实的历史剧。全剧以清流文人侯方域和秦淮名妓李香君的离合之情为线索，展示了弘光小王朝兴亡的历史面目，从它建立的历史背景，福王朱由崧被拥立的情况，到拥立后朱由崧的昏庸荒佚，马士英、阮大铖结党营私、倒行逆施，江北四镇跋扈不驯、互相倾轧，左良玉以就粮为名挥兵东进，最后史可法孤掌难鸣，无力回天，小王朝迅速覆灭，基本上是"实人实事，有根有据"，真实地再现了历史，如剧中老赞礼所说："当年真如戏，今日戏如真。"（《桃花扇·孤吟》）只是迫于环境，不能直接展现清兵进攻的内容，有意回避、改变了一些情节。

《桃花扇》中塑造了几个社会下层人物的形象，最突出的是妓女李香君和艺人柳敬亭、苏昆生。按照当时的等级贵贱观念，他们属于为衣冠中人所不齿的倡优、贱流，在剧中却是最高尚的人。李香君毅然却奁，使阮大铖卑劣的用心落空，孤身处在昏君、权奸的淫威下，誓不屈节，敢于怒斥权奸害民误国。柳敬亭任侠好义，奋勇投辕下书，使手握重兵又性情暴戾的左良玉折服。

《桃花扇》创作的成功还表现在人物形象众多，但大都人各一面，性格不一，即便是同一类人也不雷同。这显示出孔尚任对历史的尊重，如实写出人物的基本面貌。如同是武将，江北四镇都恃武逞强，但行事、结局却不同：高杰无能，二刘投降，黄得功争位内讧，却死不降北兵；左良玉对崇祯皇帝无限忠心，但骄矜跋扈，缺少谋略，轻率挥兵东下；侯方域风流倜傥，有几分纨绔气，却关心国事。其中也反映出孔尚任对人物性格的刻画较其他传奇作家有着更自觉的意识，他要将人物写活。

总之，《桃花扇》在清代传奇中是一部思想和艺术达到完美结合的杰出作品。

二、清代中期的戏曲创作

（一）案头化的文人戏曲创作

清代中期的戏剧创作已陷入衰退状态。虽然传奇的体制在向杂剧靠拢，开始多样化，愈加灵活自由，给剧作家驰骋才华提供了更为广阔的天地，但仍未能阻止这种低落下滑的趋势，传奇和杂剧的创作已进入了最后阶段。其原因除了剧本赖以上演的昆曲雅化甚至僵化而失去广大观众，使剧作成为纯粹的案头读物之外，也与当时意识形态领域内的专制日益强化大有关系，它使戏剧创作失去了鲜活的生命力。

这时期的作家，从历史人物和传说故事中取材，宣传封建伦理道德和描写男女风情的作品居多。主要有夏纶的《新曲六种》，在各题下直接标举"褒忠、阐孝、表节、劝义、式好、补恨"的主旨，用戏曲创作图解自己的观念。张坚的《玉燕堂四种曲》，除《怀沙记》写屈原自沉汨罗江外，其他三种《玉狮坠》《梅花簪》《梦中缘》皆写男女爱情故事，时人合称为"梦梅怀玉"。他主要是模拟风情喜剧旧套，追求场上效果，却缺乏创造性，成就不大。唐英的《古柏堂传奇》17 种，多数是杂剧，5 种属传奇，都没有触及深刻的社会问题，甚至宣传忠孝节义和因果报应的思想，但他的剧作语言通俗，情节生动，曲词不受旧格律的束缚。唐英自蓄昆曲家班，熟悉舞台演出，剧本常依据"乱弹"和民间传说改编，如从乱弹《张古董借妻》改编《天缘债》，从《勘双钉》《孟津河》改编《双钉案》（又名《钓金龟》），并吸取民间戏曲表演的特色，浅俗单纯，易于上演，他的《十字坡》《面缸笑》《梅龙镇》等，后来被改编成京剧《武松打店》《打面缸》《游龙戏凤》等在各地演出，这种情况，在清中期的戏剧家里为数不多。

成就较大并值得注意的传奇作家是蒋士铨。蒋士铨（1725—1784），字心馀，号藏园，晚号定甫，江西铅山人。他在诗坛上与袁枚、赵翼齐名，具有经世济民的抱负，通过戏曲创作，写民族英雄、志士仁人或社会习俗等，不肯落入才子佳人的俗套，他说："安肯轻提南董笔，替人儿女写相思。"（《题憨烈记诗》）现存剧作以《红雪楼九种曲》最有名，而以《桂林霜》《冬青树》《临川梦》三种受人重视。

杂剧作家以杨潮观、桂馥、周乐清等为代表，但是他们的作品大都缺乏激情深意，舞台效果不佳，多是脱离舞台的案头之作。

（二）京剧的诞生和地方戏的勃兴

1. 京剧的诞生

元代杂剧和宋元南戏为地方戏树立楷模，推动了戏曲发展的前进。明中叶到清初昆曲以唱腔优美和剧目丰富，在剧坛占有几乎压倒一切的优势。从康熙末至乾隆朝，地方戏似雨后春笋，纷纷出现，蓬勃发展，以其关目排场和独特的风格，赢得观众的爱好和欢迎，与昆曲一争长短，出现花部与雅部之分。李斗的《扬州画舫录》说："雅部即昆山腔；花部为京腔、秦腔、弋阳腔、梆子腔、罗罗腔、二簧调，统谓之乱弹。"但地方戏不登大雅之堂，被统治者排抑，昆腔则受到钟爱，给予扶持。花部诸腔则在广大人民的喜爱和民间艺人的辛勤培育下，以新鲜和旺盛的生命力，不停地冲击和争夺着昆腔的剧坛地位。民间戏曲的交流与竞赛，提高和丰富，逐渐夺走昆曲部分场地和群众，但还不能与之分庭抗礼，宫廷和官僚士绅府第所演的大多数还是昆曲，花部剧种处在附属地位，主要在民间演出。

乾隆年间情况开始有了变化。当时地方戏的活动主要集中在北京和扬州两大中心。尤其北京，是全国政治、经济、文化中心，各地造诣较高的剧种，争先恐后在北京演出，"花部"的地方戏自然也从在全国范围内的周旋，转为集中在北京与昆曲争奇斗胜。

嘉庆、道光年间，地方剧种的高腔、弦索、梆子和皮簧与昆腔合称五大声腔系统。其中梆子和皮簧最为发达。皮簧腔是由西皮和二簧结合而成。西皮起于湖北，由西北梆子腔演变而来，"梆子腔变成襄阳腔，由襄阳腔再加以变化，就成了西皮"。二簧的演变则复杂得多，它是多种声腔融合的产物。明代中叶以后，受弋阳腔、昆山腔的影响，皖南产生了徽州腔、青阳腔（池州腔）、太平腔、四平腔等。四平腔后来逐渐形成吹腔。西秦腔等乱弹也流入安徽，受当地声腔的影响，形成拨子，为安徽的主要唱腔之一。吹腔与拨子融合，就是二簧调。大约在乾、嘉年间，二簧流传到湖北，与西皮结合，形成皮簧腔。在湖北叫楚调，在安徽叫徽调。乾隆年间四大徽班入京，所唱主要为二簧，也兼唱西皮、昆曲。道光初年，楚调演员王洪贵、李六等搭徽班在北京演出，二簧、西皮再度合流，同时吸收昆、京、秦诸腔的优点，采用北京语言，适应北京风俗，形成了京剧。此后又经过无数艺人的不断努力和发展，京剧逐渐流行到各地，成为影响全国最大的剧种。

2. 地方戏的勃兴

地方戏的剧目，绝大多数出自下层文人和民间艺人之手，靠师徒口授和艺人传抄，在戏班内流传，刊印机会极少，大都散佚。从目前见到的刻本、钞本、曲选、曲谱、笔记和梨园史料的记载可以发现，剧目十分丰富。仅《高腔戏目录》就著录高腔剧本 204 种。玩花主人钱德苍的《缀白裘》第六和第十一集收有 50 多种花部诸腔剧本。叶堂的《纳书楹曲谱》"外集""补遗"，李斗的《扬州画舫录》，焦循的《剧说》《花部农谭》，以及《清音小集》等书也记载了地方戏剧目约有 200 种。这些剧目，或移植昆曲演唱的传奇、杂剧的剧目，或是从民间故事传说和讲唱文学取材，或是改编《三国演义》《水浒传》《隋唐演义》《杨家将》等通俗小说，带有新的时代特征，题材广泛，贴近生活，由于经过无数艺人琢磨和长期在舞台实践中加工提高，许多戏成为深受群众欢迎的舞台演出本。

地方戏的内容以反映古代政治、军事斗争的戏占有突出地位，如《神州擂》《祝家庄》《贾家楼》《两狼山》等，歌颂反抗斗争和人民群众爱戴的英雄人物。爱情婚姻剧目相对较少，但有新的特点，如《拾玉镯》《玉堂春》

《红鬃烈马》等。《穆柯寨》《三休樊梨花》等在爱情戏里别具一格，描写了武艺高强、富于胆略的女子积极争取爱情，具有强烈的传奇色彩。社会伦理剧《四进士》《清风亭》《赛琵琶》等，歌颂了正直善良，批判了负恩忘义；生活小戏《借靴》《打面缸》等活泼清新，富于浓郁的生活情趣。

三、清代后期的戏曲创作

清代后期的戏曲，大致可分为前后两期。前期的戏曲创作，在思想倾向上基本是对传统文化的因袭和延续，以京剧的兴盛为代表；到了后期，戏曲的改良运动使这一时期的戏曲作品表现出了鲜明的时代特征，在思想倾向上与风起云涌的社会变革联系紧密，成为社会变革的思想武器之一。

（一）京剧的兴盛

同治、光绪年间是京剧的极盛时期。在晚清舞台上，经常上演的京剧剧目已有七八百出之多。到辛亥革命前后，流行的京剧剧目已达1100多出，其中三国戏、杨家将戏、水浒戏、包公戏为四大支柱。陶君起的《京剧剧目初探》收入京剧剧目1383种，周明泰的《五十年来北平戏剧史料》收入剧目2000多种。京剧流行剧目很多，如三国剧目《群英会》《定军山》《空城计》等，水浒剧目《挑帘裁衣》《坐楼杀惜》等，东周列国剧目《文昭关》《搜孤救孤》等，隋唐剧目《当锏卖马》《罗成叫关》等，杨家将剧目《探母》《碰碑》等，包公案剧目《乌盆记》等，施公案剧目《恶虎村》《连环套》等，源于话本小说的剧目《玉堂春》《鸿鸾禧》，等等。许多京剧剧目，经过几代艺人的琢磨，内容充实，技艺精湛，在舞台上长演不衰。例如《四进士》由汉剧剧目改编，表现了被革职的刑房书吏宋士杰仗义执言，为受害民妇杨素贞越衙鸣冤告状，告倒了贿请关说、贪赃枉法的官吏。全剧结构洗练紧凑，突出了宋士杰刚肠嫉恶、惯喜打抱不平的豪爽个性。

（二）戏曲改良运动

光绪二十三年（1897）十一月至十二月，严复、夏曾佑在天津《国闻报》上连载了《本馆附印说部缘起》一文，率先提出小说、戏曲是"使民开化"的重要工具，标志着剧坛风气的根本性转变。戏曲改良运动在中国戏剧界的蓬勃发展，具体来说影响如下。

1. 出现了新题材、新思想、新人物

戏曲改良运动的影响，更突出地表现为戏曲剧本出现了新题材、新思

想、新人物。这时期的戏曲作品，或破除迷信，或讽刺时政，或表扬忠义，或排斥异族，大都具有鲜明的政治倾向性。这个时期的戏曲作品，就其题材内容而言，大致有以下三类。

第一，描写当代政治斗争，宣扬民主革命的时事剧。例如，光绪三十三年（1907）七月，一代女杰秋瑾响应徐锡麟发动的安庆起义，不幸在浙江绍兴殉难。此事成为一时戏曲创作的热门题材，数年之内出现了古越赢宗季女的《六月霜》、萧山湘灵子的《轩亭冤》、吴梅的《轩亭秋》、华伟生的《开国奇冤》等十几种杂剧传奇剧本。此外，写维新变法运动的，有吴梅的《血花飞》、阙名的《维新梦》等；写反抗帝国主义侵华战争的，有钟祖芬的《招隐居》、梁启超的《劫灰梦》、南荃居士的《海侨春》等；宣扬妇女解放、提倡女权的，有玉桥的《广东新女儿》、柳亚子的《松陵新女儿》等。

第二，借歌颂古代英雄人物事迹，鼓舞革命斗志的历史剧。由于处身于清朝统治、家国危亡之秋，戏曲作家最感兴趣的题材是宋金、宋元和明清之际汉族与少数民族争战的故事。例如，幽并子的《黄龙府》写岳飞抗金的事迹，觉佛的《女英雄》写梁红玉抗金的事迹，虞名的《指南公》、川南筱波山人的《爱国魂》写文天祥义不事元的事迹，刘翌叔的《孤臣泪》写南明史可法部将刘应瑞父子起兵复明的故事，吴梅的《风洞山》写南明瞿式耜抗清的事迹，浴日生的《海国英雄记》写郑成功抗清的事迹，等等。

第三，借外国资产阶级革命故事，宣扬资产阶级革命和民主、自由、平等思想，借以振奋民族精神的外国历史剧。例如梁启超的《新罗马传奇》和《侠情记传奇》、玉瑟斋主人的《血海花》、春梦生的《学海潮》、感惺的《断头台》、刘珏的《海天啸》等。这些剧作把外国资产阶级革命的历史故事编成戏曲作品，让外国的英雄豪杰活动于中国舞台，为中国的戏曲舞台增添了崭新的艺术形象，丰富了中国戏曲舞台的形象系列。

需要注意的是，上述大多数剧本为案头之剧，极少正式上演。这些戏曲作品大多发表于报纸、杂志，成为一种独特的"报刊戏剧"。当时《新民晚报》《小说月报》《小说林》《女子世界》等刊物还专设"传奇"一栏，这既刺激了传奇剧本的创作，又通过"纸上戏剧"的形式传播了新思想和新观念。

2. 突破了传统戏曲体制

戏曲改良运动的成效，还表现为对传统戏曲体制的超越和突破，所谓"既创新格，自不得依常例矣"。以梁启超的《新罗马传奇》为例，该剧打破了生旦俱全作为贯穿全剧主人公的传奇惯例，主人公意大利三杰均为男性；也打破了第一出由正生或正旦登场的惯例，以净丑上场；还突破了曲律的束缚，如第三出《党狱》两支【混江龙】曲，连曲带白 600 多字，一气鼓荡，汪洋恣肆；而且曲词也向散文化、通俗化、口语化发展，甚至新旧杂糅、中西合璧。例如第一出《会议》：

【字字双】区区帝国老中堂，官样。揽权作势尽横行，肥胖。说甚自由与平等，混账。堂堂大会俺主盟，谁抗。

曲中既有中国官名"老中堂"，也有外来新词"自由""平等"，还有俚语"肥胖""混账"等等，杂凑成一个大拼盘。同时，服饰、道具与动作等也开始由古典化、程式化趋于现代化、写实化。

第五节 清代的小说

一、清代的文言短篇小说

清代的文言短篇小说以蒲松龄的《聊斋志异》为最高成就，它带动了文言短篇小说的中兴，在中国小说史、文学史上都占据了重要的地位。之后出现的《阅微草堂笔记》《新齐谐》《谐铎》等都在一定程度上受到了《聊斋志异》的影响。

（一）《聊斋志异》

蒲松龄（1640—1715），字留仙，又字剑臣，别号柳泉居士，世称聊斋先生，著有著名的短篇文言小说《聊斋志异》。《聊斋志异》谈鬼说狐，却最贴近社会人生。联系作者蒲松龄一生的境遇，及其一生的志向，不难推测出他笔下的狐鬼故事实际上凝聚着他大半生的苦乐，表现着他对社会、人生的思考与憧憬。

《聊斋志异》中有很多以写书生科举失意、嘲讽科场考官的作品。蒲松龄一生饱受考试的折磨，19 岁入学，直到 71 岁时才补了一个岁贡生。蒲松龄深感科举制度的弊端，他认为科举弊端症结在于考官昏庸，黜佳才而进庸劣。一次次名落孙山的沮丧、悲哀与愤懑全部借助谈鬼说狐发泄了出来。《聊斋志异》中的《叶生》描写落魄士子的生活遭遇；在《贾奉雉》中虚构了一位异人，表达了作者怀才不遇的文士的愤懑心情；《司文郎》中，借鬼魂将考官的一窍不通揭露得入木三分。在这些作品中，无论是游魂叶生，还是身怀异术的郎生与盲和尚，都是作者根据表现主题的需要而精心创造出来的。作者有意识地让人、鬼以及神在一起活动，以此造成一种亦真亦幻的境界。作者通过虚幻的手法与扑朔迷离的境界来映射现实社会中的荒谬与丑恶，并对其进行了辛辣的讽刺。

《聊斋诗集·逃暑石隐园》中云："石丈犹堪文字友，薇花定结欢喜缘。"这表明独自生活的寂寞，使得蒲松龄不免假想象自遣自慰，《聊斋志异》中众多狐鬼花妖与书生交往的故事，则是蒲松龄在落寞的生活处境中生发出的幻影，是将其自遣寂寞的诗意转化为幻想故事。

蒲松龄在《聊斋志异》的创作中，并没有将小说局限于个人情绪的宣泄上，《聊斋志异》也反映了当时官贪吏虐、乡绅为富不仁、对百姓的压榨与欺凌等内容。如果说在描写自己落寞生活中的梦幻的作品中，作者真幻交织的手法把个人的境遇、爱情大大诗意化了，那么在现实成分比重较大的暴露政治黑暗、揭露人民生活苦难的作品中，这种手法则起到了将丑恶夸张放大、将荒谬推向极端的作用。

蒲松龄在《聊斋志异》中对黑暗的现实社会和贪官污吏进行讽刺的作品还有《席方平》《续黄粱》《梦狼》《公孙夏》等。《席方平》通篇写阴曹地府，通过鬼人鬼事来声讨地方官僚；《续黄粱》由富贵如梦的启示，来写朝廷宰辅大臣"荼毒人民，奴隶官府"的罪行；《梦狼》通过白翁的梦境来写"官虎吏狼"的社会现实，将知县的虎狼之性暴露得淋漓尽致；《公孙夏》则对现实社会中官场的肮脏交易进行了讽刺性的揭露。

《聊斋志异》中还有一些作者由社会风气、家庭伦理等见闻和感受，写出的一些讽刺丑陋现象与颂扬美好德行、立意在于劝诫的作品。如《邵女》《珊瑚》等作品，塑造了甘心做人妾、受大妇的凌辱至于炮烙的邵女、被休而不再嫁，受凶姑悍娌虐待而无怨的珊瑚等现实妇女的典型，在一定程度上鼓吹了当时社会背景下女性为夫权而牺牲一切的奴性；《曾有于》《张诚》等作品则以主人公的委曲求全、逆来顺受以及调和家庭嫡庶兄弟关系等为美德，尽管表现了淳风厚俗的愿望，但是却失之迂阔。总之，作者通过讥刺社会与家庭中的负义、伪孝以及弃妇种种失德现象力图为社会树立一种道德楷模。

《聊斋志异》能成为文言短篇小说的典范，不仅在于作者将现实与幻想的完美交织与融合，造成了一般写实作品所难以企及的效果，还在于作者对短篇小说艺术形式的娴熟把握。《聊斋志异》在小说模式、小说诗化倾向、叙述语言等方面均有所创新。这里主要从故事情节、丰富的细节描写以及人物语言三个方面进行分析。

1．在情节上的艺术创新

在历来的关于《聊斋志异》的评论中，《聊斋志异》摇曳多姿、令人难忘的艺术情节最为评点家们所激赏。中国古典小说向来比较注重情节的曲折多变与出人意料，蒲松龄更是这方面的圣手。哪怕是一件十分平淡的小事，到了他的笔下，总是那样仪态万方、奇幻委曲、起伏跌宕、波谲云诡，有着特殊、持久的魅力。

小说的情节归根到底是以人物、人物行为间的相互关系以及矛盾冲突的发展为根据的，因此，可以说组织情节的艺术首先表现为组织矛盾冲突的艺术，而蒲松龄则非常善于将矛盾冲突戏剧化，他不仅让情节在这种戏剧性冲突中环环相扣，自然进展，而且人物性格也随着情节的进展自然而然地显现出来。

在《聊斋志异》中，作者紧紧抓住了情节和情节之间的因果联系，让笔底波澜深深系根于生活的波澜，使每一个情节片段都成为描绘人物性格、刻画人物心理不可或缺的有机环节，做到奇幻而不失其真，曲折而入情入理。如《西湖主》，陈弼教途经洞庭，遇大风翻船，不仅死里逃生，而且偶至一清幽之境，心旷神怡。闯入湖君禁苑本来就有"犯驾当死"之忧，又私窥公主，红巾题诗，一声"汝死无所矣"，再次使其陷入了绝望的深渊，"惟延颈等死"。然而"迟久"，复又见一线生机。公主的态度有了转变之后，却平地又生一浪，因事泄于王妃，王妃大怒，陈弼教再一次面如灰土，当其准备去引颈受戮，不料等待他的却是华筵盛席，陡地化险为夷，变凶为吉，还做了湖君的乘龙快婿。几次起伏，都描写得十分引人入胜，极尽情节腾挪跌宕之能事，甚至可以说情节的趣味性超过了内容的意义。

2．在细节描写上的创新

《聊斋志异》中的作品篇幅都比较短，长者三四千字，短的只有几百字。而要在简短的篇幅里将一个乃至几个人物写得血肉丰满，栩栩如生，无疑对叙述或描写都提出了要高度凝练的要求，尤其是对于那些并不直接推动故事进展的细节描写来说更是如此。《聊斋志异》细节描写的最大特点尤其恰恰在于此处，作者所捕捉的细节，容量非常丰富，往往简单一笔，就将人物的性格神态、心情意绪刻画了出来，并给读者留下了十分深刻的印象。

3．在人物语言描写上的创新

在《聊斋志异》中，"人物语言所占比重大，也因人因事而多样化。在保持文言基本体式的限度内，人物语言有雅俗之别。雅人雅语，不妨有人掉书袋，书札杂用骈俪的句子；俗人语、婆子语带生活气息，时而插入口头俚词俗语。其中也有庄谐之别，慧心女以诗传情，闺房戏谑竟至曲解经书，戏用孔孟之语。这都增强了文言小说的小说性，进一步拉大了与传记文的距离，更富有生活气和趣味性。"其中，人物的对话是人物的情感、思想等最直接的传达方式，蒲松龄不仅大胆地吸收口语，加以改造，而且尽力发挥文言的优势，创造出别具一格的人物语言。

（二）《阅微草堂笔记》

纪昀是《阅微草堂笔记》的作者。纪昀（1724—1805），字晓岚，一字春帆，晚号石云，道号观弈道人，谥文达，河北沧县人。《阅微草堂笔记》记叙见闻，结撰小故事，辨正史地讹误，发表议论，虽然思想保守，记神鬼物怪之事往往寓有宣扬纲常名教偏向，其中也不乏针砭社会上荒谬的习俗、道学家的"不情之论"，展示人情事理的作品，能给人以有益的启示。他运思有灵性，命笔自如，行文洒脱。《阅微草堂笔记》虽远不足与《聊斋志异》相颉颃，但也不失为独树一帜的作品，在文人中产生了一定的影响。嗣后相继而出的作品，就只是回到了笔记杂录的路上去了。

（三）《新齐谐》

《新齐谐》的作者是袁枚。《新齐谐》用《庄子·逍遥游》"齐谐者，志怪者也"句意。在《新齐谐》自序中，袁枚声称："文史外无以自娱，乃广采游心骇耳之事，妄言妄听，记而存之……以妄驱庸，以骇起惰。"

《新齐谐》的故事多采自传闻，其中有些作品与早期的志怪小说有一些相似之处；但也有不少作品并无怪异，却在简略的叙事中，表现饶有趣味的情思。如《沙弥思老虎》流传甚广，颇多异说，反映了人的正常欲望的觉醒。总体来说，《新齐谐》文笔朴实自然，而有时流于率意芜杂；思想活泼，而有时流于肤浅直露。

二、清代的长篇小说

清代的长篇小说是中国小说史上继明代之后又一个长篇小说创作和传播的高峰时代。吴敬梓的《儒林外史》、曹雪芹的《红楼梦》以及"四大谴责小说"等都是清代杰出的长篇小说代表。这些小说的出现，代表着中国古代白话小说与文言小说艺术的最高成就。

（一）《儒林外史》

吴敬梓（1701—1754），字敏轩，号粒民，晚年自号秦淮寓客，安徽全椒人。吴敬梓在少年时代过了几年安逸的读书生活，到了 22 岁时，父亲吴霖起因清高正直不容于官场，于是带着吴敬梓罢官归里，次年即抑郁而死。父亲的去世和官场的黑暗给吴敬梓年轻的心灵蒙上一片浓重的阴影，而这阴影显然成了他后来创作《儒林外史》的生活积累与思想财富。

隋唐以来，科举制度对打破门阀贵族的垄断地位、武人专权、宗教政治等都曾起过积极作用，科举制度本身也在这一过程中逐渐成熟完善起来。但是到了明清时代，科举制度从内容到形式完全被定型下来，科举制的腐朽性日益暴露出来，失去了培养人才、选拔人才的进步意义，反而起到摧残人才、毒害人心的反作用。

一直以来，在《儒林外史》的评价体系中人们过多地关注了它对丑恶现实喜剧性的讽刺和批判，其实作者时刻没有失去自己的希望，虽然希望很多时候表现得比较隐晦和虚渺。正如谢德林评论果戈理的《钦差大臣》时所言："谁也不会否认在这个喜剧中存在着理想。"因为否定性的批判实际上恰恰透露出作者肯定性的追求。同时，在小说中作者还以美言颂笔塑造了一批善良正直清高的正面形象与闪耀着理想光彩的人物。

吴敬梓描写了一批真儒名贤，主要包括杜少卿、迟衡山等人。从儒林小说这个角度来看，有人认为四人才是《儒林外史》全书的主人公，他们代表了作者理想中"真儒"，体现了作者改造社会的理想。作者理想中的人物具有遗世独立的精神气质，不囿于世俗的个性，不刻板死守礼法的治学态度以及不屑于功名利禄的志趣，不仅有传统儒家美德还有六朝名士风度的文人，追求道德和才华互补兼济的人生境界。

吴敬梓改造社会的理想与时代进步思潮相呼应，但披着古代"礼乐兵农"的外衣，他将儒家的仁政思想加以理想化而用于改造现实，走的是一条托古改制的老路。事实上，吴敬梓已经明显地感觉到了自己这种理想幻灭的悲哀，因此书中笼罩着幻想破灭的悲凉情绪。曾几何时传闻天下的泰伯祠就墙倒殿斜，乐器祭器尘封冷落，"贤人君子，风流云散"；萧云仙武功文治，虽轰轰烈烈，到头来也不过是被工部核算追赔，破产还债。

富有民族特色的讽刺艺术是《儒林外史》最主要的艺术成就。《儒林外史》为讽刺小说的创作，提供了丰富的艺术经验。

第一，讽刺的生命是真实。《儒林外史》的讽刺，不仅能够面向社会，挖掘其社会根源，而且还将诙谐的讽刺与严肃的写实结合起来，显示出了讽刺的客观真实性。如在周进撞号板，范进中举发疯，马二先生游西湖无心风景、只是留意八股文选本的销路，等等，都使读者感觉到是当时社会环境的真实产物。也正因为如此，作者对这些被科举制度和社会追逐功名富贵风气所毒害的具体的讽刺对象，往往是饱含着怜悯的，其讽刺是一种带泪的讽刺。

第二，作者善于把握讽刺的分寸，针对不同人物能做出不同程度、不同方式的讽刺。如对周进、范进、马二先生等腐儒形象的讽刺往往是包含怜悯的，作者批判的矛头没有仅仅指向个人，而是指向整个封建礼教；对严贡生、王德、王仁、王惠、汤奉等贪官污吏与土豪劣绅，作者的讽刺则是愤怒的，是无情揭露与严厉鞭挞。

第三，作者注意借助喜剧性的情节，揭示其悲剧性的内容，具有悲喜交融的美学风格，讽刺冷峻，振聋发聩，不仅显示出了作品讽刺的深刻性，而且也表现了它独特的艺术品性。作者真实地展示出讽刺对象中悲喜交织的二重结构，显示出滑稽的现实背后所隐藏的悲剧性内蕴。如严监生临死前为了两根灯草不肯咽气、范进中举后范母喜极一命呜呼、王玉辉劝女殉夫的大笑等瞬间的可笑又蕴含着深沉的悲哀，这最惹人发笑的片刻恰恰是内在悲剧性最强烈的地方。其中，王玉辉的形象更蕴含有深厚的悲剧意味。受封建礼教思想毒害，他怂恿女儿殉夫，但是作者又写了作为父亲人性化的一面，在神主入节孝祠那天，全县官绅公祭，王玉辉"转觉伤心，辞了不肯来"。在家看到妻子伤心悲痛，也觉"心下不忍"，作者通过真实细腻的描写，将一个实实在在的悲剧形象展现在了读者面前。

（二）《红楼梦》

曹雪芹（约 1715 —约 1763），名霑，字梦阮，号雪芹，又号芹圃、芹溪。曹雪芹的家世从鲜花着锦之盛，一下子落入凋零衰败之境，使他深切地体验着人生悲哀和世道的无情，也摆脱了原属阶级的褊狭，看到了封建贵族家庭不可挽回的颓败之势，同时也带来了幻灭感伤的情绪。他的人生体验，他的诗化情感，他的探索精神，他的创新意识，全部熔铸到了这部呕心沥血的旷世奇书——《红楼梦》里。

强烈的悲剧气氛，是《红楼梦》给人印象最深的方面之一，从皇帝后妃到贩夫走卒、婢女优伶在小说中都有所反映，小说不仅描写贵族生活的豪富，展现了阶级压迫以及下层人民的困苦，也反映了封建礼教、科举制度以及不同人的命运等。《红楼梦》的描写是以贾府与贾宝玉为中心的，随着贾府这一封建大家族的不断衰落，贾府中的人，尤其是那些纯洁美丽、惹人怜爱的"女儿"也一个个无可挽回地酿成悲剧。

　　《红楼梦》的艺术成就主要体现在以下几个方面：

　　《红楼梦》的创作采用了现实主义的真实描写，这种现实主义是在现实生活的基础上提炼出的艺术真实。曹雪芹以其特的方式去感觉与把握现实人生，又以独特的方式把自己的感知艺术地表达出来，形成了独特的叙事风格，即写实和诗化的完美融合，不仅显示了生活的原生态，而且充满诗意朦胧的甜美感，不仅是高度的写实，而且充满了理想的光彩，不仅是悲凉慷慨的挽歌，而且蕴蓄着青春的激情和幽深的思考。

　　《红楼梦》借景抒情，移情于景，寓情于景，从而创造出了一种诗画相融的优美意境。作者把情与景、美与丑、人与人进行深刻的对比，获得了强烈的艺术感染力，从而产生了鲜明的爱憎情感。作者把作品所要歌颂的生命、青春、爱情加以诗化，唱出了美被毁灭的悲歌。例如，"花谢花飞花满天，红消香断有谁怜？……闺中女儿惜春暮，愁绪满怀无释处；手把花锄出绣帘，忍踏落花来复去。……一朝春尽红颜老，花落人亡两不知。"这首绝代悲凉的《葬花吟》正是由诗化的景色与少女万般的辛酸之情融合而成。黛玉寄人篱下，一年到头生活在"风刀霜剑"的日子里，因此，她看见落花，便分外伤情。她希望自己能和落花一起飞到想象中的"天尽头"去，无情的花经过移情于景的艺术描写，而有了人的感情、人的灵魂。这一首《葬花吟》把黛玉那难以言传的苦情愁绪，委婉含蓄而又淋漓尽致地表现出来，从而使景物更添气韵、人物更添神采，叙事更优美、空灵、高雅。

　　《红楼梦》通过独具匠心的象征手法的运用，使作品像诗一样具有了含蓄、朦胧的特点。在刻画人物时，作者用孤峭劲直、宁折不弯的竹子，清香雅洁、出污不染的芙蓉，斗霜傲艳、千古高风的菊花来象征林黛玉的品格；用垂檐绕柱、萦砌盘阶的藤蔓，清清冷冷、"雪洞一般"的闺房，大寒大冷、并需雨露霜雪来合药的"冷香丸"来象征薛宝钗的品格；用孤峭如笔、艳如胭脂、香欺兰惠、独具一格的寒梅来象征妙玉的品格；用千红一窟（哭）、万艳同杯（悲）、花谢花飞、红消香断来象征少女的离情伤感和红颜薄命；等等。

　　以往中国传统小说采用的多是全知全能的叙述者，而《红楼梦》虽然也残留了说书人叙事的痕迹，但作者和叙述者分离，作者逐渐退隐到幕后，由作者所创造出的虚拟化、角色化的叙述人来叙事，有利于作者根据不同的审美需要、构思来创造不同的叙述人，有利于体现作者的个人风格，有利于展示人物的真实面貌，深入人物的内心世界，进行细致、深刻的心理描写，从而达到展现人物个性化的目的。

　　《红楼梦》的叙述语言用词准确生动，富有立体感。在描写风景时，则有强烈的抒情气氛与浓厚的诗情画意，别具一番情趣。《红楼梦》的人物语言达到个性化的高度，小说中人物语言能准确地显示人物的身份和地位，能形神兼备地表现出人物的个性特征，如宝玉语言温和、奇特、性灵，黛玉语言机敏、尖利，宝钗语言圆融、沉稳，湘云语言爽快、坦诚，凤姐语言机智、诙谐、妙语连珠，贾政语言装腔作势、枯燥乏味，等等。

　　总之，《红楼梦》在中国文学史上具有崇高的地位和深远的影响。《红楼梦》刊行后，相继出现了一大批续书，续书数量之多，续书时间之长，都是文学史上绝无仅有的。不仅如此，它还引起了人们对它广泛的评价和研究，并由此形成一种专门的学问——"红学"。"从早期的以评点、索引、题咏为代表的旧'红学'，到以考证、评论为代表的新'红学'，再到后来的新时期'红学'，《红楼梦》的思想内涵、人物、形象、艺术特征等方面，都得到了日益深细的探讨、解析，"红学"发展呈现出一派生机勃勃、欣欣向荣的景象。"

参考文献

[1] 鲍志娇. 中国神话[M]. 北京：中国林业出版社，2007.

[2] 北京师范大学文学院. 中国古代文学史[M]. 北京：北京师范大学出版社，2008.

[3] 蔡燕. 唐诗宋词艺术与文化审视[M]. 昆明：云南大学出版社，2006.

[4] 曹艳春. 词体审美特征论[M]. 成都：巴蜀书社，2010.

[5] 常森. 屈原及其诗歌研究[M]. 北京：北京大学出版社，2012.

[6] 陈伯海. 唐诗学引论[M]. 上海：东方出版中心，1988.

[7] 陈大康. 明代小说史[M]. 上海：上海文艺出版社，2000.

[8] 陈广宏. 竟陵派研究[M]. 上海：复旦大学出版社，2006.

[9] 陈文新. 中国古代文学[M]. 北京：北京大学出版社，2010.

[10] 董乃斌等. 中国文学史学史[M]. 石家庄：河北人民出版社，2003.

[11] 傅斯年. 中国古代文学史讲义[M]. 上海：上海古籍出版社，2012.

[12] 葛晓音. 唐宋散文[M]. 上海：上海古籍出版社，2011.

[13] 葛晓音. 先秦汉魏六朝诗歌体式研究[M]. 北京：北京大学出版社，2012.

[14] 郭英德，过常宝. 中国古代文学史[M]. 北京：中国人民大学出版社，2012.

[15] 郭预衡. 中国大古代文学史简编[M]. 上海：上海古籍出版社，2013.

[16] 韩传达，隋慧娟. 中国古代文学基础[M]. 北京：北京大学出版社，2006.

[17] 黄拔荆. 中国词史[M]. 福州：福建人民出版社，2003.

[18] 姜光斗. 中国古代文学（第三版）[M]. 上海：华东师范大学出版社，2009.

[19] 金宁芬. 明代戏曲史[M]. 北京：社会科学文献出版社，2007.

[20] 李丰楙. 世界上最神奇的上古地理书——山海经[M]. 北京：中国友谊出版社，2013.

[21] 李汉秋，胡益民. 清代小说[M]. 合肥：安徽教育出版社，2009.

[22] 廖奔，刘彦君. 中国戏曲发展简史[M]. 太原：山西教育出版社，2009.

[23] 刘世南. 清诗流派史[M]. 北京：人民文学出版社，2004.

[24] 刘扬忠. 唐宋词流派史[M]. 北京：中国社会科学出版社，2007.

[25] 鲁迅. 中国小说史略[M]. 北京：中华书局，2010.

[26] 马积高，黄钧. 中国古代文学史[M]. 北京：人民文学出版社，2011.

[27] 莫砺锋. 古典诗学的文化观照[M]. 北京：中华书局，2005.

[28] 钱锺书. 宋诗选注[M]. 北京：人民文学出版社，1958.

[29] 乔力. 话题中国文学史[M]. 北京：北京工业大学出版社，2008.

[30] 庆振轩. 中国文学史发展纲要[M]. 兰州：兰州大学出版社，2007.

[31] 施国锋. 中国古代文学[M]. 北京：北京大学出版社，2012.

[32] 四川大学中文系中国古代文学教研室[M].中国文学(修订版).成都：四川人民大学出版社，2006.

[33] 王齐州. 中国文学史简明教程[M]. 武汉：华中师范大学出版社，2006.

[34] 王汝梅，张羽. 中国小说理论史[M]. 杭州：浙江古籍出版社，2001.

[35] 魏世民. 魏晋南北朝小说史[M]. 合肥：安徽大学出版社，2011

[36] 文史哲编辑部. 中国古代文学：作家. 作品. 文学现象[M]. 北京：商务印书馆，2012.

[37] 徐朔方，孙秋克. 明代文学史（修订版）[M]. 杭州：浙江大学出版社，2009.